Le feu du diable

Du même auteur, chez le même éditeur

Trois femmes et un siècle, roman, coll. « Littérature », Le Verger Éditeur, 2012.

Chez d'autres éditeurs

Passés Composés, Éditions des Écrivains, 2003

Chroniques Bibliques au Féminin, Albin Michel, 2013

Chroniques Talmudiques au Féminin, L'Harmattan, 2017.

Janine Elkouby

Le feu du diable

roman

Collection
Les enquêtes rhénanes

Combien… doit-on exécrer et haïr les Juifs qui ne croient absolument rien du Christ ni de la foi chrétienne et rejettent, blasphèment et raillent l'enfantement virginal et tous les sacrements… Dieu ne veut pas qu'ils soient tués complètement, qu'ils soient absolument effacés, mais qu'ils soient conservés en une vie pire que la mort, pour un plus grand tourment et une plus grande ignominie, comme Caïn, le fratricide.
(Pierre le Vénérable, abbé de Cluny, lettre au roi de France Louis VII, 12e siècle, cité par Gilbert Dahan in *L'Église et les Juifs au Moyen-Âge*)

Le vendredi, on a capturé les Juifs, le samedi, on les a brûlés.
(Frédéric Closener, *Chronique strasbourgeoise*)

S'ils avaient été pauvres et si les nobles ne leur devaient rien, ils n'auraient pas été brûlés.
(Jacques Twinger de Koenigshoven)

I.

Le meurtre du boucher

Le meurtre

C'est un mois de février glacial que celui de cette année 1365. Depuis des semaines, le froid, la neige et le verglas tiennent la ville : le sol est recouvert d'une croûte dure et gelée, une bise aigre parcourt les rues, faisant presser le pas aux piétons. Les maisons elles-mêmes semblent se recroqueviller sous la froidure, tassées sous le ciel blanc comme si elles faisaient le gros dos. Même les bruits de la ville sont figés, suspendus dans l'attente de jours plus cléments.

Johannes Herrmann, en ce matin du 14 février 1365, a peine à se réveiller : pesamment engoncé dans son lit tiède, sous les épaisses couvertures de laine, il ouvre péniblement les yeux, cherchant à se rappeler pourquoi il a le cœur en déroute et d'où lui vient la douleur tenace qui lui enserre la tête comme si elle était prise dans l'étau du bourreau. Son esprit est brumeux. Il se souvient seulement qu'il doit se lever. La chambre est glaciale. Il peste. Peu à peu, la mémoire lui revient par lambeaux : le banquet d'hier soir au poêle des bouchers, le vin qui coulait, rouge sombre, dans les gobelets d'étain et dans les gosiers assoiffés, les chansons à boire et les rires éméchés, son discours tonitruant, les applaudissements des compagnons bouchers ponctués d'invectives et de jurons. À vrai dire, il n'a qu'un vague souvenir de ce qu'il a pu dire, tout se mêle dans un brouillard poisseux, hormis le fait qu'il a copieusement bu à la santé de Johannes Betschold. Essayant de rassembler ses idées, il pousse un grognement, comprime entre ses mains ses tempes douloureuses. Il pense de nouveau qu'il lui faut se lever. Ses idées, peu à peu, s'éclaircissent : c'est lundi, jour d'abattage. La nuit est encore noire, mais le travail n'attend pas : dès l'aube, les paysans amènent les bêtes aux abattoirs, sur les bords de l'Ill, dans un concert de beuglements, de grognements, de raclements de sabots, et les bouchers se mettent au travail, égorgeant bœufs, moutons, porcs et, pour les riches, quelques veaux. Les apprentis se mettent aussitôt à dépecer, couper, trancher, entasser les quartiers de viande fumante sur les charrettes, qui s'ébranlent lourdement, dans le grincement des essieux mis à rude épreuve. Les déchets sont directement jetés dans l'Ill, qui les enfouit dans ses eaux glauques et les mêle à la vase immémoriale des profondeurs.

Johannes est le chef de la corporation des bouchers. Un titre qu'il a gagné à la force du poignet ou plutôt à la force de ses bras puissants et de ses mains, épaisses et larges comme des battoirs. Nul, parmi ses pairs, ne songerait à s'opposer à lui ou même à élever la moindre objection quand il donne des ordres. Il exerce sur eux, depuis toujours, une autorité incontestée, dont le socle est la crainte. Depuis toujours ? En vérité, les membres de la corporation le savent bien, depuis les événements qui ont, plus de quinze ans auparavant, secoué la ville, lorsque la peste était aux portes, soufflant son haleine empoisonnée sur les corps et les esprits, insufflant la terreur et la folie dans les âmes.

Johannes jure, une fois encore, puis, repoussant brutalement ses couvertures, il saute à bas de sa couche avec une agilité que n'auraient pas laissé attendre sa taille et sa corpulence. Mais il n'est pas bien solide sur ses jambes. Frissonnant dans l'air glacé, il vacille, se rattrape au montant du lit et se met à crier à tue-tête : « Greta ! Karl ! Gustav ! » Comme personne ne répond assez vite à son goût, il appelle encore : « Julia ! »

La maison reste silencieuse : ni sa femme, ni son fils, ni l'apprenti, ni la servante ne répondent. La colère le gagne, amplifiée par le froid, qui fait fumer son haleine. Que font-ils donc, ces feignants ? Où sont-ils tous ? Sans doute à paresser dans la chaleur de leurs lits ou de leurs paillasses ! À cette idée, la fureur l'embrase : ils vont voir, tous, de quel bois il se chauffe ! Ils vont faire connaissance avec les lanières toutes neuves de son fouet ! À commencer par sa femme ! Il la soumettra, celle-là ! Femelle insolente ! Il la fera taire enfin, il éteindra sur ses lèvres et jusque dans ses yeux cette lueur d'effronterie qui se mêle à la peur ! Il la tuera s'il le faut, mais il la domptera !

Au troisième appel, il manque s'étouffer de rage. Cependant, une femme apparaît à la porte, se glisse dans la chambre, évitant de se rapprocher du lit, auquel Johannes Herrmann se retient toujours. Elle est de petite taille, très corpulente, aussi large et ronde qu'une barrique, comme dit son mari, les jours de bonne humeur, tout en donnant au passage, hilare, une tape puissante sur son arrière-train. Elle coule un regard acéré et rapide en direction de l'homme vociférant avant de baisser les yeux.

—Ah ! Enfin ! Pas trop tôt ! Tu as de la chance que mon fouet ne soit pas à ma portée ! Où sont ces feignants de Karl et de Gustav ? Va les chercher tout de suite, qu'ils courent à l'abattage et qu'ils me remplacent pour aujourd'hui. Qu'ils rapportent ici la viande. Quant à toi, tu ouvriras l'échoppe. Et, quand ils seront de retour, tu iras vite chez l'apothicaire et tu lui demanderas une potion contre les effets de la soûlerie. Vite, allez, bouge-toi, qu'est-ce que tu attends là, à rouler les yeux comme une carpe ?

La grosse petite femme, sans un mot, remue lourdement son corps, fait demi-tour dans un bruit de tissu froissé et disparaît par la porte, qu'elle laisse entrebâillée. On entend son pas pesant décroître, puis disparaître dans l'escalier.

Johannes se recouche tant bien que mal, en proie au vertige. Son mal de tête empire, et des nausées lui soulèvent le cœur. C'est sûr, il a forcé sur la boisson la veille au soir, mais comment résister à la force du vin qui coule dans la gorge comme la vie même, qui réchauffe le ventre et la tête, se répand puissamment dans les bras, les jambes, vous monte au cerveau, fait vaciller la raison et délivre de la peur et du remords ? Comment résister aux compagnons de beuverie qui gueulent à tue-tête, d'une voix de plus en plus pâteuse, des exploits extraordinaires et des refrains égrillards et qui, à grand renfort de tapes dans le dos, vous versent à boire, encore et encore, veillant jalousement à ne jamais laisser un gobelet vide, en injuriant copieusement les fils de putes qui ne savent pas boire comme des hommes ? Ces soirs-là, il oublie tous ceux qui le fâchent, il se soumet docilement à la caresse du vin qui s'empare de lui par toutes les fibres de son corps, abîmé tout entier dans cet état vaguement bienheureux, sans tourments et sans pensées.

Johannes somnole. S'agite. Parle en dormant. Son sommeil est entrecoupé d'images confuses. Il cuve son vin.

La maison est silencieuse. Il a mal à la tête. Greta en met du temps ! Elle le fait exprès ! Il lui administrera la raclée qu'elle mérite dès qu'il sera remis de sa cuite... Il est mal en point. Mais quelle soûlerie, par Dieu et tous ses saints ! Il ne regrette rien, fichtre non ! Même si la migraine lui vrille le crâne, même si les vapeurs d'alcool s'entêtent à lui embrumer l'esprit... Tous les gars de la corporation étaient de la fête. Quelqu'un avait fait un discours hier soir, mais il avait oublié qui... Dans sa mémoire confuse, il s'efforce de se rappeler qui parlait ainsi, avec force et colère... La vérité, c'est que Greta et Karl lui rendent la vie impossible, oui, impossible... Ils sont toujours là, à comploter contre lui, à chuchoter, à échanger des signes... Est-ce qu'ils croient vraiment que lui, Johannes, ne s'en aperçoit pas ? Ils le prennent pour un imbécile, ces deux-là ! Ils sont de mèche avec les voisins, tous, ils n'ont tous qu'une idée, le voler ! Hier soir, par exemple – ou bien n'était-ce pas plutôt la semaine dernière ? –, il a vu son fils remettre subrepticement un paquet à sa mère, un paquet de petites dimensions, enveloppé d'un morceau de toile grise. Oui, pour sûr, ils mijotent quelque chose... Mais gare à celui qui osera se frotter à lui ! Le tailleur de pierres... Et ce menuisier qui ne dit jamais rien... Se méfier d'eux... Soudain, une crainte affreuse l'assaille, surgie des vapeurs d'alcool qui embrument encore son cerveau : peut-être Karl a-t-il trouvé la cachette où lui, Johannes, entrepose son or ? Les belles pièces d'or, celles qu'il a, en secret, entassées ? Un beau pécule, ma foi, un pécule qu'il doit à son sens du commerce et aussi à son habileté... Il sait, mieux que personne, profiter des circonstances. Comme il y a dix ans, par exemple... Son fils et sa femme... Il continue à ruminer les griefs qu'il nourrit contre eux, marmonne des menaces indistinctes, s'assoupit, émerge, s'endort à nouveau, rêve que Greta et Karl se sont entendus pour le tuer... Qui donc parlait si bien hier soir ? Les Juifs... L'orateur d'hier avait parlé des Juifs... Les Juifs ! Encore et toujours eux ! Il secoue la tête, avec une exaspération rageuse, comme pour chasser une mouche obstinée... Les Juifs, partis en fumée ! Pfuit ! Disparus ! On avait fait du bon travail, il y a quinze ans ! Sauber ! C'était Sauber qui parlait hier soir ! Mais non, criait-il, et sa voix heurte douloureusement le front et les tempes de Johannes, mais non, ils reviennent toujours ! Peut-être sont-ils déjà là, cachés dans la ville, à votre nez et à votre barbe, embusqués, dans l'attente patiente de la vengeance ! Ils vont revenir et ils vont nous tuer, les uns après les autres ! L'homme haranguait l'auditoire. Sauber ! Soudain Johannes voit, dans son sommeil entrecoupé, comme illuminé par un éclair, le visage chafouin du marchand de drap, qui replonge aussitôt dans le brouillard de son cerveau. Est-ce lui, Johannes, qui a repris, en écho : « Les Juifs reviennent, c'est Satan qui les guide » ? Satan bien sûr ! Comme le martelait autrefois le curé de Saint-Pierre-Le-Jeune... Johannes se souvient, avec une étonnante netteté, inattendue dans la confusion de l'ivresse... La messe qu'il servait comme enfant de chœur. Les prêches dominicaux, répétitifs, obsédés, qui, du haut de la chaire sculptée, tonnaient, semaine après semaine, contre les Juifs, coupables pour l'éternité d'avoir tué Notre-Seigneur Jésus-Christ et condamnés à payer à tout jamais cet inexpiable péché. Le curé était grand et large, il faisait de vastes mouvements avec ses bras, les manches de sa soutane semblaient prendre leur envol, ses mains se tendaient, accusatrices, sa voix dramatique remplissait la nef de pierre et se répercutait contre les piliers. Lui, Johannes, dans sa robe blanche, écoutait de toute son âme, et c'était Dieu lui-même qui lui parlait et qui lui demandait de haïr les Juifs ! Un jour, promettait-il, il tuerait les Juifs perfides, ces créatures du Diable, et il priait la Vierge Marie de le faire grandir bien vite, afin de pouvoir accomplir sa promesse.

Johannes somnole et émerge, au gré des visions agitées qui l'assaillent, gardant conscience des élancements dans son crâne. Et sa colère impuissante se déverse par à-coups rageurs et se répand en menaces entrecoupées de gémissements contre Greta, qui n'est toujours pas revenue. Peut-être Karl et elle sont-ils occupés à le voler ? Il se réveille au bruit de la porte du logis qui se referme. Sa femme a dû rentrer. Ce n'est pas trop tôt ! Il aboie son nom. Pas de réponse. Sa tête lui fait mal. Ses idées sont toujours troubles. Quelqu'un marche dans le couloir. Enfin ! Il est couché le dos vers la porte. Celle-ci s'ouvre. Un courant d'air froid s'engouffre. Elle a dû laisser la porte d'en bas ouverte. Un flot de rancune rageuse l'envahit. Elle ne perd rien pour attendre ! Sa femme est entrée. Elle referme la porte. Il hurle son nom. Pas de réponse. Pourtant, il l'entend marcher ! Quelle raclée il lui administrera quand il sera à nouveau sur pied ! Elle s'approche, la voilà près du lit, il essaie de tourner la tête, mais la douleur lui martèle les tempes et la nuque. Il gémit... Voit le bras de sa femme au-dessus de lui... Elle tient... Il ne voit pas bien, dans la lumière de l'aube qui a chassé la nuit et qui l'éblouit, intensifiant la douleur qui pèse sur ses yeux. La main s'élève, que fait-elle donc ? Reste suspendue un long moment, et soudain, quand Johannes se retourne enfin, s'abat...

Ludwig descend l'escalier. Pour la deuxième fois, depuis ce matin. Il se rend à l'atelier de maître Niklaus, au coin de la rue des Charpentiers. C'est là qu'il travaille depuis son arrivée à Strasbourg, il y a un an. Il a été engagé comme aide dès qu'il a montré au maître de quoi il était capable. Il mène depuis lors une vie calme, routinière et rassurante, dans laquelle il s'est installé, désireux de s'ancrer corps et âme dans le présent solide, même s'il est fugace, et il interdit désormais à son esprit de vagabonder. Seul compte pour lui le travail, cette inscription de sa volonté dans le bois docile qu'il rabote, scie, transforme en planches, puis en meubles, et sculpte enfin – c'est cet aspect de son travail qui lui plaît le plus – de motifs floraux et végétaux.

Il descend l'escalier depuis le troisième étage, la main sur la rampe, dont il sent sous sa paume la rondeur lisse, il entend la jeune femme du deuxième étage qui chante une berceuse, instant fugace de nostalgie vite évanouie, il arrive au palier du premier, là où habite Johannes Herrmann, le boucher. La porte est entrebâillée. Il s'arrête, songeur. Se demande s'il ne devrait pas la fermer. Hésite. La chose pourrait paraître insolite. Ludwig reste un instant immobile, puis se décide à descendre. S'arrête quelques marches plus loin, puis remonte. Encore un instant d'hésitation. Il s'immobilise, écoute, n'entend rien, frappe, n'entend toujours rien, entre, fait quelques pas, voit à droite la porte de la chambre entrouverte, frappe à nouveau, puis appelle : pas de réponse. Il passe doucement la porte, entre et se fige : couché sur le lit, inerte, le boucher gît, le manche d'un couteau visible au milieu de sa poitrine. Ludwig n'a pas bougé. Un long moment s'est écoulé. Il regarde. Avec application. Note la scène dans ses détails.

Les yeux ouverts du boucher. Des yeux étonnés. La bouche, elle aussi ouverte, sur un oh de surprise, peut-être... Un bras qui pend au-dehors du lit, comme une chose un peu ridicule. Le silence. Aucune protestation. Silence en lui. Silence dans la pièce. *Je ne m'appelais pas Johannes autrefois... On en a pourfendu, encore et encore... Ah ! C'était le bon temps !* Dehors, soudain, le grognement d'un cochon, auquel font écho des aboiements furieux et l'appel du boulanger qui a commencé sa tournée à travers les rues. Ludwig est toujours immobile. Soulagement et regret, en même temps qu'une grande lassitude et le sentiment de l'inutilité de toutes choses. Il s'arrache enfin à sa contemplation, s'oblige à quitter la pièce à reculons, se glisse par la porte sans la refermer, descend l'escalier quatre à quatre, gagne la rue et sans se retourner, se met à courir. Il fait très froid. Le sol est recouvert d'une pellicule de glace translucide. Ludwig frissonne. Il passe devant l'échoppe où Karl et Gustav s'activent, évite de justesse une demi-douzaine de chiens agglutinés devant le seuil, en train de lécher les traînées de sang qui ont dégouliné des chariots revenus des abattoirs, remonte la rue des Bouchers, heurte un porteur d'eau qui jure tout son soûl, traverse le pont des Supplices, tourne à droite, coupe par le chantier de la cathédrale, arrive à l'angle de la rue des Charpentiers, au milieu du brouhaha matinal, cris d'animaux, appels des marchands, harangues des crieurs et des bonimenteurs, coups de marteaux, et, le cœur battant, gagne enfin l'atelier de maître Niklaus. Il s'engage sous le porche avec soulagement, débouche dans la cour où l'accueillent les mille bruits rassurants de l'atelier, grincements de la scie, raclements du rabot, voix du maître qui donne ses instructions aux apprentis, leur explique comment s'y prendre. Sans lever les yeux de l'établi où travaille le plus jeune des apprentis, il apostrophe le nouvel arrivant :

— Eh bien, tu es en retard ce matin ! Serait-ce qu'une jolie fille t'a tourné la tête avec sa gentille frimousse ?

Ludwig rougit jusqu'à la racine de ses cheveux.

— Je vous demande pardon, maître.

Maître Niklaus éclate d'un rire tonitruant. Ludwig est toujours aussi surpris au bout d'un an, par le tonnerre de ce rire qui le fait à chaque fois sursauter, qui roule dans toute la cour et fait se pencher aux fenêtres les ménagères, avant de se calmer d'un coup. Il a sursauté, comme d'habitude, puis a gagné son propre établi où l'attend, rassurant, hors d'atteinte de l'imprévu, son travail. Il s'attaque à une planche destinée à devenir une paroi de coffre, qu'il se met en devoir de sculpter. Et ses coups de burin retentissent avec force et précision, réguliers, bouchant les trous du temps, par où voudrait s'engouffrer tout le malheur du monde.

Le quartier tout entier, d'un bout à l'autre, depuis le chantier de la cathédrale jusqu'aux berges de l'Ill, est en émoi. La nouvelle du meurtre de Johannes Herrmann s'est propagée comme une traînée de feu, embrasant tout le quartier, suscitant des exclamations d'incrédulité et des commentaires passionnés où l'indignation et la curiosité se tissent au plaisir d'échapper à la routine et de cancaner : enfin quelque chose se passe !

Les hommes d'armes du guet sont arrivés dès que la nouvelle a été transmise aux quatre Stettmeisters, les magistrats municipaux. L'un de ceux-ci a pris la peine de se déplacer personnellement et d'accompagner Gottfried Bucher, le Schultheiss ou prévôt, en charge d'élucider les crimes. Celui-ci a constaté la mort du boucher. Il a procédé sur-le-champ aux premières observations que le greffier de justice a aussitôt consignées, inscrivant scrupuleusement le moment où le meurtre a été signalé, l'état de la chambre, celui du corps. De son regard perçant, il a balayé la pièce, avant d'en faire le tour, examinant coins et recoins, attentif à noter les moindres détails, se penchant sur le mort, dont la face prend déjà une teinte cireuse. Il observe le manche de l'arme ; il fait signe à l'un de ses hommes. Celui-ci s'approche du cadavre, retire la lame et la tend à Gottfried, qui la scrute avec attention, avant de l'enserrer dans un sac de toile épaisse. Les hommes d'armes n'ont pas relevé d'effraction ni de traces apparentes de vol. Cependant, ils ont attendu le retour de l'épouse du boucher pour confirmer que rien n'avait été subtilisé.

C'est Karl, le fils du boucher, qui a averti le prévôt : il travaillait à la boucherie en compagnie de Gustav, l'apprenti ; ne voyant pas arriver son père, il est monté à l'étage vers le milieu de la matinée. Surpris de trouver la porte d'entrée entrouverte, il a pénétré dans le corridor, étonné, a-t-il dit, du silence. Il a pensé que son père n'était pas encore remis de la beuverie de la veille au poêle des bouchers – les membres de la corporation avaient copieusement arrosé leur dîner mensuel, il en savait quelque chose, car son père avait fait grand bruit en rentrant soûl comme un cochon vers la minuit, criant des insultes à l'égard de son feignant de fils, heurtant les meubles sur son passage et renversant l'une ou l'autre chaise. Finalement, il avait dû s'affaler sur son lit et s'était mis à ronfler bruyamment. Lui-même s'était bien gardé de se lever, peu soucieux de recevoir des coups. Plus tard, il l'avait entendu se réveiller, sans doute à cause du froid, et grommeler des mots qu'il n'avait pas compris. Puis les ronflements avaient repris.

Donc, ce matin, il entre dans la chambre à coucher et découvre son père mort, poignardé. Aussitôt, dit-il, il a couru avertir la milice municipale et les services de police à la Pfalz[1].

Les déclarations du fils ont été consignées par écrit par le greffier. Le chef des hommes d'armes lui a posé quelques questions supplémentaires pour lui faire préciser la succession chronologique des faits : son réveil aux aurores, lorsque la voix furieuse de son père l'avait appelé, l'incapacité de ce dernier à se lever, son départ à lui vers les abattoirs en compagnie de Gustav.

— Où était ta mère à ce moment-là ?

— Mon père l'a envoyée chercher un remède chez l'apothicaire.

Greta est arrivée entretemps. Elle est déjà informée de ce qui s'est passé, car les voisins se sont empressés de la mettre au courant. Le prévôt note que, pas plus que son fils, elle ne manifeste de douleur ni ne pleure. Pas un trait de son visage ne bouge. Elle est seulement très pâle. C'est une femme de petite taille, sans couleur, se surprend-il à penser : en total contraste avec la carrure impressionnante de son défunt mari, ventre proéminent, bras puissants, voix de stentor ; sa silhouette, pourtant épaisse, semble curieusement fugitive, comme si elle était sur le point de fondre. Elle fait visiblement effort pour tenir le moins de place possible, les bras étroitement serrés autour de son corps, immobile, figée. Seuls ses yeux bougent, glissant rapidement de l'un à l'autre des protagonistes, sans s'arrêter, en une sorte de danse effrénée, comme si toute sa capacité de mouvement s'était concentrée là, dans ce

[1] L'Hôtel de ville

regard mobile à l'extrême, qu'elle pose sur le prévôt, le greffier avec son écritoire, les hommes d'armes, son fils...

—Je te demande où tu étais ce matin.

La voix de Gottfried Bucher est teintée d'impatience. Greta se rend compte que c'est à elle que la question s'adresse.

—Je suis sortie pour ouvrir l'échoppe tôt ce matin, car mon mari me l'avait ordonné. Quand Karl et Gustav sont arrivés, je suis allée chez l'apothicaire près de la cathédrale pour lui acheter des herbes.

—Comment se fait-il que tu sois restée absente jusque maintenant ?

—C'est que j'ai été retardée par ma voisine du dessus qui avait besoin de moi et qui m'a priée de venir l'aider.

Le regard de la femme est empreint d'inquiétude, il se pose sur son fils.

—Quelle voisine ? demande le prévôt.

—Magdalena, la femme de Hans, le tailleur de pierre.

—Pourquoi avait-elle besoin de toi ?

Nouveau coup d'œil au fils : est-ce un appel à l'aide ? Le fils ne la regarde pas, il fixe ses pieds. Bucher note son attitude tendue, le corps ramassé sur lui-même, comme celui d'un animal pris au piège, prêt à bondir dehors à la première occasion. Instinctivement, il se rapproche de la porte. La mère s'est ressaisie. Elle explique que Magdalena vient d'accoucher de son premier enfant, un garçon, et qu'elle n'arrive pas à lui donner le sein.

—Et tu es restée chez elle durant tout ce temps ?

Le prévôt, qui connaît la situation, s'en veut de la mettre ainsi sur le gril : il sait bien, comme tout le quartier, que Johannes le boucher battait sa femme et son fils, non pas avec mesure et pour redresser des dispositions tordues, comme tout mari ou tout père est amené à le faire parfois, mais à grande violence et cruauté, pour rien d'autre qu'un plaisir mauvais, même à jeun, à plus forte raison quand il s'était soûlé. Comment reprocher à cette femme de chercher refuge ailleurs ? À nouveau, elle quête désespérément le regard de son fils, qui le lui dérobe obstinément.

— Oui, chuchote-t-elle.

— Vous avez une servante, m'a-t-on dit. Va la chercher, afin que je lui pose quelques questions.

Sur-le-champ, Karl se précipite hors de la pièce. Quelques minutes s'écoulent. Personne ne parle. Le greffier a levé les yeux de son parchemin ; son encrier est posé sur une chaise au dossier de bois ajouré d'un motif en forme de cœur, et il tient à la main sa plume, momentanément inutile, laissant aller ses yeux du cadavre allongé dans le lit, dont le visage a pris une teinte cireuse, à la femme figée d'immobilité et de silence. Le prévôt la regarde distraitement, conscient que ce drame n'en est un que pour les membres de la famille et qu'il ne constitue pour les personnes présentes qu'un fait divers ou un spectacle. Il soupire, et comme si ce soupir avait rompu un enchantement, le mouvement et le bruit reprennent leurs droits : Karl est revenu, seul, les bras écartés en signe d'ignorance ; il n'a pas trouvé la servante.

Sur un ordre bref de Gottfried, les hommes d'armes s'égaillent, d'abord dans le logis, puis dans l'immeuble, enfin dans les rues du quartier. Ils reviennent bredouilles : la servante n'est nulle part.

Quelques instants plus tard, on dépose le corps sur un brancard qu'on descend tant bien que mal, non sans cogner au passage tantôt le mur de pierre tantôt la balustre de bois de l'étroit escalier en colimaçon, si bien que le mort est secoué de soubresauts qui font se signer craintivement les voisins et les badauds présents.

Le prévôt a fait publier par le crieur public un appel à témoignage, demandant expressément à tous les habitants de la maisonnée ou du quartier qui auraient pu remarquer quelque chose de suspect, de se manifester et de dire ce qu'ils savent. Pour l'heure, la servante demeure introuvable. Certains, parmi les voisins les plus proches, ont été convoqués à la Pfalz et longuement interrogés. Personne n'a rien vu, rien entendu. Tous ont été choqués par l'assassinat du boucher, choqués comme on l'est quand la mort fait brutalement irruption : car on n'attend jamais la mort, même si chacun sait qu'elle est inéluctable, même si le curé, tous les dimanches, à l'église, met en garde les pécheurs, leur décrivant par le menu les tourments qui attendent en Enfer ceux qui auront oublié le Seigneur et se seront adonnés à une vie de plaisirs, même si l'évêque a fait placer dans la grande nef de la cathédrale un retable somptueux, qu'il a acquis à prix d'or, et qui déroule devant les yeux des paroissiens, jour après jour, une danse macabre où hommes et femmes, riches et pauvres, nobles et bourgeois, seigneurs et manants, forment une seule et même ronde, guidés par le fouet de la mort au squelette ricanant. À la nouvelle du meurtre, stupéfié, chacun a tout à coup senti le souffle glacé de la mort le frôler. Chacun s'est dit, avec un frisson, qu'elle a passé bien près, qu'il l'a échappé belle, et le respect mêlé d'une crainte superstitieuse l'a disputé au soulagement d'être vivant.

Les interrogatoires n'ont fourni aucune piste aux enquêteurs. Mais les langues se sont démenées bon train, chacun y allant de son anecdote ou de son témoignage sur ce pauvre Johannes, un boucher qui connaissait son affaire, scrupuleux sur la qualité de sa viande, qui savait se faire respecter, même des riches et des patriciens. Et généreux avec ça ! Pensez donc, un homme qui ne refusait jamais de donner pour les pauvres, au point que le curé le citait publiquement en exemple aux fidèles ! Un homme qui avait contribué largement à l'achat, par l'évêque, de cette œuvre saisissante d'un grand peintre allemand, que les fidèles contemplent avec crainte et admiration dans la grande nef de la cathédrale. Qui avait bien pu l'occire ? Si c'était pas malheureux, tout de même ! Autrefois, on n'aurait pas tué comme ça... La ville devenait un vrai coupe-gorge ! Et on incriminait, à mots plus ou moins couverts, ces messieurs de la Pfalz : c'était bien beau d'aller de banquets en fêtes, d'organiser des tournois grandioses et des défilés somptueux au lieu de penser à la sécurité des Strasbourgeois ! Tenez, à propos de dîners, vous avez entendu que les Zorn ont invité le gratin de la ville et de ses environs pour une réception luxueuse dans leur palais, rue de la Haute-Montée. Ah, ces prétendus nobles, ils n'ont rien d'autre à faire qu'à s'engraisser sur le dos des artisans qui font pourtant la prospérité de la ville !

Au fil des interrogatoires et des confidences chuchotées par les uns avec des réticences craintives, proclamées par les autres avec une rancœur mêlée de jubilation, s'est dessiné pourtant peu à peu, en filigrane, le portrait d'un homme violent, ivrogne, une brute épaisse, qui terrorisait sa famille et son entourage. Personne n'ignore combien sa femme et son fils ont souffert de sa brutalité. Les cris de terreur et de douleur du premier étage étaient le lot presque quotidien des habitants de l'immeuble, qui s'y étaient habitués comme on s'habitue aux grognements des cochons, au caquètement des poules, aux grincements des charrettes, ou aux invectives des cochers. On laissait entendre aussi, à mots couverts, que Johannes Herrmann avait été un des meneurs de l'affaire du brûlement des Juifs, quinze ans auparavant, sous les ordres et aux côtés de Betschold.

Il s'y était engagé avec l'enthousiasme et la ferveur du pieux chrétien qu'il était, disaient certains en se signant, tandis que d'autres, sans le formuler clairement, semblaient réprouver ses agissements. Il avait été présent sur les lieux depuis l'aube, encourageant de la voix et du geste la foule, mettant personnellement la main à la pâte, activant le bûcher, considérant comme un privilège insigne de jeter lui-même au feu ces Juifs maudits, qui, non contents d'avoir tué Notre-Seigneur Jésus-Christ, s'entêtaient encore et toujours dans leur aveuglement insolent et refusaient la Vérité, insultant ainsi les bons chrétiens.

Les témoignages recueillis ont été soigneusement consignés par écrit. Mais ils ne fournissent aucune indication sur l'identité de l'assassin. Qui peut avoir tué Johannes Hermann ? Sa femme ? Son fils ? Les deux ensemble ? La violence du boucher, les mauvais traitements dont ils ont été abreuvés durant tant d'années peuvent-ils avoir poussé à bout l'un ou l'autre ou les deux ? Ou bien faut-il chercher ailleurs le mobile du meurtre ? Le chef de la police municipale sait, par expérience, que la solution la plus immédiate est rarement la bonne et que les coupables ne sont pas toujours, tant s'en faut, ceux auxquels on est amené à penser d'abord. Il referme le dossier, pensif, remettant au lendemain l'interrogatoire approfondi des membres de la famille et celui, qui n'a pas encore été mené, des serviteurs du boucher et des habitants du quartier.

Début février 1365

Klaus Sauber était seul à la cuisine. Sa mère s'était couchée tôt, comme elle en avait l'habitude, particulièrement en hiver. Comme tous les soirs, elle lui avait souhaité une bonne nuit, non sans le mettre en garde, comme elle le faisait rituellement depuis sa petite enfance, contre les mauvaises pensées qui viennent à la faveur de l'obscurité et en lui recommandant de se placer sous la protection de Notre-Seigneur Jésus-Christ et de sa sainte Mère, la Vierge Marie. Klaus avait respectueusement incliné la tête, ému par sa sollicitude et sa présence attentive. Il lui vouait une vénération absolue, inconditionnelle. C'était elle qui l'avait élevé. Seule, pensa-t-il. Pourtant son père n'était mort que quelques années auparavant, alors que Klaus avait déjà, depuis longtemps, atteint l'âge d'homme. Aussi loin qu'il remontât, c'était cependant d'elle seule qu'il se souvenait auprès de lui. Son père était, certes, le maître de la maison ; mais il l'était comme l'était Dieu, de loin, abstraitement en quelque sorte. L'image de son père était floue, imprécise, perdue depuis longtemps, en fait, Klaus s'en était rendu compte, depuis toujours.

Klaus, en proie à ses pensées, avait versé quelques brocs d'eau dans la grande bassine de métal qui servait à la toilette. Puis il s'était dévêtu et il se lavait à présent soigneusement, longuement, malgré le froid qui lui hérissait le poil. Il considérait ces ablutions glacées comme une pénitence qu'il offrait au Seigneur. Une pénitence et une purification. Il aspirait de toute son âme et de tout son corps à la pureté. Il se figurait un univers de bonheur calme, de plénitude, de blancheur, dans lequel il pourrait s'immerger, sans plus être tiraillé ni distrait de cet idéal qui brillait à l'horizon, immaculé et inaccessible. Mécontent, irrité contre lui-même, il frottait vigoureusement son dos, sa nuque, ses fesses. Il repensa, pour la centième fois, au rêve qu'il avait fait la semaine précédente et qui ne lui laissait pas de repos : il se trouvait dans un endroit inconnu, silencieux et désert, une sorte de sous-bois épais ; il était entouré d'arbres très hauts et la pénombre régnait autour de lui. Il avait peur. Soudain une voix comme il n'en avait jamais entendu avait tonné du ciel. Klaus, émerveillé et stupéfait, avait compris que c'était Dieu qui lui parlait. Il ne se souvenait pas des mots que la voix avait prononcés, – d'ailleurs Dieu avait-il besoin de mots pour s'exprimer ? – mais le message était clair, et il s'était imprimé, indélébile, dans sa mémoire : Klaus était chargé d'une mission. Une mission impérative. Une mission qui était en rapport avec les Juifs. Une mission dont il devait découvrir la teneur. Ce rêve l'obsédait. Il n'en avait parlé à personne. Sauf à son confesseur, Fritsche Closener. Et il s'en était amèrement repenti ! Il s'était attendu à recevoir du prêtre un accueil enthousiaste, des témoignages d'une admiration éperdue face au prodige de cette révélation. Et il se préparait, d'avance flatté, à cette caresse de son amour-propre. Au lieu de cela, le père confesseur avait été un parfait rabat-joie ! Oui, un rabat-joie ! Klaus à ce souvenir se mit à s'étriller plus vigoureusement. Le prêtre s'était d'abord tu. Longuement. Klaus percevait le bruit de sa respiration de l'autre côté de la paroi. Le silence se prolongeait. L'irritation gagnait le jeune homme. Il voulait que le prêtre le complimente, reconnaisse sa vocation d'élu de Dieu, l'encourage à aller de l'avant. Et quand Closener avait, enfin, pris la parole, c'était sur un ton mesuré qu'il avait conseillé à Klaus de se montrer prudent, vigilant, d'attendre un autre signe, de ne pas se précipiter et de ne pas tirer orgueil de la situation. Le Malin veille, lui avait-il dit, prends garde de ne pas te laisser induire en erreur. Satan, tu le sais, a plus d'un tour dans son sac, et il n'attend que l'occasion d'exploiter la bonne volonté d'hommes en quête de pureté comme toi pour les fourvoyer et les précipiter dans le péché.

Le péché… Klaus devait convenir, à son grand regret, que « le péché était tapi à sa porte », comme disent les Écritures Saintes. Il était reconnaissant à sa mère de lui avoir rappelé tous les jours, depuis sa plus tendre enfance, que la luxure et la fornication constituaient le péché par excellence. Elle lui avait enseigné, depuis toujours, qu'il ne devait pas regarder son sexe, encore moins, Dieu préserve, le toucher. Il devait prier, encore et encore, tomber à genoux quand la tentation de la chair le prendrait et s'efforcerait de faire de lui son esclave. Et c'était ce qu'il avait fait, en fils obéissant, quand le désir charnel s'était, en effet, emparé de lui. Et en même temps qu'il s'abattait sur son prie-Dieu, dans sa chambre, et qu'il suppliait Dieu, avec des sanglots, de l'aider à venir à bout des mauvaises pensées qui l'assaillaient et du péché de chair contre lequel il luttait de toutes ses forces, il voyait défiler dans sa tête des processions de femmes et de jeunes filles, avec leurs lourdes robes de velours ou de brocart, avec le voile vaporeux qui tombait de leurs coiffes autour de leurs visages, avec leurs tailles fines prises dans les guimpes bien ajustées, avec leur manière d'incliner la tête, de toucher les étoffes de leurs mains blanches, et il se consumait de désir…

Klaus se lavait avec frénésie. Il frottait à présent ses bras, son ventre, ses cuisses, insistant, en détournant les yeux, sur son sexe, et trouvant dans cette insistance même, malgré lui, un plaisir coupable. Un visage lointain émergea de la brume du passé. Un visage qu'il aurait voulu oublier, mais qui résistait, têtu, vivace, indestructible comme la mort. Une jeune fille. Belle comme le Diable. Une Juive. C'était il y avait longtemps, avant la mort noire, avant le brûlement. Elle était venue à l'échoppe avec sa mère. Il avait vu les deux femmes, modestement habillées, s'arrêter comme tant d'autres devant l'étal. En vérité, il n'avait vu que la jeune fille : son visage menu aux traits d'une extrême finesse, sa peau blanche et lisse, ses cheveux bruns étroitement nattés autour de la tête, ses yeux verts comme deux lacs vertigineux. Il avait été saisi d'éblouissement, au point de devenir aveugle et sourd au monde qui l'entourait. Il avait péniblement émergé quand la mère de la jeune fille avait réitéré sa demande : elle cherchait un beau coupon de velours pour confectionner la robe de fiançailles de sa fille aînée. Il avait alors mis sens dessus dessous la boutique, leur présentant les pièces d'étoffe les plus belles et les plus chères, assurant qu'il leur ferait un bon prix. Par la suite, il avait cherché sans relâche à revoir la jeune fille. Rien d'autre ne comptait que le désir forcené, impérieux de la retrouver, de la contempler. Elle était juive, elle faisait partie du peuple réprouvé et aveugle, mais il la convertirait à la vraie foi.

Cette certitude lui donnait des ailes. Il abandonnait l'échoppe des heures durant, parcourant les rues du quartier juif, observant, guettant, espérant. Son obstination avait fini par payer : un beau matin, il l'avait vue au coin de la rue des Charpentiers. Il avait osé l'aborder. S'était fait reconnaître comme le marchand qui avait vendu à sa mère une pièce de velours bleu roi quelques jours auparavant. La jeune fille, interdite, n'avait su quoi répondre. Il lui avait dit qu'elle était si belle, qu'il ne pensait plus qu'à elle. Elle avait rougi, de honte, de crainte, s'était détournée. Il l'avait saisie par le bras. Elle s'était dégagée et, rebroussant chemin, s'était mise à courir. Il l'avait vue s'engouffrer dans la seconde maison. Il était revenu le soir même. Puis le lendemain. Puis le surlendemain. Sans résultat. Il avait ainsi attendu des jours et des jours, sous le regard étonné, puis méfiant, des Juifs du quartier. Un matin, un vieil homme coiffé du chapeau pointu, la rouelle jaune cousue sur sa tunique, s'était approché et lui avait dit :

— Messire, la jeune fille que vous cherchez n'habite plus ici.

Et en réponse à la question de Klaus, il avait ajouté avant de s'éloigner :

— Elle a quitté la ville.

De ce jour il avait conçu une terrible colère à l'endroit des Juifs.

Et des femmes.

Sa mère ne l'avait-elle pas depuis toujours mis en garde contre la tentation de la chair ? Et qui d'autre que les femmes induisait en tentation les chrétiens honnêtes, n'ayant d'autre objectif que de les faire chuter dans le précipice du péché ? C'est ce que le curé allait répétant à longueur de prêche, citant abondamment la sainte Bible, saint Paul et les Pères de l'Église : les femmes ne sont que ruses et pièges. C'est Ève qui a introduit dans le monde le péché et la mort. Car si Ève n'avait pas fauté et n'avait pas entraîné le malheureux Adam dans la Chute, l'humanité n'aurait pas été chassée du Paradis et serait restée immortelle. Toutes les femmes sont des descendantes d'Ève, toutes sont coupables et toutes sont, comme elle, frappées par la malédiction divine. Les femmes sont la porte de l'Enfer. Elles ne pourront se racheter qu'en se soumettant en toutes choses à l'autorité de leurs maris et en devenant des mères irréprochables et prêtes à se sacrifier.

Klaus, quant à lui, ne s'encombrerait décidément pas d'une femme. Le mariage n'était qu'un pis aller pour ceux qui ne pouvaient surmonter leur passion. Mais lui était fait d'une autre trempe : il resterait célibataire, consacrant sa vie et ses forces à Jésus-Christ et à la sainte Église et accédant ainsi à la pureté du corps et de l'âme.

Klaus Sauber avait terminé sa toilette. Il se sécha méticuleusement. Il claquait des dents, à vrai dire. Il s'enveloppa dans une épaisse couverture de laine. Et se reprit à songer.

Après la fuite de la Juive, il n'avait pas décoléré. Cela s'était passé en l'an de grâce 1348, au début de l'été. Il se souvenait encore de la douceur de l'air, des bouts de ciel bleu qui se frayaient insolemment un passage dans l'espace étroit entre les toits pentus des maisons, il se souvenait de la petite musique tendre qui chantait toute seule dans sa tête, tandis qu'il attendait au coin de la rue des Charpentiers. Il avait eu envie de frapper le vieux Juif, le messager de malheur, de le tuer là, sur place. Il ne l'avait pas fait. Mais la fureur ne l'avait depuis lors pas quitté. Et quand, quelques mois plus tard, le fléau, suscité par Dieu pour les péchés des hommes, était sorti de sa léthargie et avait entamé son périple meurtrier depuis les contrées du nord et de l'est, quand la terreur des hommes avait cherché des coupables à châtier afin de détourner et d'apaiser la colère divine, quand on avait tout naturellement proclamé la culpabilité des Juifs perfides et maudits qui, disait-on, avaient empoisonné sources et points d'eau, il avait adhéré à la clameur commune, trouvant là, dans cette unanimité brûlante de rancune et de peur, un soulagement à sa peine, une réparation de l'injustice qu'il avait subie, un assouvissement de la haine que, bien avant son échec amoureux, les prêtres, les évêques, l'Église tout entière avait semée, entretenue, fait pousser dans le cœur des fidèles. Le brûlement des Juifs, malgré toute son horreur, était l'accomplissement même de la justice. Du moins, rectifiait-il, le commencement de son accomplissement. Car les chrétiens, il le savait bien, n'étaient pas quittes, tant s'en fallait, avec le péché. Quelques mois plus tard, en juillet 1349, un an exactement après la déconvenue de Klaus et la disparition de la Juive qu'il aimait, étaient arrivés dans la ville les Flagellants avec leurs cortèges sanglants et extatiques. Ils prêchaient le repentir et la pénitence, clamant que le Seigneur était las des péchés des hommes et que la peste était le châtiment qu'il leur envoyait. Klaus leur avait, sans même prendre le temps de la réflexion, emboîté le pas, les suivant de village en village, de ville en ville, s'arrêtant avec eux sur les places, se frappant sauvagement au même rythme qu'eux, plaisir et douleur mêlés. Son voyage avait duré quelques semaines, jusqu'à l'interdiction prononcée par le pape… Il avait alors regagné Strasbourg et avait repris sa vie laborieuse et terne, aux côtés de sa mère vieillissante et vigilante.

Klaus Sauber s'allongea sur sa couche.

Une immense fatigue l'accabla. Et le sentiment que sa vie se traînait, inutile et morne, d'un jour au suivant, d'une année à l'autre. Il pensa à nouveau au songe qui l'avait visité : là était le salut ! Dans ce signe que Dieu dans sa miséricorde lui avait envoyé, le distinguant, le choisissant, l'arrachant à la médiocrité d'une vie sans relief, faisant de lui le messager de sa parole. Il se sentit soudain pénétré du sentiment de son importance et une énergie nouvelle coula dans ses veines. Il s'endormit un sourire bienheureux aux lèvres.

II.

Ludwig à Strasbourg

1er JANVIER 1364

La ville était déserte en ce matin du premier de l'an 1364, tandis que Ludwig avançait, solitaire, au long des rues enfouies sous une épaisse couche de neige. Depuis qu'il avait franchi la porte de Pierre, à l'entrée nord de la ville, il n'avait croisé âme qui vive. Les fêtards de la Saint-Sylvestre cuvaient leur vin et les réjouissances de la nuit passée. Ludwig marchait d'un bon pas, la capuche de son manteau rabattue sur sa tête, les épaules remontées, les mains enfoncées dans ses manches, le long de la rue de la Nuée-Bleue, longeant les maisons obscures, encore engluées de nuit ; seul le crissement de ses pas dans la neige fraîche troublait l'épaisseur du silence. Il avait le sentiment de progresser dans une ville fantôme. Des écharpes de brouillard flottaient, s'accrochant un instant au rebord des toits, passant, aériennes et fugitives, avant de se dissiper dans l'air froid. Le silence était total. Et du fin fond du silence, comme née de ses abysses, une fine mélodie montait, à peine audible, habillant de notes flûtées, fugaces, le vide du temps et de l'espace. Ludwig marchait, pris peu à peu par un sentiment d'irréalité. Il avait la sensation de flotter lui-même, son corps lui semblait de plus en plus léger, ses pieds touchaient à peine le sol. Il s'efforça de se ressaisir, essaya de se raisonner. Les traînées de brume s'étiraient, s'estompaient puis s'épaississaient à nouveau, se jouant de lui, se matérialisant en figures fantaisistes, visages d'enfants qui se faisaient et se défaisaient, spectres souriants et évanescents, faces grimaçantes et hurlantes. Des pointes de brume montaient à l'assaut des maisons endormies, léchaient les toits comme des flammèches échappées d'un incendie. Ludwig avançait, le cœur battant. Cette ville lui était étrangère, et pourtant il éprouvait un étrange sentiment de déjà-vu. Il se souvint qu'il y était déjà venu cinq ans auparavant, en compagnie de son père. La ville était, en vérité, vide. Vide. Cette évidence lui sauta aux yeux et au cœur. Et son corps, soudain, s'alourdit considérablement, rivé au sol comme par une force étrangère, ses pas lui parurent pesants, il lui semblait ne plus pouvoir les arracher à la terre, comme dans un rêve oppressant où le danger est là, menaçant, et où, tentant désespérément de fuir, on reste cloué, paralysé. Des images folles le traversaient, fugaces comme les figures et les flammes de brume, et il cherchait douloureusement à les saisir, et elles lui échappaient toujours, le laissant orphelin et désespéré. Il se sentait sombrer. Le monde autour de lui était comme frappé par un sortilège. Il fit un violent effort pour reprendre pied. Il était parvenu à la hauteur d'une église, un peu en retrait sur sa droite. Il la dépassa, continua tout droit. Les maisons s'espaçaient, séparées par des champs blancs de neige. Une série de hennissements sonores pulvérisa soudain le silence matinal, au moment où il arrivait à la hauteur d'une écurie. Il déboucha sur une longue place, qu'il reconnut : c'était la place du Marché aux Chevaux, déserte et silencieuse comme le reste de la ville. Il s'engagea dans la rue de la Cathédrale, longea les échoppes aux auvents baissés, passa devant le poêle des menuisiers. Le sentiment d'une indicible solitude lui étreignait le cœur. Ses pas se firent à nouveau pesants, à nouveau il peina à s'arracher au sol qui lui semblait vouloir l'engloutir. La rue débouchait sur le côté nord du chantier de la cathédrale, qu'il reconnut aussitôt. Un peu rasséréné, il accéléra le pas, suivit le mur et se retrouva face à un enchevêtrement d'échafaudages qui montaient à l'assaut du parvis et dissimulaient partiellement la façade. Il s'arrêta, leva la tête, et eut l'impression affolante d'être écrasé par la masse monstrueuse de l'église en construction. Il la contourna sur sa droite, entra dans le chantier désert, parsemé de cabanes de bois où les ouvriers remisaient leurs outils. Une fois encore, il fut frappé par le sentiment oppressant du vide qui l'entourait. Il s'arrêta devant deux statues de femmes, placées de part et d'autre du portail sud. L'une, les yeux bandés, la lance brisée, courbée et vaincue, représentait la Synagogue, aveugle à la lumière du Sauveur ; l'autre, la tête haute, souriante, triomphante, figurait l'Église, devenue désormais le véritable peuple élu, avec lequel Dieu, ayant rejeté les Juifs en raison de leur cécité, avait conclu la Nouvelle Alliance. Ludwig franchit le porche, entra dans la nef, se laissa avaler par la pénombre. Ses pas résonnaient sur les dalles. L'église était déserte. Il traversa le vaisseau, le longeant sur les bas-côtés, s'abritant derrière les hautes colonnes. À la hauteur du chœur, une peinture attira son regard. Il s'approcha. Le tableau, une toile de dimensions moyennes, était suspendu au-dessous d'un immense Christ en croix, qui le dominait de ses bras étendus. Il représentait une Vierge à l'enfant. Le thème n'avait rien d'original ni de nouveau, Ludwig en avait vu d'innombrables auparavant. Il avança encore et il fut happé par la toile. La Vierge apparaissait, de manière très classique, sous les traits d'une jeune femme, assise, tenant sur ses genoux un bébé. Les teintes étaient douces, des gris et des beiges rosés, une touche de bleu pour le ciel et pour le voile de tête du personnage et, dans le bas de la toile, à droite, une tache inattendue de rouge relayée, dans l'espace entre le corps de la mère et celui de l'enfant, par une seconde touche. La mère semblait, au premier abord, sourire légèrement. Mais tandis que Ludwig scrutait le visage, s'attardait sur son expression, le fouillait d'un regard insistant, voici que le sourire, étrangement, s'effaçait, révélait la nudité du visage, la tension des yeux, la gravité des traits. La jeune femme protégeait l'enfant de la courbe de son bras gauche, refermé sur le petit corps potelé, tandis que la main droite, légèrement levée, écartée, semblait repousser quelque chose ou quelqu'un. Le bébé, joues rebondies, boucles blondes, ne jouait pas innocemment comme on aurait pu s'y attendre. Il avait une expression crispée, Ludwig crut même apercevoir au bord de ses cils des larmes prêtes à couler. Une impression d'angoisse diffuse se dégageait du tableau. Ludwig ne pouvait s'extraire de la contemplation de la scène, attiré malgré lui, fasciné, le regard accroché, remué jusqu'au tréfonds de lui-même et incapable de comprendre ce qui lui arrivait.

Il resta là, figé, immobile, dans l'incapacité de bouger, l'esprit en totale déroute, durant un temps qui lui parut immensément long. Puis il fut brutalement arraché au tourbillon désordonné où il était entraîné : des pas résonnaient sur le sol de pierre, répercutés en claquements secs dans l'église vide. Il sursauta violemment, se retourna et vit arriver un moine maigre, long et noir. Son premier mouvement fut de s'enfuir, mais il se maîtrisa au prix d'un grand effort. Le moine s'approcha, le salua, lui demanda ce qu'il faisait là de si bonne heure, en ce premier jour de l'an. Il répondit en peu de mots qu'il était étranger et qu'il arrivait à Strasbourg pour y faire son apprentissage de menuisier, avant de prendre congé brièvement. Le moine le regarda redescendre la nef déserte, puis disparaître par le battant du portail qu'il avait à peine entrebâillé.

6 JANVIER 1364

Ludwig arrive à l'étage de la petite maison. Il s'arrête en haut de l'étroit escalier en colimaçon, devant la porte de bois ciré, saisi d'une soudaine timidité : s'il connaît le rez-de-chaussée, où se trouve l'atelier de maître Niklaus, c'est en revanche la première fois qu'il pénètre dans l'appartement où le maître menuisier demeure avec sa femme et ses deux enfants, âgés de huit et six ans. Voilà six jours à peine qu'il est à Strasbourg et il a l'impression que des lustres se sont écoulés depuis ce matin du premier de l'an où il a fait son entrée dans la ville. Six jours durant lesquels il a travaillé d'arrache-pied, bien décidé à montrer de quoi il était capable et à prouver que le maître avait eu raison de lui faire confiance en l'engageant comme aide menuisier.

Il se remémore les années de son enfance à Brumath, dans la maison de Jacob Treppler, de sa femme et de leurs enfants, une petite maison de trois pièces, solide et trapue sous un vaste toit d'ardoises grises, qui la couvrait en rejoignant presque le sol, si bien qu'un des jeux préférés des enfants consistait à sauter pour le toucher : quand on y parvenait, c'était la preuve qu'on était grand ! Dans cette petite maison chaleureuse, la sienne, il avait passé toute sa vie : une vie d'apprentissage, de labeur quotidien, de paix. Une vie où le travail de tous les jours, la coupe et le façonnage du bois, l'ébénisterie, la sculpture, la marqueterie avaient apaisé le tumulte de son cœur. Une vie où il avait emmagasiné, jour après jour, savoir et confiance, au milieu d'une famille chaleureuse et aimante. Pendant toutes ces années, il avait mené une existence chrétienne sans histoire, fréquentant la messe en famille le dimanche, assistant le curé de la paroisse qu'il servait comme enfant de chœur, s'agenouillant le soir au pied de son lit, dans la chambre bien close qu'il partageait avec les enfants et leur faisant réciter leur prière, lui le plus grand : tous les soirs, ils demandaient à la sainte Vierge et à sainte Odile de les préserver de tout mal, de les aider à lutter contre la tentation et de protéger leurs parents et tous ceux qu'ils aimaient. Vint le jour où – il allait avoir quinze ans – il annonça à Jacob Treppler qu'il désirait quitter Brumath et tenter sa chance à Strasbourg. Jacob, trop saisi pour répondre, avait regardé Ludwig avec une expression de stupéfaction incrédule. Puis, reprenant ses esprits, il lui avait fait répéter ce qu'il venait de dire : c'était une décision qui lui paraissait totalement inconcevable. Mais il avait compris, en son for intérieur, même s'il ne le réalisait pas encore, qu'elle était irrévocable. Et sous le choc, il s'était pour une fois, lui le taciturne, répandu en paroles :

— Tu veux t'établir à Strasbourg ? Justement à Strasbourg ? Mais pourquoi ? Tu as appris le métier ici, je t'ai transmis mon savoir, comme un père le fait à l'égard de son fils, tu es devenu un menuisier expérimenté et un ébéniste de talent. Pourquoi t'en aller ?

Ludwig avait senti, au-delà de la stupéfaction, le chagrin. Et il en avait eu le cœur serré.

—Je veux me perfectionner, apprendre des techniques nouvelles, rencontrer d'autres artisans.

—Tu vas donc nous abandonner ! Tu vas nous laisser vieillir seuls ! Tu ne seras pas notre bâton de vieillesse ! Et la mère ? As-tu pensé à elle ?

Ludwig redoutait cette explication. Et la pointe acérée de la culpabilité le piqua.

—Père, je ne vous abandonnerai pas ! Tu le sais, et je te le promets sur le sang du Christ ! Je reviendrai souvent vous voir, je continuerai à me soucier des petits... Mais je suis devenu un homme, je dois tracer mon propre chemin dans la vie. Mère comprendra, et toi aussi, et vous me donnerez votre bénédiction.

—Encore une fois, Ludwig, n'es-tu pas bien ici, entre nous ? N'y a-t-il pas ici suffisamment de terres vierges où tracer ton sillon ? Que cherches-tu ? Strasbourg est dure, elle se retourne aisément contre ses enfants...

La discussion n'avait pas ébranlé la décision de Ludwig.

Il soupire, debout devant la porte de maître Niklaus. Puis il saisit le heurtoir ouvragé, frappe un coup, attend...

C'est Joseph, le plus jeune des garçons, qui se précipite pour lui ouvrir la porte, tout excité par la fête. Et derrière le petit garçon s'avance maître Niklaus, en habits de fête, chemise de lin d'un blanc immaculé aux manches bouffantes et gilet de fine laine écarlate. Ludwig peine à le reconnaître, car à la place du maître exigeant et sévère, il voit un père de famille souriant et détendu, qui lui fait signe d'entrer. Ludwig remarque la table dressée, avec des gobelets d'étain, des miches de pain blanc, des cruches remplies de vin et de bière. Comme la nuit tombe tôt en cette saison, six chandelles plantées dans des bougeoirs éclairent la table, tandis que deux lampes, posées sur un bahut massif au fond de la pièce, complètent l'éclairage. C'est en l'honneur de la fête des Rois que maître Niklaus a invité Ludwig, en même temps que les deux jeunes apprentis venus de leur campagne natale, à qui il enseigne les rudiments du métier. Lisbeth, la femme de maître Niklaus, s'affaire encore aux fourneaux, achevant les préparatifs du repas de fête qu'elle va servir dans quelques instants. Un parfum délicieux se répand depuis la cuisine, odeur d'oignons frits, de viande grillée, de pâtisserie. Le plus jeune des apprentis vient justement de poser sur la table à tréteaux de la cuisine un gros panier d'osier dans lequel il a transporté l'appétissante galette des Rois, dorée à point, qui a cuit dans le four du boulanger.

Maître Niklaus convie ses invités à prendre place. Nicolas et Joseph ont, ce soir, la permission de se mettre à table avec les adultes et ils ne contiennent qu'à grand-peine leur excitation et leur joie. Ils attendent tout particulièrement le moment où la galette des Rois sera servie : chacun espère de tout cœur trouver dans sa part la fève qui fera de lui le Roi de la fête.

Les deux apprentis aident Lisbeth à servir les plats. Ludwig est maintenant plus à l'aise. Son maintien, d'abord raide et crispé, s'est peu à peu détendu, au fur et à mesure que le repas s'avance et que le maître de maison le met en confiance. La bière et le vin, que l'on verse généreusement, contribuent à l'atmosphère bon enfant qui règne autour de la table. Cependant, Ludwig veille à ne pas céder à l'attrait de la boisson : il a accepté un gobelet de bière, mais a refusé de goûter au vin, malgré l'insistance de son hôte. Maître Niklaus l'observe et apprécie sa retenue : alors que les deux jeunes apprentis engouffrent la nourriture, à la manière de ceux qui n'ont pas toujours mangé à leur faim et qui prennent leur revanche en même temps qu'une assurance fiévreuse contre la disette, lui pose soigneusement une part de viande bien juteuse sur sa tranche de pain, la mord sans hâte et proprement, prend le temps de mâcher. Muet ou presque au début de la soirée, il répond à présent aux questions de maître Niklaus et lui raconte sa vie à Brumath, ses années d'apprentissage heureuses auprès de Jacob Treppler. Cependant le menuisier perçoit dans ses réponses une réserve et une discrétion qui contrastent singulièrement avec les comportements auxquels il est accoutumé lors des banquets à la taverne ou au poêle des charpentiers : là, le relâchement est généralisé, et les confidences bruyantes, les plaisanteries obscènes, l'hilarité, sont accentuées par l'ébriété de mise en ces circonstances. Il est vrai qu'un dîner de famille est moins propice à des dérives de ce type.

La conversation s'anime. Le plus âgé des deux apprentis raconte que l'évêque a commandé à un grand artiste de Bâle trois tableaux, qu'il destine à la cathédrale en construction.

— Le premier de ces tableaux est arrivé hier, dit-il d'un ton important. C'est le maître lui-même qui a tenu à l'apporter au palais de l'évêque, car il ne voulait le confier à personne. Il a été reçu avec beaucoup d'égards par l'évêque, qui l'a retenu au palais pour la nuit. Il est reparti ce matin pour Bâle. Il doit encore exécuter les deux autres tableaux qu'il a promis de livrer avant Pâques.

— Et comment sais-tu tout cela ? Tu as donc le temps d'aller écouter les potins dans les marchés ?

L'apprenti piqua du nez, rouge jusqu'aux oreilles, et balbutia :

—Non, maître, c'est le chanoine du chapitre de la cathédrale qui m'a raconté tout cela ce matin. Il a vu le tableau et il a dit que c'était une merveille. Il n'arrêtait pas de répéter : « C'est admirable ! C'est admirable ! ».

—Et ce tableau se trouve au palais du Fronhof ?

—Oui, pour le moment. Mais l'évêque va le donner au chapitre de la cathédrale, car c'est là que les trois œuvres vont être placées, afin de nourrir la foi des fidèles, c'est ce qu'a dit le chanoine.

Puis il est question de l'événement qui défraye la chronique de la ville : le tournoi que la famille Kaltenbach a annoncé. Il se déroulera pendant quatre jours, au mois de mai, sur la longue place du Marché aux chevaux, qui n'a pas vu telle fête depuis plus de dix ans. Il y aura des centaines de chevaliers en lice, plus de deux mille chevaux, les visiteurs se presseront par milliers pour assister aux joutes. Comme Ludwig demande qui sont les Kaltenbach, Lisbeth, avec un plaisir non dissimulé, évoque l'histoire de la famille : Antoine Kaltenbach s'est marié, voici cinq ans, avec une jeune fille nommée Marie Kreutzwald, dont il était, depuis longtemps, éperdument amoureux, et qu'il s'était finalement décidé à épouser. Les Strasbourgeois avaient suivi pendant de longs mois la chronique mouvementée de ce mariage, dont tout le monde parlait mais qui ne se faisait pas. Et les rumeurs allaient bon train : c'était une jeune fille de basse extraction et le jeune Kaltenbach avait eu à affronter l'opposition farouche de sa famille. D'ailleurs, il n'avait certes pas attendu l'autorisation paternelle pour faire de Marie sa maîtresse ! On ne se privait pas, à l'époque, pas plus qu'aujourd'hui, de railler la vanité des familles patriciennes, de se gausser de leurs prétentions et de leur indéracinable sentiment de supériorité. On rappelait la guerre qui, depuis des décennies, mettait aux prises les Zorn et les Mullenheim : n'avaient-ils pas, il y avait plus de trente ans, mis la ville à feu et à sang dans une rixe qui avait coûté la vie à une dizaine de jeunes gens des deux clans ? C'était à la suite de cet épisode que les bourgeois avaient exigé de faire partie du Magistrat et que les nobles avaient perdu une bonne partie de leur pouvoir. On chuchotait aussi que c'était Marie elle-même qui repoussait l'échéance. Quoi qu'il en soit, les choses s'étaient finalement arrangées puisque le mariage s'était fait.

— Mais depuis cinq ans qu'ils sont mariés, ils n'ont toujours pas d'enfant, et cela ne fait pas l'affaire du père d'Antoine, qui exige un héritier ! Je raille, disant cela, mais je le comprends, car ce sont les enfants qui font la richesse d'une famille !

Maître Niklaus vient de parler, ponctuant avec sa sagesse souriante le récit de sa femme.

Ludwig ose demander si Marie Kaltenbach est également de famille noble.

— Personne ne le sait vraiment, répondit maître Niklaus. Certains disent qu'elle a été un temps hébergée dans la maison des béguines qui se trouve près de l'église Saint-Guillaume. D'autres laissent entendre que c'est une ancienne servante de la maison des Kaltenbach dont le fils s'était épris depuis fort longtemps. On dit aussi qu'elle est étrangère, qu'elle serait venue encore enfant d'une contrée lointaine, et que sa famille, arrivée avec une caravane de marchands, aurait été décimée par la peste. Mais ce ne sont que des bruits qui courent et qui sont certainement sans fondement.

Ludwig était resté silencieux. Puis la conversation avait bifurqué sur la récente décision prise par le Magistrat d'appointer deux médecins supplémentaires, car la population s'accroissait et les quatre médecins qui officiaient déjà ne suffisaient plus à la tâche. Maître Niklaus évoqua ensuite le célèbre prédicateur Jean Tauler, le disciple de maître Eckart, qui était attendu à Strasbourg pour le printemps : il devait aller prêcher à l'église Saint-Thomas, sur la rive gauche de l'Ill. À n'en pas douter, le public serait nombreux à se presser à son écoute, comme il l'avait été jadis, lorsque maître Eckart remplissait l'église Saint-Nicolas.

— Espérons, ajouta maître Niklaus en baissant la voix, qu'il n'aura pas le même sort que son maître !

Les enfants, peu habitués à se coucher aussi tard, avaient visiblement du mal à rester éveillés et luttaient de toute leur énergie pour garder les yeux ouverts, au désespoir de voir les merveilleuses galettes leur échapper. Lisbeth s'était assise à table, aux côtés de son époux, et écoutait la conversation, intervenant ici ou là pour poser une question à Ludwig ou pour préciser un point dans les propos de son mari. Les deux apprentis, sans être vraiment ivres, éclataient de rire à tort et à travers et le maître de maison avait éloigné d'eux les cruches de vin et de bière, ne laissant à leur portée que les brocs d'eau. Lisbeth se décida, sur un coup d'œil de son mari, à apporter enfin la grosse galette des Rois. Nicolas et Joseph se réveillèrent instantanément, poussant des cris de joie. Ce fut leur père qui découpa la galette, précautionneusement, lentement, solennellement, heureux de la joie des garçons, qui ne perdaient de vue aucun de ses gestes. Il prit soudain une conscience aiguë de ce moment, halte paisible sur la route du malheur, et il eut la vision fugitive, vite repoussée, des cadavres jonchant les rues vides où ne bougeaient plus que les fossoyeurs cagoulés et gantés de noir qui chargeaient leurs charrettes, lors de la peste qui avait, il n'y avait pas si longtemps, décimé la ville. Il se secoua et d'une voix qu'il voulut souriante, il lança à ses fils :

— Alors, qui sera le Roi de la fête cette année ?

19 MARS 1364

La salle du poêle est déjà pleine de monde ce samedi soir, lorsque Ludwig y pénètre en compagnie de maître Niklaus. C'est une journée particulière que ce 19 mars, celle de la fête annuelle de la corporation des charpentiers et menuisiers. Ce soir, c'est le maître menuisier lui-même qui lui a proposé de l'accompagner au dîner qui, comme chaque année, clôture la célébration. La procession en l'honneur de saint Joseph, patron de la guilde, s'est déroulée le matin même ; elle a attiré, comme chaque année, une foule de spectateurs ravis de faire la fête. Des centaines de badauds, massés le long des rues, ont applaudi avec frénésie l'immense bannière azur et blanche qui flottait en tête du cortège, et que les chefs de la corporation déployaient en la faisant onduler d'un côté à l'autre au rythme des mouvements de leurs bras ; tous se sont signés avec dévotion au passage de la statue du saint, portée sur un socle de bois doré par quatre maîtres charpentiers et richement parée d'une tunique brodée de fils d'or et d'argent. Les deux fils de maître Niklaus, Nicolas et Joseph, paradaient avec fierté dans le cortège des enfants de chœur qui escortait la statue. L'église de la corporation était pleine à craquer pour la messe qui devait suivre. Les festivités se sont poursuivies l'après-midi : montreurs d'ours, Minnesängers, acrobates, jongleurs, saltimbanques ont occupé les rues et les places et les ont remplies d'un joyeux tintamarre tandis que les taverniers versaient généreusement la bière et le vin aux consommateurs en liesse.

La salle est toute en longueur ; de longues tables de bois patiné recouvertes pour la circonstance de nappes blanches et des chaises au dossier ajouré de cœurs et sculpté de motifs floraux en constituent l'ameublement. De la sciure est répandue sur le sol. Le poêle est déjà bondé, bruissant de conversations et de rires qui s'entrecroisent. Les menuisiers sont attablés devant des chopes de bière, qu'ils boivent à grosses lampées, en attendant le copieux dîner qui suivra. Niklaus et Ludwig se frayent difficilement un passage entre les tables, arrêtés par les uns et les autres qui ponctuent leurs saluts bruyants de plaisanteries et parfois de grandes tapes dans le dos. Les deux arrivants finissent par trouver deux places au fond de la salle, près d'un pilier qui bouche en partie la vue, raison pour laquelle, sans doute, elles ont été jusqu'à présent dédaignées. Le tenancier leur apporte immédiatement des chopes de bière et des gobelets de vin. Très vite, de jeunes garçons, engagés pour l'occasion, commencent le service, sous la supervision attentive du tavernier, qui met un point d'honneur à ce que les choses se passent bien et que le dîner annuel de la corporation soit un succès inoubliable. On apporte sur les tables des cruches de vin, des brocs d'eau claire ; on y place des paniers remplis de larges tailloirs, des corbeilles de pain blanc. Des odeurs délicieuses se répandent depuis les cuisines, fumets de viandes rôties, de sauces mijotées, d'oignons grillés, de légumes frits. Bientôt, des plats de viandes juteuses sont disposés sur les tables et chaque convive se taille à la pointe du couteau une part généreuse, qu'il pose sur un tailloir avant d'y mordre à belles dents affamées. Les convives ronronnent de plaisir et le bruit des mâchoires va bon train, entrecoupé d'exclamations joyeuses et de rires bon enfant. Le jus de viande dégouline sur les mentons tandis que le vin coule dans les gosiers assoiffés et les barbes sont entremêlées de miettes de pain et de morceaux de viande grasse. Soudain, un musicien saute au milieu des tables et se lance dans un chant endiablé en s'accompagnant de sa viole. Les mangeurs n'en ont cure et poursuivent leur festin en s'apostrophant d'un bout de la salle à l'autre et en s'esclaffant bruyamment. Le brouhaha est à son comble.

Ludwig, assis à côté de maître Niklaus, regarde autour de lui avec curiosité. Ce n'est pas la première fois qu'il vient au poêle. Depuis deux mois qu'il vit à Strasbourg, il lui est arrivé l'une ou l'autre fois de s'y laisser entraîner par l'un des apprentis du menuisier, un garçon sociable qui aime bien la compagnie et qui ne dédaigne pas les soirées un peu arrosées. Mais il n'a jamais assisté à une soirée festive comme celle-là et tout en faisant honneur au repas, il ne perd pas une miette du spectacle, regardant et écoutant avec avidité. Il remarque que maître Niklaus ne boit guère, contrairement à ses voisins qui descendent un gobelet après l'autre. À la table voisine de la leur, un gros homme d'âge mûr, au ventre débordant, s'esclaffe. Cinq ou six hommes, qu'il domine de la carrure et de la voix, l'écoutent avec une déférence d'autant plus grande qu'ils sont déjà perdus dans les brumes imprécises de l'ivresse. L'homme raconte quelque chose avec force gestes. Ludwig l'observe : il est visiblement éméché et il jouit du silence qui accueille ses propos. Ses auditeurs le regardent et l'écoutent sans broncher. Ludwig se dit que l'homme semble être un conteur habile, on voit qu'il s'y entend pour susciter et entretenir l'intérêt de son public. Le jeune homme promène un regard attentif sur la salle. Les hôtes du poêle apprécient le lieu. Ils mangent et boivent avec ardeur, essuyant leurs doigts sur les nappes désormais maculées de taches de gras et de vin. Ludwig pense machinalement aux lingères qui auront à laver les nappes à la rivière et qui les feront tremper dans un bac rempli d'urine avant de les frotter de toutes leurs forces pour leur rendre leur blancheur immaculée. À la même table qu'eux, séparé d'eux par la largeur du pilier, il y a un autre convive que Ludwig reconnaît : il l'a vu quelquefois discuter avec maître Niklaus. C'est un homme grand et maigre, déjà chauve malgré son jeune âge. Il a un visage anguleux, dont la peau semble à peine contenir les os, une mâchoire carrée, volontaire, des yeux acérés qui ne perdent pas un détail de ce qui se passe dans le poêle. Le gros homme qui pérore à la table voisine s'est levé lourdement en appuyant ses deux mains puissantes sur la table, il se dirige d'un pas vacillant vers eux. Les voisins de table de maître Niklaus et de Ludwig se sont tus, ils le regardent venir en silence. L'homme corpulent s'est laissé tomber sur une chaise face à eux et aussitôt il se lance dans un discours enflammé, avec force gestes des bras et en martelant la table avec les battoirs qui lui servent de mains. C'est Johannes Herrmann. Il est déjà passablement ivre. Son élocution est pâteuse, sa parole confuse, ses mots se mêlent et se perdent en une sorte de bouillie incompréhensible et tout d'abord, en effet, Ludwig, abasourdi, ne comprend rien. Puis des mots se détachent, prennent sens aux oreilles du jeune homme. Les autres convives, eux, ont parfaitement saisi de quoi le gros

Johannes les entretient. Ludwig, éperdu, les regarde, immobiles, muets, impassibles, leur visage comme sculpté dans la pierre. À ses côtés, Niklaus, pas plus que les autres, n'a bougé. Le boucher, intarissable, continue à parler, avec des éclats de voix stridents par moments, captivé par son propre récit et soulevé par la nostalgie d'une époque bénie. Cette époque bénie entre toutes, dit-il, c'est celle de la révolution des artisans en l'an de grâce 1349, couronnée par le brûlement des Juifs, à la Saint-Valentin. Il évoque pêle-mêle, passant de l'un à l'autre au fil de ses souvenirs et de ses élans d'enthousiasme, la foule des artisans massée devant le parvis de la cathédrale, l'arrivée en force de la noblesse en armes venue prêter main-forte aux corporations, la déconfiture puis la déposition des Meisters – et un ricanement jubilatoire le secoue quand il évoque Peter Schwarber tentant vainement de se faire entendre de la foule déchaînée. Son récit est décousu et débordé, Ludwig s'en rend compte avec horreur, par les images vivaces de l'assaut sur le quartier juif : portes et fenêtres défoncées, cris, sang, corps traînés dehors, incendies, cadavres entassés ; le Judenbrand, le bûcher des Juifs brûla, insistait Johannes Herrmann avec emphase, six jours et six nuits !

Johannes s'écoute parler : les artisans étaient puissants en ce temps-là, personne n'osait s'opposer à eux ! C'est aussi qu'ils accomplissaient la volonté de Dieu ! Tout le monde savait que ces Juifs étaient malfaisants, qu'ils menaçaient les chrétiens ! Le curé répétait dans ses prêches que c'étaient eux, cette engeance perfide, qui avaient tué Notre-Seigneur et que tout bon chrétien se devait d'être l'instrument de leur châtiment, voulu par Dieu. Ils avaient en ce temps-là empoisonné les puits et les sources et lancé la peste sur la chrétienté.

Armleder était prophète, lui qui, avec ses Judenschläger, avait tant d'années auparavant commencé à purifier l'Alsace et qui avait été empêché de terminer cette tâche sacrée par les traîtres de la noblesse !

Johannes s'interrompt, se verse une copieuse rasade de vin qu'il avale d'une seule traite et reprend. Cette fois-ci, peut-être sous l'effet de l'alcool, il devient lyrique, se laisse aller à des confidences plus personnelles, se rappelle le plaisir de frapper, le désir de tuer, parle de cheveux poissés de sang dans sa main, d'une femme si belle que c'était pitié qu'il n'ait pu la forcer d'abord, d'une petite fille déjà bien juive... Niklaus l'interrompt brutalement :

— Tu es soûl, Herrmann, tu ferais mieux d'aller cuver ton vin chez toi !

Herrmann rit, Ludwig sent son haleine avinée. Le dégoût le saisit, en même temps qu'il tente de maîtriser une violente nausée. L'homme au visage en lame de couteau ne souffle mot, mais ses yeux sont de braise. Herrmann, la bouche pâteuse, l'apostrophe :

— Toi, tu n'es pas menuisier ! Tu es tanneur ! Je te connais !

L'homme est toujours silencieux. Son visage ne bouge pas, ses traits sont immobiles, comme figés. Mais Ludwig voit ses mains qui se serrent, ses jointures qui blanchissent. Herrmann rote bruyamment puis poursuit, goguenard :

— Tu étais au bûcher, ce jour-là ! Je te reconnais bien, allez ! Tu jetais du bois dans le feu, encore et encore !

L'homme s'est levé. Il est livide.

— Tais-toi !

Sa voix siffle. Herrmann n'en a cure.

— Tu ne chômais pas ! Et pour cause ! Tu...

L'homme a projeté en avant son poing. Ludwig n'a pas eu le temps de comprendre que le gros Herrmann, déséquilibré, bascule lourdement en arrière et s'affale, entraînant au passage la table voisine qui se renverse dans un fracas de faïence cassée. Les conversations se sont arrêtées, des buveurs se précipitent, maître Niklaus s'est levé. L'homme qui a frappé le boucher, lui, s'est rassis calmement, comme si tout cela ne le concernait pas. Un chien maigre s'attaque avidement aux reliefs de nourriture qui jonchent le sol au milieu des débris de vaisselle et de la sciure mouillée. Herrmann, trop ivre pour se relever seul, bafouille de rage. Ludwig voit soudain la porte du poêle s'ouvrir à la volée et quatre hommes du guet faire irruption dans la salle. L'homme chauve n'a toujours pas bougé. Les gens d'armes interrogent les buveurs et décident d'embarquer les deux fauteurs de trouble. Herrmann comprend vaguement de quoi il retourne et tente de protester. Le menuisier-tanneur se soumet docilement. Et, tandis que les deux hommes, le gros boucher titubant et le grand tanneur muet franchissent la porte, escortés et solidement encadrés par les hommes du guet, le silence revient dans la salle. Maître Niklaus se lève peu après et Ludwig lui emboîte le pas. Il éprouve une grande solitude. La nostalgie le saisit, et un désir fou, irrépressible, de se retrouver bien au chaud, à l'abri du monde dans la maison au toit pentu de Brumath. Pourquoi est-il parti ? Oui, pourquoi ? A-t-il donc oublié cette journée sombre de novembre 1363, où son enfance heureuse a chaviré ? Et tandis qu'il remonte la rue obscure en direction de sa chambre, une bouffée de désespoir lui monte à la gorge.

28 NOVEMBRE 1363

Il faisait un temps exécrable. Depuis plusieurs jours, la température, clémente jusque-là, avait brusquement chuté. Et aux journées ensoleillées d'un automne qui s'attardait paresseusement avaient succédé des jours mornes et pluvieux, qui enserraient la ville dans un étau triste et gris. Ludwig n'était pas affecté par le mauvais temps. Il aimait les longues journées passées à l'atelier de Jacob, le travail patient et exigeant du bois, l'habileté grandissante qu'il acquérait peu à peu et qui lui donnait un sentiment de liberté grisante. Jacob était peu bavard, avare en compliments, mais il l'encourageait et le félicitait d'un mot quand il venait à bout d'un travail difficile ou quand il apprenait à maîtriser une technique nouvelle. Le jeune garçon, alors, se sentait transporté de joie et de fierté et il lui semblait que le monde entier s'ouvrait devant lui.

Ludwig était heureux, il aimait cette vie de labeur, rythmée par les saisons qui coloraient les champs et la forêt de vert, d'ocre ou de blanc, par les fêtes qui rassemblaient les fidèles à l'église – Noël, Pâques, Pentecôte –, par la messe du dimanche, par les processions en l'honneur de la Vierge Marie ou de sainte Odile. Il ne se lassait pas d'écouter l'histoire de cette dernière, imaginait avec effroi cette petite fille née aveugle et condamnée à mort par son père, vibrait au récit de ses épreuves, s'enthousiasmait de sa foi et de sa piété, s'émerveillait du miracle qui lui rendit la vue au moment de son baptême. Il était enfant de chœur et servait la messe avec assiduité, aimé des paroissiens, cité en exemple par le curé pour sa ferveur. Il savait qu'il était le fils adoptif de Jacob Treppler et de sa femme, Aliena, qui l'avaient recueilli chez eux, alors qu'il était un nourrisson, après la mort de ses parents, puisqu'il était leur neveu. Il ne savait rien d'autre. Il n'avait jamais posé de questions. Il considérait sa famille, sa naissance, comme faisant partie d'une autre vie, ou plus exactement, de la vie de quelqu'un d'autre. Jamais sa pensée ne s'égarait du côté de cette autre vie. Pourquoi l'aurait-il laissée s'aventurer sur un terrain clos et définitivement hors d'atteinte ? Il avait eu deux ou trois fois le sentiment vague et inexplicable que cette première vie, qu'il ne ressentait pas comme la sienne, recelait un danger. C'était peut-être là, à tout prendre, la raison de son indifférence et de son manque de curiosité.

Ce soir-là, le 28 novembre de l'an de grâce 1363, une date qui devait s'imprimer de façon indélébile dans sa mémoire, le temps était particulièrement mauvais : une pluie froide et pénétrante tombait sans discontinuer et noyait la rue obscure. À intervalles irréguliers, le vent qui soufflait en méchantes rafales envoyait des paquets d'eau contre les volets qui grinçaient de tous leurs gonds. La soirée était déjà avancée. La pièce était faiblement éclairée par deux chandelles posées sur l'épaisse table de chêne. La cheminée, où brûlaient quelques fagots, projetait une lueur rougeoyante sur les murs et le plafond à poutres tandis que les coins restaient noyés d'ombre. Tout le monde s'était regroupé autour du foyer. Il y avait là Jacob, sa femme, leurs enfants, deux garçons de quatorze et treize ans, et une petite fille de neuf ans, Ludwig et une sixième personne. C'était un homme arrivé de Strasbourg dans l'après-midi et que Jacob avait retenu pour la nuit, réticent à le laisser repartir à travers la forêt par un temps pareil. L'homme, penché en avant, se réchauffait au feu. Il ne parlait guère, aussi taciturne que Jacob. Seuls les craquements du bois et les crépitements des flammes trouaient le silence. Un silence qui s'épaississait, comme le mortier que préparaient les maçons, qui oppressait Ludwig, qui engluait son corps et son esprit. Pourtant, le silence lui était familier, accoutumé qu'il était au mutisme de Jacob, au sien, car il s'exprimait peu, lui aussi. Il regarda autour de lui, ne comprenant pas son malaise. Le visiteur n'avait pas bougé. De l'endroit où lui-même se trouvait, il distinguait à la lueur du feu les traits de son visage, immobiles. C'était ce visage qui le troublait. Déjà au début de l'après-midi, quand l'étranger était arrivé à cheval de Strasbourg, il avait eu une sensation étrange, qu'il avait vite chassée. Et voilà que ce soir, à nouveau, il éprouvait ce malaise. Cet homme qu'il ne connaissait pas lui faisait peur.

Qui était-il ? Qu'était-il venu faire à Brumath ? Ludwig l'avait vu arriver : du fond de l'atelier où il rabotait une planche de bois, il l'avait observé alors qu'il descendait de cheval ; Jacob l'avait accueilli et l'avait salué en l'appelant « mon cousin », avant de l'entraîner vers le logis. Plus tard, le visiteur était venu à l'atelier accompagné de Jacob ; les deux hommes avaient parlé entre eux ; il avait été question de boulangerie, de four. L'homme avait jeté un rapide coup d'œil sur lui avant de ressortir de l'atelier. Puis au cours du dîner, qu'il avait partagé avec la famille, il avait à nouveau regardé Ludwig, avec attention, avec curiosité aussi. Le jeune homme avait éprouvé une sensation désagréable.

L'homme soudain brisa le silence. Et ce fut si inattendu et si brusque que Ludwig sursauta.

— Voilà donc quinze ans que je ne t'ai vu... Je n'arrive pas à le croire !

— Quinze ans, oui, reprit Jacob avec un long soupir.

Le silence retomba. Au bout d'un long moment, le visiteur parla à nouveau.

— Les choses vont mieux aujourd'hui. Les fous sont devenus sages.

Jacob réfléchit, puis il dit :

— Les fous ne deviennent pas sages. Ils se calment un temps, puis ils recommencent.

À nouveau, le silence recouvrit la salle. Les deux hommes partageaient, par-dessus la tête de Ludwig, des souvenirs qu'ils étaient seuls à connaître. Le garçon se leva, alla saluer Jacob, Aliena, l'hôte et se détourna pour monter à sa chambre, à l'étage. Au moment où il allait franchir la porte, il perçut un chuchotement dans son dos et il crut entendre son nom.

Allongé sur sa couche, il ne trouva pas le sommeil. Il devinait plutôt qu'il ne voyait la table sur laquelle il avait posé la chandelle, le coffre à vêtements dans le coin, la chaise rangée contre le mur à gauche et, au-dessus de lui, à droite, le crucifix devant lequel il s'agenouillait chaque soir en priant Jésus de le protéger, lui et sa famille. Il entendait la pluie tambouriner sur le toit au-dessus de sa tête et le vent hurler dans une ronde infernale autour de la maison. Il n'arrivait pas à calmer les battements de son cœur.

Les bruits de la maison s'étaient peu à peu éteints. Chacun était allé se coucher. Des pas montèrent l'escalier. S'arrêtèrent devant sa chambre. La porte, doucement, lentement, s'entrouvrit, une tête précautionneuse apparut dans l'embrasure, puis une silhouette s'avança, sans bruit, se découpant à peine dans la pénombre. Ludwig ne bougea pas. L'homme voulait le tuer. Il en était sûr. L'homme venait accomplir le travail qui était resté inachevé. Ludwig ne s'étonnait pas des pensées folles qui lui venaient. Il les subissait. Immobile. L'ombre s'avança, une main leva une lampe au-dessus de son visage. Il vit la lumière à travers ses paupières fermées. Il sentit la chaleur de la flamme. Il attendit le coup.

La lumière s'était éloignée. La silhouette avait regagné la porte, l'avait refermée derrière elle. Ludwig resta immobile. Il entendit les pas du visiteur décroître dans le corridor. Puis le silence reprit possession de la maison. Les battements du cœur de Ludwig s'apaisèrent peu à peu. Mais il resta longtemps les yeux ouverts dans l'obscurité insondable, aux aguets. Ce ne fut qu'à l'approche de l'aube, lorsque la nuit pâlissait et que le ciel, à regret, s'éclaircissait du côté de l'est, que le jeune homme céda enfin au sommeil.

L'étrange visiteur repartit le lendemain matin. La vie allait reprendre son cours paisible, sans heurts, au rythme rassurant des saisons, des travaux et des jours, du moins Ludwig l'espérait-il. Mais les choses ne se passèrent pas ainsi. En vérité, il avait perdu la sérénité et le calme intérieur qui l'habitaient jusque-là. Quelque chose le tourmentait obscurément, qu'il ne parvenait pas à identifier. La nuit il dormait mal. La pénombre de sa chambre lui semblait receler des dangers et des menaces imprécis. Des cauchemars le réveillaient en sursaut, emplis de cris, de désordre et de peur, mais il les oubliait aussitôt. Il se souvenait avec un frisson de la visite nocturne de l'hôte dans sa chambre. Et de l'impression de mort imminente qui s'était emparée de lui. Il se rappelait cette phrase étrange, totalement incompréhensible, qui lui était venue cette nuit-là : « Il va terminer le travail commencé. » Le lendemain, au moment du départ, alors que l'inconnu s'apprêtait à remonter en selle, Ludwig avait à nouveau surpris son regard fixé sur lui. Cet homme le connaissait, il en était sûr. Il avait tenté d'interroger Jacob. Qui lui avait dit, avec son économie de mots coutumière, que cet homme était son cousin, qu'il était moine de son état et qu'il avait affaire avec l'abbaye voisine. Rien de plus. Ludwig avait insisté : pourquoi ce moine l'avait-il dévisagé de cette façon ? Le menuisier ne lui avait pas répondu. Quelques semaines plus tard, Ludwig avait fait part à Jacob de son désir de poursuivre son apprentissage à Strasbourg. Cette décision avait visiblement bouleversé Jacob et sa femme, qui avaient tenté de le retenir, multipliant pour une fois les mots. Puis avaient cédé. Et lui avaient trouvé rue Mercière, tout près du chantier de la cathédrale, une chambre qu'il louait à un pelletier, un brave homme à qui il remettait chaque mois le prix de son loyer et qui le laissait tranquille. C'était ainsi que le jeune homme avait déménagé à Strasbourg, dans les premiers jours du mois de janvier 1365.

20 MARS 1364

On avait enfermé Johannes Herrmann dans une cellule du Heckenturm, la Tour du Bourreau, où il cuva son vin en ronflant tout son soûl. Martin Knobloch, quant à lui, passa la nuit dans une autre cellule, froide et inconfortable. Il eut tout le temps de se remémorer la terrible Saint-Valentin 1349...

Quel âge pouvait-il avoir à cette époque ? Autour de quatorze ans, sans doute. Les émeutes avaient commencé le vendredi à l'aube. Son père, Fritsche Knobloch, était le chef de la corporation des tanneurs. C'était un homme grand et fort, qui aimait être obéi au doigt et à l'œil. Son autorité était incontestée, aussi bien au sein de la corporation qu'au sein de sa maison. Femme et enfants filaient doux avec lui, sous peine de raclées bien senties.

Le vendredi matin, le père s'était levé bien avant l'aube. Il faisait encore nuit noire quand il avait secoué son fils aîné, Martin. Les autres, garçons et filles, étaient encore trop jeunots. Mais Martin devait l'accompagner, il avait l'âge d'être initié à la vie. Martin avait donc suivi son père. Rendez-vous avait été fixé avec les autres tanneurs, les plus actifs de la corporation, à l'entrée du quartier juif, à la taverne de l'Ours Blanc que le tenancier avait ouverte en pleine nuit, car une occasion pareille ne se manquait pas. Le tanneur et son fils traversèrent les rues verglacées, empoissées d'une obscurité épaisse. Des hommes convergeaient vers la taverne, encore peu nombreux. Mais ils n'allaient pas tarder à arriver en groupes plus compacts. Knobloch et son fils pénétrèrent dans la taverne, déjà bruyante et mal éclairée par des lampes aux mèches fumeuses. L'atmosphère était gaie. On était content de se retrouver, surtout en ces circonstances. Ça faisait du bien de se sentir unis et tendus vers un même but, les soucis de chacun disparaissaient pour ainsi dire. Mis dans la hotte commune, comme ils l'étaient, ils se diluaient et perdaient de leur mordant. Et puis, ça n'était pas tous les jours que le pauvre monde se voyait offrir un tel spectacle, il s'agissait de ne pas bouder son plaisir… En attendant, on buvait sec, Knobloch comme les autres : bière, hydromel, et même, pour l'occasion, vin rouge, et pas de la piquette ! Martin observait tout ce tintamarre. Et ne pipait mot.

Un peu plus tard, son père était parti en éclaireur avec quelques-uns de ses adjoints. Il enverrait l'un d'eux chercher Martin quand le moment serait venu. Les tanneurs avaient été rejoints par un groupe consistant de bouchers, jeunes pour la plupart, et ils menaient grand tapage. Le tenancier commençait à manifester quelques signes d'inquiétude, comprenant trop bien que certains clients semblaient avoir le vin violent. Il vit donc avec soulagement une dizaine de buveurs parmi les plus excités se lever sur la suggestion égrillarde de l'un d'entre eux : se faire un petit spectacle privé. Martin les suivit. Dans la bousculade à la porte, il trébucha, tomba, se releva sous les éclats de rire. L'émeute avait commencé. Le cordon de hallebardiers autour du quartier avait disparu. On massacrait à qui mieux mieux. Martin vit dans un tourbillon de cris et de terreur où tout se mêlait des portes voler en éclats, des épées plonger dans des ventres vivants, des barres de fer s'abattre dans des éclaboussements de cervelles, des haches trancher des corps en deux dans des jaillissements de sang, des hommes à gueules de loups traîner par les cheveux des corps morts ou vifs et les jeter dans la rue. Il vit des voisins qu'il ne reconnaissait pas se saisir d'un groupe de Juifs qui n'avaient pas encore été égorgés, les pousser à l'intérieur d'une maison, les y enfermer et y mettre le feu : c'était là leur bûcher personnel, le bûcher des pauvres, comme ils disaient. Il se mit à vomir ses tripes dans le caniveau. Il rentra chez lui. Descendit dans la cave. S'enfonça au plus profond de l'obscurité. Se recroquevilla jusqu'à n'être plus qu'une boule roulée dans le coin le plus éloigné de la lumière du jour. Il aurait voulu que l'obscurité s'épaississe encore, se ferme sur lui, l'enclose de murs impénétrables. Il s'endormit. Ou perdit conscience. Son père le retrouva. L'accabla d'injures et de coups. Le traîna de force au cimetière des Juifs où des artisans rigolards avaient allumé un grand feu de joie, qui montait haut et clair dans le ciel gris de février, à grandes flammes gourmandes. Au milieu des flammes, il vit, sans vraiment y croire, des hommes et des femmes ligotés. Puis il entendit les hurlements. Il était parvenu en Enfer. Il vit un troupeau de Juifs arriver, solidement encadré par des hallebardiers, ceux-là mêmes qui, jusqu'à la veille, avaient été préposés à la protection du quartier. Cœur et corps en déroute, il se mit à nouveau à vomir, des vomissements incoercibles et douloureux qui tordaient son estomac vide et n'en extrayaient que des glaires transparentes. Un coup dans les côtes, un autre dans les jambes, un troisième au bas du dos, son père l'avait propulsé au premier rang. De jeunes gars pleins d'entrain se saisirent des nouveaux arrivants, les ligotèrent sur les côtés du bûcher, empoignèrent des torches et mirent le feu aux empilements de bois et de paille. Au milieu du crépitement monstrueux des flammes s'élevaient les hurlements des suppliciés, les prières des agonisants et les malédictions à l'égard des chrétiens que les mourants lançaient vers le ciel. Tandis que, sous la pression furieuse et les coups de son père, Martin jetait dans le feu d'un geste machinal les bûches qui avaient été empilées à proximité, il vit, sans vraiment comprendre ce qui se passait, un tanneur ami de son père arracher à une femme son bébé et le tendre à un de ses aides avant de la jeter dans le brasier. Il vit, avec épouvante, des femmes et des hommes juifs cracher sur le crucifix que leur tendaient des prêtres soucieux de leur salut éternel et jeter eux-mêmes leurs enfants dans les flammes pour les soustraire au baptême. Il vit Betschold se surpasser dans l'habileté à tuer. Il vit aussi, non loin de lui, le boucher Herrmann, au sommet de l'ivresse et du plaisir, forcer une femme en public avant de la balancer, nue, dans le brasier. Oui, vraiment, on était bel et bien en Enfer.

Un cliquettement de clefs, l'une d'entre elles qu'on introduisait dans la serrure... La porte s'ouvrit, et le jour entra dans la cellule sombre. Martin Knobloch crut un instant que son père venait à nouveau le chercher pour l'obliger à prendre part au brûlement, pour l'initier à la mort, celle des autres. On le tira de sa cellule et on le conduisit à la Pfalz, dans le petit cabinet où officiait Gottfried Bucher. Il répondit aux questions du prévôt. Qui le libéra rapidement.

Novembre 1363 à décembre 1364

Ludwig est en quête.

Depuis qu'il est arrivé à Strasbourg.

Depuis qu'il a quitté Brumath.

Depuis qu'un visiteur inconnu est arrivé par une journée de pluie et de vent dans la maison de Jacob Treppler.

En vérité depuis bien plus longtemps.

Depuis toujours ?

Aussi loin qu'il puisse remonter dans ses souvenirs, en dépit du foyer aimant et paisible au sein duquel il a grandi, en dépit des bras rassurants d'Aliena, en dépit de la parole solide et rare, mais d'autant plus précieuse de Jacob, en dépit des jeux, des rires, de la complicité avec ses frères et sa petite sœur, en dépit de tout cela qui constitue son seul horizon, son seul cadre, ses seuls repères, il comprend qu'il a toujours été, quelque part au fond de lui-même, dans des régions profondes, enfouies, inaccessibles, en quête.

En quête de quoi, se demande-t-il, avec un sentiment d'insécurité croissant, qui lui laisse de moins en moins de repos. Oui, en quête de quoi ?

Il évoque une fois de plus la visite de ce moine à Brumath l'an passé, un jour pluvieux de novembre : c'est cette visite qui a déclenché une inquiétude inexplicable, qui a obscurci son entendement. Qui était ce moine ? Pourquoi l'avait-il fixé avec cette insistance ? Que lui voulait-il ? Pourquoi était-il venu dans sa chambre pendant la nuit avec une torche ? Et pourquoi lui, Ludwig, avait-il cru que l'homme allait le tuer ? Comment lui était venue cette pensée folle qu'il allait « achever le travail » ?

Ludwig avait, bien sûr, interrogé Jacob Treppler. Qui lui avait répondu, avec son économie de paroles habituelle, que c'était son cousin, un moine de Strasbourg, qu'il venait pour affaires à l'abbaye de Mutzig. Il était revenu plusieurs fois à la charge, mais n'avait pu obtenir d'autre réponse de Jacob.

Depuis cette nuit-là, d'étranges images venaient à l'improviste envahir sa pensée, des images effrayantes et fugitives, qu'il ne parvenait jamais à retenir, mais qui lui laissaient l'effroi au cœur. Des cauchemars aussi le visitaient la nuit, hachant son sommeil, le laissant terrifié et tremblant sur sa couche. Il en était venu à craindre les nuits. Il repoussait le moment d'aller s'étendre sur sa paillasse, proposant de plus en plus souvent et de plus en plus tard à Aliena de l'aider, tisonnant les bûches, essuyant la vaisselle, balayant le sol, cherchant des yeux une autre tâche à accomplir. Il s'était aussi efforcé, pour la première fois, d'obtenir des informations sur ses parents. Il savait seulement qu'il était le neveu de Jacob, le fils de son frère, qui avait trouvé la mort avec sa femme dans l'attaque de leur maison par des brigands. Il voulait en savoir plus : quand était-ce arrivé ? D'autres personnes avaient-elles été tuées ? Les bandits avaient-ils été arrêtés ? Mais là non plus, il n'avait rien pu apprendre. Il se souvenait de l'échange énigmatique entre Jacob et le moine : « Les fous sont devenus sages », disait le second ; et le premier répondait : « Les fous ne deviennent pas sages. Ils se calment un temps, puis ils recommencent ». De quoi parlaient-ils ?

Bientôt la routine quotidienne, la vie à Brumath, la maison de Jacob Treppler lui devinrent pesantes. Le refuge sûr s'était changé en prison. Il étouffait. Il pensa à quitter la ville pour aller habiter Strasbourg. Cette idée lui parut propre à secouer la torpeur et à dissiper le malaise dans lesquels il s'engluait. Quand il eut mûrement réfléchi à la question, qu'il l'eut tournée, retournée, examinée sous tous ses angles, il fit part de sa résolution à Jacob. Qui fut visiblement secoué et qui, pour une fois, sortit de sa réserve : n'était-il pas bien à Brumath ? Qu'allait-il chercher dans une cité qui ne se montrait pas toujours amicale ni secourable à ses habitants ? À se remémorer ces propos, Ludwig se demanda à nouveau ce que Jacob avait voulu dire…

Son père adoptif l'avait finalement, en désespoir de cause, accompagné à Strasbourg, lui avait trouvé un logement rue Mercière, tout près du chantier de la cathédrale et l'avait recommandé à maître Niklaus, un menuisier qu'il connaissait depuis ses jeunes années et avec qui il avait noué une solide amitié. Ludwig fut engagé comme aide-menuisier. Et Jacob retourna à Brumath. Il savait cependant que le jeune garçon ne s'en tiendrait pas là. Qu'il poursuivrait sa quête. Et qu'il n'aurait de cesse d'avoir trouvé ce qu'il cherchait. Jacob soupira. Il avait peur pour Ludwig…

Celui-ci travaillait avec un sérieux et une application qui lui valurent très vite l'estime de son patron. Il avait soif d'apprendre auprès de maître Niklaus des techniques et des savoir-faire nouveaux. Il aimait le travail du bois. Il aimait éprouver sous ses doigts le contact chaleureux des planches. Il aimait sentir la maîtrise qu'il acquérait peu à peu, et qui lui procurait une sensation grisante de liberté et d'autonomie. Il était heureux... N'était ce trou, ce vide qu'il sentait au cœur de lui-même. C'était comme s'il se tenait sur un terrain instable qui menaçait à chaque instant de s'effondrer, le précipitant dans un abîme vertigineux...

Le soir où il avait assisté, au poêle des menuisiers, à l'altercation entre le boucher Johannes Herrmann, passablement éméché, et le tanneur Martin Knobloch, il avait eu, pour la seconde fois, le sentiment d'être le témoin d'un échange crypté, dont la teneur lui échappait, mais qui, il le savait avec certitude, le concernait. Les deux fauteurs de trouble avaient été incarcérés pour la nuit. Il avait interrogé maître Niklaus. Il entendit parler pour la première fois de la peste noire et du brûlement des Juifs, plus de quinze ans auparavant. Maître Niklaus lui avait en particulier décrit la part éminente que le boucher avait prise, comme second de Betschold, au massacre, son zèle, son enthousiasme, sa violence. Après les événements, ce dernier, devenu le nouvel Ammeister, avait couvert son lieutenant de flatteries et d'éloges, tandis que l'évêque avait cité en exemple son ardeur méritoire au service de l'Église, d'autant plus que, pour asseoir sa popularité et s'attirer la reconnaissance des puissants, il avait fait un don substantiel à l'œuvre Notre-Dame, « afin de contribuer à l'édification de l'église cathédrale », avait proclamé avec solennité l'évêque. Il n'avait guère eu de mal à faire cette offrande, avait conclu le menuisier, puisqu'il était désormais libéré de ses dettes à l'égard des Juifs. Cette nuit-là, les images violentes qui avaient empoisonné les nuits du jeune homme à Brumath, et qui s'étaient espacées depuis son arrivée à Strasbourg, revinrent en force. Et Ludwig se réveilla le cœur battant à toute vitesse et en proie à une douleur qu'il ne s'expliquait pas. Ce fut à ce moment-là qu'il emménagea dans la maison de Johannes Herrmann, qui lui loua une chambre au dernier étage de l'immeuble.

Plus que jamais, il cherchait. Dès qu'il eut un moment de libre, il se rendit chez Martin Knobloch. C'était un homme long, maigre et taciturne, qui vivait seul dans une chambre qu'un autre tanneur lui louait sous les toits. Il fallut du temps à Ludwig pour l'apprivoiser. Ce ne fut qu'à leur troisième rencontre que Martin Knobloch consentit à desserrer les lèvres et à entrouvrir la porte cadenassée de ses souvenirs. Ludwig ne sortit pas indemne de cet entretien, ni de ceux qui suivirent. Il découvrait avec effarement la violence d'un monde, le sien, qu'il n'avait pas, jusqu'ici, soupçonnée. Il sentait aussi, sans pouvoir se l'expliquer, que quelque chose, dans cette violence, le touchait au-delà de ce qui eût été normal. Le sentiment de se mouvoir au-dessus d'un abîme s'accentuait. Il continua de poser des questions autour de lui. Il écouta les témoignages des uns et des autres, certains empreints d'indifférence, d'autres de fascination, quelques-uns de gêne et de remords.

Il se lia d'amitié avec Hans, le tailleur de pierres, et sa jeune femme, Magdalena. Parfois, il descendait à l'étage au-dessous, le soir, après sa journée de travail, et partageait avec eux une chope de bière. Magdalena, à cette époque, était enceinte. Et il éprouvait un étrange réconfort à regarder son ventre qui s'arrondissait, comme une promesse de vie et de joie, comme une sorte d'obscure réparation du monde brisé. Hans et Magdalena étaient arrivés de Hambourg l'année précédente. Ludwig, assis, le regard perdu, devant les flammes qui ronflaient dans la cheminée et qui envoyaient des reflets rougeoyants sur les murs et au plafond, imaginait les bûchers qui avaient flambé d'une extrémité de l'Alsace à l'autre et même au-delà, Bâle, Fribourg, Benfeld, Colmar, Riquewihr et tant d'autres… Un soir, Hans rapporta ce qu'il avait entendu le jour même de la bouche d'un sculpteur qui travaillait à ses côtés, et qui, soudain, s'était mis à lui raconter, comme hanté, une scène à laquelle il avait assisté le jour du brûlement : tandis que les Juifs, solidement encadrés par les miliciens et les membres des corporations arrivaient au bûcher et étaient précipités les uns à la suite des autres dans le feu, il avait vu une toute jeune fille, folle de terreur, qui hurlait qu'elle voulait se convertir. Aussitôt, un dominicain était apparu, comme par magie, et l'avait entraînée à l'écart. Il se rappellerait jusqu'à son dernier souffle l'expression d'épouvante sur le visage de la petite Juive.

Ludwig finit par aller questionner son logeur, Johannes Herrmann. Le cœur battant d'appréhension, il s'obligea à le guetter un soir, au retour de la boucherie, et à l'aborder, au moment où le boucher s'engageait dans l'escalier. Celui-ci ne se fit aucunement prier, trop heureux de pouvoir évoquer ses heures de gloire et ses hauts faits passés. Il fit entrer le menuisier dans son logis, le fit asseoir en face d'un cruchon de piquette, les servit généreusement et se mit à parler.

— Tu veux savoir ? Ah ! C'était le bon temps ! Fallait voir ! On était forts en ce temps-là ! On veillait au grain comme des loups ! Personne n'aurait osé nous marcher sur les pieds ! Nous, ceux des corporations, on montrait les dents contre ces bourgeois vaniteux qui se prenaient pour des patriciens, qui se gardaient le pouvoir et les privilèges comme des avares accroupis sur un trésor ! Et qui, un comble, protégeaient les

Juifs, ceux-là mêmes qui saignaient sans vergogne les pauvres chrétiens ! Heureusement, on était là, nous, et on a vite fait de remettre les choses en ordre.

Le boucher s'envoya une généreuse lampée de vin dans le gosier. Et poursuivit, tout au ravissement de l'évocation :

— Si tu avais vu ça ! L'allégresse partout ! La fête ! D'abord, on s'est occupé du Magistrat. Et en tout premier lieu, de ce vendu de Schwarber. Il est parti la queue entre les jambes, sans un radis vaillant, fais-moi confiance ; et ses sous ont fait plus d'un heureux. C'était Betschold notre chef. Avec lui, ça n'a pas traîné, en un tour de main, hop ! la ville s'est trouvée débarrassée des Juifs meurtriers de Notre-Seigneur. Victoire totale ! Quel homme, ce Johannes Betschold ! Je vais te dire un petit secret : je ne m'appelais pas Johannes autrefois, mais quand j'ai vu comme il se démenait, j'ai voulu changer de nom et je me suis fait appeler comme lui.

Nouvelle rasade de vin. Nouvelle coupe. La voix devenait moins claire. Les souvenirs cependant affluaient, faisaient briller les yeux du boucher qui revivait les jours du triomphe, se laissait aller sans retenue à la jubilation rétrospective et à un brin de nostalgie, évoquait, la larme à l'œil, l'œuvre pieuse à laquelle tous les artisans avaient coopéré. Combien ils en avaient pourfendu, de ces ennemis du Christ ! Combien il en avait tué lui-même ! Il avait frappé et frappé encore, infatigablement, aux côtés de Betschold et des autres braves soldats de l'Église ! Il en avait abattu des légions, des essaims, ça ne s'arrêtait plus, il y en avait toujours de nouveaux, c'était comme si, à peine étendus raides, ils se relevaient par un maléfice diabolique ! Il ne se rappelait plus bien qui il avait tué, il y en avait trop ! Si pourtant, il se souvenait avoir refroidi le rabbin, sa femme et leurs garçons, oui, ceux-là, il les revoyait bien ; la fille, une belle fille, ma foi, était partie avec le reste du troupeau au cimetière. Il y avait aussi un prétendu médecin, un sorcier, oui, un de ces maudits qui avaient enseigné aux autres à empoisonner les puits. Celui-là, il l'avait transpercé avant de le jeter dans la cour. Au passage, il avait aussi réglé leur compte à ses deux mioches. Il s'était demandé où diable avaient passé les deux autres, la fille et le bébé, mais il n'avait pas eu le temps de s'attarder sur la question, il y avait trop à faire ! La femme, il l'avait forcée d'abord et tuée ensuite, autant prendre son plaisir quand on en avait l'occasion. Ce n'était pas la seule qu'il avait eue, il y en avait eu beaucoup, et autour de lui, les autres n'y allaient pas avec le dos de la cuiller, eux non plus ! Pas de merci, c'était le mot d'ordre, d'ailleurs il était inutile, qui aurait eu merci de cette engeance nuisible, ennemie de Dieu ?

Le boucher, sans se lasser, intarissable, racontait, décrivait, se rappelait soudain, avec ravissement, un détail croustillant, une anecdote, une répartie, une grimace : la face terrorisée de ce vieux Juif et le tonnerre de rire qui l'avait secoué, cet autre qui avait trébuché tout à coup et qui s'était affalé de tout son long en travers d'un empilement de cadavres, les postures grotesques des corps, la tête à angle droit, un bras replié à contresens, les jupes comiquement troussées des femmes, étalant aux lueurs des torches leurs ventres fripés et leurs cuisses écartées, cette fille qui hurlait d'effroi et qu'un dominicain avait emmenée in extremis, pensant, le pauvre, que d'une Juive vicieuse, on pouvait faire une bonne chrétienne.

Ludwig continuait à questionner, encore et encore. Il entendit un jour Sauber, dans une de ses harangues, évoquer la mission qu'il s'était vu confier par une voix divine : débusquer les Juifs cachés. Sauber le repéra parmi les badauds, le dévisagea avec insistance. Ludwig se sentit nu sous son regard. Il se rappela le regard du moine à Brumath. Il s'éloigna. Il le croisa à nouveau quelques jours plus tard, au milieu des étals de la place Saint-Martin. Le marchand l'arrêta par le bras et lui dit, soupçonneux :

— Ne serais-tu pas juif, par hasard ?

Puis il le lâcha et le laissa planté au milieu des étals, frappé de stupeur. Une voix le tira soudain de sa léthargie, une voix jeune et empreinte de gentillesse :

— Ne vous inquiétez pas, cet homme soupçonne tout le monde d'être juif !

Ludwig se tourna vers la personne qui parlait : ce fut une apparition. Dans l'instant, sa sidération s'évanouit, son angoisse se dissipa, et ce fut comme une onde puissante qui remplit soudain le vide vertigineux de son être. Il n'oublierait jamais la première vision qu'il eut d'elle ce matin-là, celle d'une jeune fille lumineuse, souriante, reine d'un royaume de plantes ; dès cet instant, elle lui apparut comme douée du pouvoir magique de guérir peines et douleurs. C'était une petite marchande d'herbes, debout à côté de son étal, où s'alignaient des bouquets de persil, de cerfeuil, de ciboulette, de pissenlit et toutes sortes d'autres herbes inconnues de Ludwig. La jeune et jolie marchande reprit :

— Tout le monde ici le connaît. Il radote. Il va de l'un à l'autre, répétant tous les jours la même chanson : il a eu un songe, Dieu lui-même lui a confié la mission de démasquer les Juifs qui sont revenus dans la ville et qui se cachent afin d'accomplir leur vengeance !

En même temps qu'elle parlait sur un ton discrètement moqueur, elle eut un geste explicite, touchant son front de son index. Elle ajouta :

— Je crois que peu de gens le prennent au sérieux, même s'ils ont l'air d'être attentifs à ses discours.

En l'écoutant, Ludwig eut le sentiment que les craintes et les angoisses diffuses qui l'habitaient depuis de longs mois se réduisaient comme peau de chagrin, desserraient leur emprise. Pour la première fois depuis longtemps, il respirait plus librement, comme si un poids écrasant avait été enlevé de sa poitrine. Il ne se lassait pas d'écouter sa voix chantante et fraîche. Il sortit de son mutisme pour lui poser quelques questions.

Elle s'appelait Catherine, habitait avec sa famille à l'extérieur des murailles, dans un faubourg appelé Bischheim, au nord de la ville. Elle venait les jours de marché pour vendre les herbes que ses parents cultivaient et aussi celles qu'elle-même et son frère allaient cueillir dans la forêt. Elle s'était fait, au fil du temps, une clientèle fidèle d'apothicaires, de moines et de médecins qui venaient s'approvisionner chez elle pour composer potions et remèdes.

À partir de ce jour, Ludwig revint fréquemment au marché aux herbes. Il prit l'habitude de venir bavarder avec la jeune et avenante marchande. Il s'étonnait de se sentir comme accordé au monde quand il était avec elle.

Cependant, il poursuivait sa quête. Il lui fallait retrouver le moine mystérieux qui, un jour de novembre détrempé et venteux, était venu semer le trouble dans sa vie paisible et sans histoire. Qui était-il ? Où le trouver ? Que savait cet homme de son passé, de cette vie d'avant qui n'avait jusque-là suscité de sa part ni curiosité, ni questions, ni doutes ? Où et quand l'avait-il rencontré ? Il était orphelin, lui avait-on dit. Quoi de plus banal et de plus répandu ? La mort était le sort le plus commun. Elle avait mille visages et mille pourvoyeurs : la peste, la guerre, les brigands, le bourreau, l'Église, le juge, et tant d'autres... Elle frappait de tous côtés, fauchant indistinctement jeunes et vieux, riches et pauvres, innocents et coupables, femmes en couches et enfants en bas âge. Il venait parfois à l'esprit de Ludwig que continuer à vivre, au milieu de tant de pièges et tant de périls, relevait bel et bien du miracle car la mort avait bien plus d'alliés et de servants que la vie.

Comment retrouver ce moine ? Il ne connaissait pas son nom, ne savait où le chercher. Il n'avait qu'une indication : il venait de Strasbourg. Une seule personne était susceptible de le renseigner : Jacob Treppler. Mais celui-ci était resté jusqu'ici obstinément muet. Il était cependant l'unique maillon qui pouvait le conduire au prêtre. Et aussi l'éclairer sur cette zone obscure qui échappait à sa conscience et à sa mémoire. Pourquoi, se reprochait-il à présent, n'avait-il jamais cherché à savoir ? Pourquoi avait-il, depuis toujours, tiré un trait sur sa famille ? Qu'avait-il voulu ignorer ? Quel était ce rideau opaque qu'il avait tiré, reléguant ses parents morts et son histoire première dans les oubliettes insondables de la mémoire ? Soudain une indicible angoisse le point. Et le sentiment d'une urgence, qui ne peut souffrir aucun retard. Désormais, il doit savoir. Et sur-le-champ. Voilà que le cachot de sa mémoire, si noir soit-il, se met à grouiller d'une vie inconnue et cependant familière : des visages fugitifs le traversent, qu'il essaie désespérément de retenir, des monstres à faces de démons y grimacent, des sourires s'y mêlent aux cris et aux sanglots... Que faire de toutes ces choses étranges, effrayantes, qui se bousculent quelque part en lui ? Comment les faire émerger ? Le veut-il ? Ces choses ne vont-elles pas le détruire ? Le briser en mille morceaux ?

Il s'est confié à Catherine, à qui il rend visite de plus en plus souvent. L'étal de la jeune fille, au marché aux herbes, est peu à peu devenu pour lui le centre de la ville, le centre de sa vie. Ce n'est que là, auprès d'elle, qu'il retrouve un peu de paix et qu'il parvient à semer son angoisse. Elle l'écoute, hoche la tête, parle peu, mais il a l'étrange sentiment qu'elle en sait plus sur lui que lui-même.

Ludwig se secoue. Impose silence aux images qu'il sent frémir à la lisière de la sombre forêt qu'est devenue sa mémoire. Il sait ce qu'il doit faire : il se rendra dès que possible à Brumath. Ses parents adoptifs seront heureux de sa visite. Mais lui, cette fois-ci, ne repartira pas les mains vides. Jacob Treppler devra, coûte que coûte, parler, Ludwig ne lâchera pas prise. Il sent une force nouvelle se répandre en lui, une volonté tenace de savoir. Jacob parlera, il lui dira où trouver le moine, il lui révèlera enfin les secrets obstinément enfouis dans le silence durant toutes ces années. Ludwig aura gain de cause. Un grand calme l'envahit. Il a le sentiment d'avoir enfin franchi un obstacle.

Fin décembre 1364

Ludwig et maître Niklaus cheminent de concert dans les ruelles mouillées et obscures de la ville.

Il est tard. Tous deux viennent de quitter le poêle des menuisiers. C'est là qu'ils ont passé la soirée. Une soirée calme. Peu de monde. Peu de bruit aussi, dans la longue salle éclairée par le feu qui ronfle, rougeoyant, dans la cheminée et par les chandelles fumantes qui projettent des cercles de chaude lumière sur les visages, les mains et les tables épaisses. Une soirée comme Ludwig n'en a pas passée depuis bien longtemps. Où l'on parle à voix tempérée. Où l'on écoute. Où l'on fait siens les soucis des autres. Où les visages sont détendus, où les sourires errent au coin des lèvres, autour des paupières, prêts à éclore à la moindre occasion. Où l'on se sent apaisé, plein d'indulgence à l'égard du monde entier. Où le mal et la méchanceté se sont éclipsés, pour un temps tout au moins. Où les voisins, les confrères, les inconnus, le patron peuvent devenir des amis, le sont déjà. Où les ombres inquiétantes, passé et présent mêlés, se sont soudain dissipées, ne sont plus que de lointains fantômes, des spectres vides, privés de tout pouvoir malfaisant. Ludwig se sent bien. En harmonie avec le monde, un monde réduit ce soir à la dizaine de menuisiers qui savourent lentement leur chope de bière. On parle de tout et de rien. Du mauvais temps qui s'est installé, du ciel qui déverse des trombes d'eau, du vent qui souffle en rafales rageuses, du froid humide qui s'est emparé de la ville et qui ne la lâche plus. Des obsessions de Klaus Sauber qui se répand en discours de plus en plus véhéments contre les Juifs, persuadé qu'ils rôdent, prêts à investir la cité et à exercer une vengeance digne de leur cruauté bien connue. Des taxes exorbitantes imposées par la corporation des bateliers sur le vin, le blé, le sel, le bois, le tabac, les poissons, toutes marchandises qui transitent par voie fluviale et sur lesquelles ils exercent un monopole. De l'arrivée prochaine de Jean Tauler, attendu à Strasbourg d'ici une semaine. De l'inauguration solennelle, la semaine passée, du nouveau bâtiment de la Douane, à côté du pont aux Supplices. De l'acquisition par l'évêque du troisième des tableaux qu'il avait commandés à un artiste allemand de grand renom, et que le prélat va offrir, dit-on, à l'œuvre Notre-Dame, pour qu'ils ornent l'église cathédrale toujours en chantier. De la merveilleuse horloge des Trois Rois, chef-d'œuvre d'un artisan allemand de génie, où les Rois Mages viennent s'incliner toutes les heures devant la Vierge Marie, tandis qu'un coq aux couleurs somptueuses lance son triomphant cocorico. Ludwig écoute et les mots qui s'entrecroisent autour de lui l'entourent d'un nuage de douceur ouatée. Ce soir, il a renoncé aux interrogations. Il a tant posé de questions dans les derniers mois ! Il a tant entendu de réponses, tant consigné de témoignages. Jusqu'à en éprouver des nausées. D'où lui vient, continue-t-il à se demander, cette soif insatiable, ce désir incompressible de se faire raconter encore et encore le brûlement des Juifs ? De recueillir les récits enflammés des uns, réticents des autres, de se heurter au silence des troisièmes – Martin Knobloch était de ceux-là –, prisonniers muets de ce qu'ils avaient vu, entendu ou fait. Non, ce soir, Ludwig a baissé sa garde. Il a besoin de connivence. D'amitié. De silence. De propos anodins. Il a besoin, ce soir, de tenir à distance ses démons. De les reléguer derrière l'épais rideau rouge qui recouvre la porte et l'isole du dehors.

Maître Niklaus l'a apostrophé :

— Hé, Ludwig, dans quel songe es-tu parti ?

Ludwig, comme toujours lorsqu'il est surpris en flagrant délit d'absence, rougit jusqu'à la racine de ses cheveux, déclenchant, comme toujours, l'hilarité sonore du maître menuisier.

— Je vous écoutais tous, dit-il simplement.

Maître Niklaus, qui n'est pas dupe et qui a appris à le connaître – voilà presque une année déjà qu'il travaille chez lui –, lui donne une tape amicale sur l'épaule et lui dit à mi-voix :

— Je ne sais ce que tu cherches, mais le fait est que tu cherches quelque chose.

En un éclair, la trêve que le jeune homme avait réussi à négocier avec lui-même a volé en éclats. Les pointes acérées du doute et de l'angoisse ont lacéré le nuage où il s'abritait. Le voilà à nouveau livré aux vents mauvais des questions sans issue, aux spectres incohérents et effrayants qui surgissent d'un passé obstinément opaque. Maître Niklaus a vu son visage blêmir, ses traits se crisper, ses yeux s'emplir d'effroi. Il se penche vers lui, comme pour lui offrir l'appui de son corps solide et lui souffle à voix basse :

— Sortons ensemble.

Les voilà donc, le maître menuisier et son aide, cheminant de concert dans les ruelles mouillées et obscures. En silence. Chacun d'eux écoute les vagues de son passé battre les rives de sa mémoire, encore et encore, frangées d'une écume qui vient de si loin, d'au-delà des années, d'au-delà des souvenirs...

Maître Niklaus sait le tourment de Ludwig. Il le sait pour l'avoir deviné, au fil de tous ces mois, à travers ses questions discrètes et répétitives, son insistance à évoquer toujours le même sujet. Il le sait aussi pour d'autres raisons...

Il se souvient de ces jours terribles. De la ville livrée à la folie, à la peur, au pillage et au meurtre. De son effarement au spectacle des cavalcades effrénées d'hommes et de femmes qu'il connaissait pour beaucoup, et qui lui apparaissaient soudain métamorphosées en bêtes sauvages. Il voyait, halluciné, des faces monstrueuses se substituer aux visages humains, des fauves se lécher les babines, des mâchoires de loups claquer, des gueules s'ouvrir, gourmandes et cruelles. Il regardait, incrédule et stupéfait, le monde rassurant qu'il connaissait basculer brutalement dans la démence. Il consignait mécaniquement dans sa mémoire les bruits de sabots du troupeau désordonné qui déboulait de partout, les hurlements des femmes dont certaines allaitaient tout en courant, les enfants pris dans le flot et qui criaient eux aussi, d'exaltation ou de peur, ceux qui tombaient, trop petits pour suivre, et que leurs mères oubliaient, pleurant sur le pavé, les haches, les piques, les masses, les gourdins, les couteaux qui passaient, comme mus par un mouvement et une volonté propres...

Maître Niklaus se remémora ce qu'il avait dit à Ludwig quelque temps auparavant, un jour où ils avaient entendu en passant place Saint-Martin une des harangues dont Klaus Sauber était devenu coutumier : il ne croyait pas aux accusations du marchand de drap. Il n'y avait plus de Juifs à Strasbourg, c'était un fait et Sauber était en plein délire. Il avait maintes fois entendu jadis, comme tout un chacun, les accusations qui pesaient sur les Juifs. Il avait, enfant, écouté les mises en garde de ses parents, où affleurait la crainte. Il avait eu peur, comme tous les enfants chrétiens, d'être enlevé par les Juifs, occis et saigné. Un mois avant la Pâque juive, les mises en garde se faisaient plus pressantes, plus inquiètes, et méfiance et crainte étaient palpables dans les rues et les regards. Lui, Niklaus, demeurait aujourd'hui perplexe et plutôt sceptique quant à ces accusations : étaient-elles fondées ou non ? Il avait eu plus d'une fois l'occasion de côtoyer des Juifs avant le brûlement, et il n'avait pas eu à s'en repentir. Ils étaient, du moins ceux à qui il avait eu affaire, irréprochables : ils payaient rubis sur l'ongle le travail qu'ils avaient commandé et ils n'avaient jamais cherché à le gruger. Bien sûr, ils étaient durs en affaires, intransigeants quant à leurs droits. Mais les chrétiens ne l'étaient-ils pas ? Qui renonçait de plein gré à son dû ? Il savait, pour avoir entendu maintes plaintes autour de lui, que les prêteurs juifs exigeaient un taux d'intérêt élevé. Et que les pauvres gens peinaient à les rembourser. Mais que faire ? La vie était dure à chacun. Et les Juifs eux-mêmes avaient à s'acquitter de taxes et d'impôts variés qui pesaient lourdement sur leurs épaules. Ils avaient été massacrés. Brûlés. Il n'approuvait pas ce qui s'était passé alors. Les excès. La violence. La cruauté. Et aujourd'hui qu'il n'y avait plus de Juifs, chacun pouvait se rendre compte que la condition des pauvres n'était pas meilleure. Et que ceux qui étaient contraints de recourir aux services des usuriers lombards étaient dans la même misère…

Le menuisier se force à émerger. Reprend conscience de la présence de Ludwig à ses côtés. Lui pose à nouveau une main amicale sur l'épaule. Oui, il connaît le tourment de Ludwig. Voilà des mois qu'il voit le jeune homme mettre à profit ses moindres moments de liberté pour tourner dans la ville, interrogeant, écoutant, ravivant le passé, se remplissant la tête de récits et d'images. Maître Niklaus a résolu de l'aider.

— Que cherches-tu ?

Ludwig ne répond pas. Il se sent coupé en deux, à la fois interlocuteur du maître menuisier qui l'interpelle et à qui il devra répondre et observateur extérieur d'une scène qui se déroule en dehors de lui. Il éprouve physiquement, dans son corps, cette étrange ligne de partage. Il ne ressent rien, vide, froid, détaché de toute peur, de toute émotion. Il plane au-dessus de lui-même, jusqu'à se voir de l'extérieur, comme s'il était un autre.

— Que cherches-tu, Ludwig ?

Maître Niklaus insiste, lui secoue l'épaule.

— Je ne sais pas.

Ludwig est surpris par le son de sa propre voix, une voix sans timbre et sans couleur, qui se noie dans le silence du monde.

— Tu le sais…

Un coup de tonnerre. Un tremblement de terre. Ludwig vacille. Non. C'est le monde qui s'est mis à tourbillonner, vertigineusement. Et qui l'entraîne dans une spirale folle.

Je le sais ? Je sais quoi ? Je ne sais rien ! Vous tous, vous savez. Pas moi ! Nuit partout ! Nuit et silence.

Quelqu'un crie. Crie comme on pleure. C'est Ludwig.

— Va trouver le père Closener. Frédéric Closener. Au couvent des franciscains, près de l'église Saint-Pierre-Le-Jeune. Et maintenant, rentre chez toi.

Le menuisier a rebroussé chemin. Très vite, la lueur de sa torche s'est perdue dans la nuit. Ludwig lève la tête. Reconnaît sa rue, la maison du boucher. Il est devant sa porte. Ses pensées reprennent un semblant de cohérence. Le monde autour de lui se stabilise. Il émerge peu à peu du brouillard. Le père Closener. Un moine. Maître Niklaus a entrouvert une porte. Il ira trouver ce prêtre dès demain.

III.

Interrogatoires

15 février 1365

Greta

Greta avait été convoquée à la Pfalz. On l'avait fait attendre un bon moment, debout dans un couloir étroit, mal éclairé, fermé à son extrémité par une lourde porte de bois. Elle se sentit prise au piège. Comme lors de cette nuit lointaine – était-elle d'ailleurs si lointaine ? – où elle avait vraiment cru sa dernière heure venue…

La nuit est déjà bien avancée. Greta ne dort pas. Les yeux grand ouverts dans l'obscurité, les nerfs tendus, l'oreille aux aguets, elle attend le retour de Herrmann. Elle scrute le silence, dans l'attente du fracas qui éclatera, quand le boucher reviendra du poêle.

Il lui faudra, comme d'habitude, prendre garde de rester à distance de l'ivrogne, afin d'éviter les coups. Elle est devenue experte dans cet exercice, mais son adresse ne suffit pas toujours à la protéger. Elle tente de prévoir les manœuvres possibles, les coins où se mettre à l'abri, élabore différentes stratégies. Soudain le silence et la nuit volent en éclats : le boucher monte bruyamment l'escalier et ébranle la porte de son poing en criant. Elle a sauté à bas du lit, s'est précipitée vers la porte qu'elle tire vers elle tout en s'abritant derrière le montant et regagne la chambre en veillant à ne pas se trouver à la portée de l'homme. Le boucher, moins ivre qu'à l'accoutumée ou plus lucide, réussit à la coincer dans la ruelle du vaste lit, l'attrape brutalement par les cheveux, lui cogne violemment la tête contre le mur avant de la rouer de coups de poings et de pied, en soufflant comme un bœuf et en ponctuant ses coups d'invectives furieuses. Elle a instinctivement protégé sa tête de ses mains, puis a perdu connaissance. Quand elle se réveille, la première chose qu'elle perçoit, ce sont les ronflements de l'homme, affalé par terre à côté du lit. Elle ne peut pas bouger, et elle se demande si elle va mourir là, dans la nuit vide. Elle s'est mise à prier en silence la Vierge Marie et son divin Fils de lui venir en aide. La porte s'est entrouverte et Karl avance précautionneusement sa tête dans l'embrasure. Il s'approche de sa mère et sans un mot, lui passant les bras sous les aisselles, il l'aide à se relever et l'allonge sur le lit. Puis il verse l'eau du broc dans une cuvette en bois, y trempe un linge et lui lave le visage et les mains. Elle ne distingue rien dans l'obscurité de la chambre, mais elle entend la respiration saccadée du garçon et ses efforts pour contenir ses larmes. Quelques jours plus tard, partiellement remise du choc et de ses blessures, elle se trouve à la cuisine, en train de laver des marmites et divers ustensiles. Penchée sur l'évier de pierre, elle se fait le serment que cela n'arrivera plus : jamais plus, elle ne se laissera surprendre. Et si cela doit malgré tout se produire à nouveau… Non, jamais plus Herrmann ne la battra. Absorbée par ses pensées et toute à sa résolution, elle a parlé à haute voix, sans s'apercevoir que Karl est entré et l'observe, tandis qu'elle tient sa main serrée sur le manche du couteau qu'elle vient de laver.

Greta reprit péniblement pied dans la réalité. Dans le couloir où elle attendait, nulle fenêtre, nulle ouverture, nulle échappée pour son regard prisonnier. Elle éprouva une sensation d'étouffement, fut soudain prise d'une panique irrépressible, voulut crier. Au même moment, un homme d'armes surgit et, lui faisant signe de le suivre, ouvrit la porte au fond du couloir. Une impression d'air et de lumière desserra l'étau qui l'oppressait, elle aspira avidement, se sentit mieux. Elle regarda autour d'elle : elle se trouvait dans un cabinet, meublé d'une table de bois massif et de plusieurs chaises. Une large fenêtre au fond de la pièce laissait entrer la lumière du jour, une lumière aujourd'hui parcimonieuse, la lumière grise d'un jour froid d'hiver. Sur le côté droit, une autre table plus petite, avec une écritoire et un assortiment de plumes ; un homme était assis là, terne, incolore ; elle comprit que c'était le greffier, et immédiatement, elle eut le sentiment d'être à nouveau enfermée.

L'officier, le même que la veille, prenait son temps, s'installait confortablement, se calait sur un siège à large dossier. Il s'appelait Gottfried Bucher. C'était un homme d'âge mûr, corpulent, grand, les épaules larges, le cou massif, les cheveux épais, d'un blond foncé parsemé de fils gris et entamés par un début de calvitie. Le visage impassible, il avait fait mine, tout ce temps, de ne pas la voir. Elle était toujours debout. Elle eut l'étrange sentiment de ne pas être présente, d'avoir déserté son corps, qui demeurait là, telle une statue. Elle nota machinalement le ciel blanc qui passait à travers les petits carreaux transparents de la fenêtre. Le vent s'était levé, un aigre vent d'hiver, qui se mit à tourner en sifflant autour du bâtiment, lugubrement. Elle eut le sentiment que c'était le châtiment de Dieu qui lui était signifié. Enfin, l'officier releva la tête et la fixa. C'était comme s'il la clouait au sol.

Le silence épais fut pulvérisé : ce fut un fracas de mots qui éclatèrent à ses oreilles et qui, d'abord, lui demeurèrent incompréhensibles. Les sourcils de l'homme se froncèrent. Et soudain, les mots prirent sens : le prévôt lui posait, pour la seconde fois, une question.

— Où étais-tu, hier matin, lorsque ton mari a été assassiné ?

— Mon mari m'avait demandé d'ouvrir l'échoppe, de prévenir mon fils et notre apprenti d'avoir à le remplacer à l'abattage et d'aller quérir une potion pour lui chez l'apothicaire.

Elle avait déjà donné ces explications à l'homme d'armes qui l'avait interrogée : pourquoi lui redemandait-on la même chose ? Elle vit, du coin de l'œil, le greffier qui notait fidèlement sa réponse. La peur lui tordit le ventre.

— Tu es allée à l'apothicairerie toi-même ?

— Oui.

— Ton mari te battait-il ?

Le prévôt perçut la crispation de la femme, l'inquiétude dans ses yeux, mais aussi l'éclair de rage qu'elle éteignit aussitôt :

— Oui.

— Quand il était ivre ?

— Oui.

Greta retint la colère, les mots, serra ses mains l'une contre l'autre, ses muscles étaient tendus, ses épaules étaient remontées, comme si elle se préparait à recevoir des coups.

— C'était souvent ?

— Tous les jours que Dieu fait !

Cette fois-ci, la réponse fusa. Et Greta explosa, les mots se bousculèrent, en un torrent de rage et de peine, et sortirent en désordre, mêlés de cris haletants. L'officier ne l'interrompait pas, l'observait, l'écoutait.

Et le greffier notait.

Elle raconta les retours de beuverie, tard dans la nuit ou au petit matin, le vacarme des pas de l'homme trébuchant dans l'escalier, les coups de poing sur la porte, sa course à elle pour ouvrir avant qu'il n'enfonçât la porte, sa stratégie pour se mettre hors de portée de ses mains puissantes, les lourds efforts de l'ivrogne pour l'attraper, les bras qui battaient l'air, les insultes, les obscénités, les chutes qui ne faisaient que l'incendier davantage. Elle raconta aussi les raclées qu'il avait longtemps administrées quotidiennement à son fils et dont il continuait à le menacer, mettant parfois ces menaces à exécution. Elle déversa la douleur, la vie devenue un enfer de haine, de rage et de violence, les prières à Dieu et à son divin Fils afin qu'Il mette fin à leur calvaire et… Elle s'arrêta brusquement, effrayée de ce qu'elle allait dire et de ce qu'elle avait déjà dit. L'officier reprit calmement :

— Qu'est-ce qu'il te reprochait ?

— Il se méfiait de nous, il disait toujours que Karl et moi complotions contre lui, que nous cherchions à le voler, à le tuer…

Encore une fois, elle s'arrêta net, interdite, épouvantée.

— À le tuer ? Pourquoi pensait-il cela ?

— Je ne sais pas – elle se tordit les mains, désespérée – je vous jure sur tout ce que j'ai de plus cher que jamais une idée pareille ne nous a passé par la tête. Par la Vierge Marie, par tous les saints, je vous jure…

— Ne jure pas, c'est un grand péché ! Dis-moi plutôt comment ton fils supportait tout cela ?

Torrent de larmes. C'était la première fois qu'elle s'effondrait, remarqua l'officier en son for intérieur. Le greffier, imperturbable, notait toujours.

Larmes et sanglots, qui sortaient avec violence, comme les mots, incompressibles, toutes digues rompues, et elle s'essuyait le visage avec un coin de son tablier, qu'elle tordait avec désespoir, et les sanglots l'étouffaient, et elle ne pouvait plus parler, hoquetante, défaite, misérable. La crise durait, l'officier attendait, calme, patient, le greffier avait levé la tête et la plume, attendant, lui aussi. Il venait d'écrire : « La femme pleure tant et plus. »

Quand la crise s'apaisa, le prévôt reprit :

— Est-ce que ton fils avait peur de son père ?

— Quand il était petit, il se cachait dès qu'il l'entendait venir. Mais il a grandi, Dieu merci, il est devenu un homme et son père l'a moins battu. Ce n'est pas qu'il n'aurait pas pu : il était gros et fort, beaucoup plus que Karl, qui n'aurait pas fait le poids. Mais on aurait dit, c'est bizarre, que mon mari avait peur de lui.

— Ah bon ? Peur de lui ?

À nouveau, l'effroi saisit Greta.

— Je veux dire... Karl n'était plus un enfant, et son père hésitait à se jeter sur lui, il était comme retenu...

— Retenu ? Est-ce que Karl le menaçait ?

— Jamais !

— Alors ?

— C'est qu'il y avait comme une force nouvelle en lui, une sorte de détermination...

Comment expliquer ces choses avec des mots, elle qui ne savait pas les manier ? Et comment mettre Karl à l'abri de leurs soupçons ? L'officier reprit :

— Est-ce que Karl a cherché à te protéger ?

De nouveau cet éclair de rage meurtrière, vite éteint.

— Quand il était petit, il venait en cachette me consoler. Il disait qu'un jour, quand il serait grand et fort, il me sauverait de lui, qu'il partirait dans la forêt et qu'il demanderait à Hans Trapp[2] de mettre son père en prison.

En vérité, elle avait édulcoré les propos de l'enfant : Karl voulait que Hans Trapp tue son père.

— Et depuis qu'il est devenu un homme ?

— Il ne disait rien. Il serrait les poings en silence. Il était d'ailleurs devenu de plus en plus silencieux. Il aidait son père à l'échoppe. Il le remplaçait quand il était trop soûl, comme ce matin-là.

— Une dernière chose : tu as dit que tu étais allée toi-même chez l'apothicaire pour faire la course dont ton mari t'avait chargée. Tu es sûre que tu n'as pas en fin de compte envoyé Karl à ta place ?

Une sueur d'angoisse submergea Greta : pourquoi revenait-il à la charge ? Elle répondit d'une voix à peine audible qu'elle s'était acquittée elle-même de la commission. Sans insister plus avant, l'officier de police la congédia.

Au moment où elle franchissait la porte, elle vit Karl, debout dans le petit couloir étriqué où elle-même avait attendu plus tôt dans la matinée et où elle s'était sentie si mal. Elle voulut se précipiter vers lui, mais à cet instant un pas retentit derrière elle. Elle s'arrêta net tandis que le greffier allait quérir le jeune homme et lui faisait signe de le suivre. Elle se dirigea vers la sortie, l'angoisse lui serrant le cœur.

---

[2] Monstre que l'on invoquait pour faire peur aux enfants

Karl

—Je vous l'ai déjà dit hier, je vous l'ai redit il y a quelques instants, pourquoi me reposez-vous sans cesse les mêmes questions ?

Karl, exaspéré, s'était brusquement levé. Jusqu'ici, assis à l'extrême bord de son siège, raide et compassé, il avait répondu aux questions du prévôt avec un certain calme. Mais son maintien, ses joues qui s'empourpraient, ses mains qu'il serrait fortement l'une contre l'autre, ses pieds qui ne cessaient de remuer, trahissaient une grande tension intérieure qu'il s'était efforcé de masquer.

—Assieds-toi, mon garçon, et réponds à mes questions.

Gottfried Bucher, très calme, n'avait pas élevé la voix, mais son inflexion avait quelque chose d'implacable qui n'échappa pas au garçon ; il se rassit sur-le-champ, se faisant violence pour maîtriser le tremblement de tout son être.

La matinée s'achevait et il était toujours là, à répondre à des questions qui lui semblaient se répéter ; cet interrogatoire ne finirait-il donc jamais ?

Il venait de raconter, pour la deuxième fois, la succession des événements durant la fatidique journée de la veille. Il avait été réveillé en sursaut, alors qu'il faisait encore nuit, par les appels furieux de son père, qui hurlait les noms de sa mère, le sien et ceux de l'apprenti et de la servante, assortis d'insultes et de menaces de toutes sortes. Il s'apprêtait à répondre quand il avait entendu Greta se diriger vers la chambre où son mari s'égosillait. Elle était venue peu après lui signifier d'avoir à se rendre aux abattoirs en compagnie de Gustav. C'est ce qu'ils avaient fait. Ils avaient entassé sur leur chariot les pièces de viande fraîche, encore fumantes, qu'ils avaient rapportées à l'échoppe. La matinée était déjà bien avancée quand il prit conscience de l'absence prolongée de son père. Il attendit encore un moment, d'autant plus qu'il fallait servir deux clients exigeants, des domestiques d'une famille noble venus s'approvisionner en vue d'un mariage. Il finit, profitant d'un temps d'accalmie, par se décider à aller voir ce qui retenait si longtemps son père. C'est ainsi qu'étant remonté dans l'appartement, il avait trouvé celui-ci étendu dans son lit sans vie, la poitrine transpercée. Tandis qu'il parlait, il regardait, sans vraiment le voir, le greffier qui officiait dans le coin droit de la pièce et qui, penché avec application sur sa feuille de parchemin, notait scrupuleusement questions et réponses. Sur le mur du fond, la fenêtre donnait passage à la grise lumière de ce jour d'hiver, barrée par les branches nues d'un arbre famélique, qui gémissaient sous les rafales du vent et frappaient à coups sourds et répétitifs contre les vitres serties de plomb. Karl frissonna. Le regard acéré du prévôt ne le lâchait pas.

— Tu as donc quitté le logis avec Gustav pour aller aux abattoirs, puis tu es revenu avec lui et tu es demeuré dans l'échoppe jusqu'au moment où tu es remonté. Es-tu sûr que tu n'as pas quitté la boucherie ?

— Tout à fait sûr, vous pouvez demander à Gustav...

— Peut-être ta mère t'a-t-elle prié d'aller quérir à sa place la potion que ton père lui a réclamée ?

— C'est ma mère qui a fait cette course, je vous l'ai déjà dit !

— Peut-être es-tu sorti pour satisfaire un besoin naturel ?

— Non !

— Ne serait-ce pas toi qui as tué ton père ?

— Comment aurais-je pu commettre un si grand crime ?

— Ton père te battait, il frappait aussi ta mère, tout le monde le sait. N'aurais-tu pas voulu te venger ?

— Non, non, non, je le jure par…

— Il est interdit de jurer, ne te mets pas en situation de péché. Tu n'as pas tué ton père, dis-tu. Cependant, ta mère nous a dit qu'il avait peur de toi : l'avais-tu menacé ?

C'est à cet instant que Karl avait bondi de son siège, incapable de garder son calme plus longtemps, et que l'officier lui avait intimé froidement de se rasseoir et de se contenter de répondre à ses questions.

L'interrogatoire se poursuivit encore jusqu'au début de l'après-midi, après quoi Karl, à son immense soulagement, fut libéré. Il lui fut précisé qu'il devait se tenir à la disposition des gens d'armes jusqu'à ce que le crime fût élucidé.

Julia, la servante, n'avait pas donné signe de vie. Jamais auparavant, aux dires de Karl, elle ne s'était enfuie. Que signifiait sa disparition ? Était-ce un aveu de culpabilité ?

Le prévôt fit chercher Gustav pour l'interroger à son tour.

Gustav

L'apprenti arriva alors que la nuit tombait déjà. Il entra dans le cabinet, escorté par deux gens d'armes, qui le tenaient solidement de chaque côté.

C'était un gamin d'environ treize ans, petit et maigrichon, qui disparaissait presque entre les deux forts gaillards qui l'encadraient. Il était affublé d'une tignasse rousse, hirsute pour l'heure, qui lui avait, depuis toujours, valu la méfiance et les moqueries. Il était l'aîné d'une famille de paysans. Son père avait une nombreuse famille et peu de ressources pour la nourrir. Il travaillait sur les terres du seigneur d'Ottingen, mais selon les années, la sécheresse d'étés trop chauds, ou les gelées tardives quand le printemps avait déjà fait éclore les récoltes, ou les parties de chasse du seigneur et de ses amis à travers les champs rendaient précaires et incertaines les récoltes. Et puis les taxes et les dîmes qu'il fallait prélever pour satisfaire les exigences du château et de l'évêché rognaient encore le peu qui restait, si bien que la disette menaçait plus souvent qu'à son tour.

Les deux gardes tiraient l'enfant en avant sans ménagement. Son visage rouge, son regard obstinément dirigé vers le sol, sa réticence extrême à avancer, ses cheveux et ses vêtements en désordre, tout en lui trahissait la peur et le désir éperdu de se sauver. Les deux gens d'armes l'assirent sans douceur sur la chaise qui faisait face à Gottfried Bucher et se postèrent de chaque côté de la porte.

Le garçon s'agitait sur son siège, ses yeux balayaient la pièce en un va-et-vient angoissé, sautaient du greffier au fond de la salle à l'officier en face de lui. Il n'osait se retourner, mais percevait la présence des deux gardes, derrière lui. Le silence se prolongeant, lui devint tout à coup insupportable : il cria d'une voix suraiguë, une voix d'enfant désespérée :

— Je n'ai rien fait, ce n'est pas moi qui l'ai tué, je vous le jure !

Et il éclata en sanglots.

Le prévôt gardait une immobilité parfaite. Le greffier écrivit : « Gustav, l'apprenti, dit qu'il n'a rien fait et il pleure comme une fontaine. » Puis il leva la tête, posa sa plume et attendit.

L'officier sortit enfin de son mutisme. Son visage, cependant, resta impassible, n'exprimant pas le moindre sentiment, la moindre émotion. Il fixa son regard sur le garçon. Celui-ci ne pleurait plus : reniflant bruyamment, il essuya d'un revers de manche les larmes qui s'attardaient encore et des traînées noires maculèrent ses joues.

— Tu étais apprenti chez maître Johannes Herrmann ?

— Oui, mais…

— Réponds seulement aux questions qu'on te pose. Depuis combien de temps étais-tu chez lui ?

— Depuis l'été dernier, quand mon père a décidé de me placer en apprentissage.

— Où habite ton père ?

— Sur les terres du seigneur d'Ottingen, dans le village de…

— Tu étais donc logé chez le maître boucher et tu apprenais le métier à ses côtés ?

— Oui.

— Étais-tu content chez lui ?

Le prévôt le vit hésiter imperceptiblement avant de répondre :

— Oui.

— Quand as-tu appris l'assassinat ?

— Au milieu de la matinée, c'est Karl qui me l'a dit.

— À quel moment ?

— Quand il est revenu à l'échoppe.

— Pourquoi donc l'avait-il quittée ?

— Il est monté voir pourquoi son père tardait.

— Est-il resté absent longtemps ?

— Je ne sais pas, plusieurs clients sont arrivés pendant ce temps et j'ai dû m'occuper d'eux, j'avais fort à faire.

— Combien ?

— Il y a eu deux hommes, des domestiques d'une maison noble, et puis deux bourgeoises venues acheter de la viande pour célébrer Mardi-Gras.

— Tu as donc servi quatre personnes pendant l'absence de Karl ?

— Oui, et ça me paraissait bien long, car j'avais peur de ne pas savoir les servir convenablement : la première des deux femmes voulait la meilleure qualité mais elle marchandait durement et elle trouvait que c'était trop cher. Et puis il ne fallait pas se faire gruger, sinon, gare à la raclée !

— Il est donc resté longtemps à l'étage…

— Je ne sais pas.

— Quand il est redescendu, avait-il l'air effrayé ou affolé ?

— Il est revenu en courant, il avait le visage très rouge et sa voix tremblait.

— N'as-tu rien remarqué d'autre ?

Gustav hésita, puis il dit :

— La manche de sa chemise était déchirée.

— Que t'a-t-il dit ?

— Il a crié : on a tué mon père !

— Y avait-il encore des clients dans la boutique ?

— Oui, la dernière cliente, elle était sur le point de s'en aller, elle a sursauté, elle s'est retournée mais Karl était déjà parti en courant.

— Qu'as-tu fait ensuite ?

— Je suis resté à l'échoppe.

— Tu as dit tout à l'heure que tu étais content chez Johannes Herrmann. Pourtant, tu recevais des raclées ?

— Quelquefois...

— Quelquefois seulement ?

— Plusieurs fois...

— Frappait-il aussi son fils ?

— Oui, mais plus encore sa femme.

— Quand il était soûl ?

— Même quand il ne l'était pas.

— Avais-tu peur de lui ?

— Oui... Surtout quand je l'entendais la nuit : il hurlait et renversait tout. Une fois, il a réussi à attraper sa femme et j'ai vraiment cru qu'il allait la tuer. Heureusement, Karl est arrivé et il a libéré sa mère.

— C'était donc un méchant homme que ce boucher !

Gustav ne répondit pas. L'officier reprit :

— Voyons, si c'était ta mère que Johannes Herrmann avait ainsi frappée, n'aurais-tu pas eu l'idée de la venger ?

— Je ne sais pas...

Le garçon avait jeté un coup d'œil furtif au prévôt avant de fixer à nouveau le sol.

L'officier insista :

— Karl haïssait son père, n'est-ce pas ?

Gustav se tortillait sur sa chaise, dans la crainte de dire quelque chose de compromettant : il ne voulait à aucun prix s'attirer des ennuis. Bien sûr que Karl détestait le boucher, comment aurait-il pu en être autrement ? Combien de fois l'avait-il entendu déverser sa rage, et prier Dieu et tous ses saints de les délivrer, sa mère et lui, de cet homme ? Mais lui, Gustav, devait-il dire à cet officier qui l'interrogeait tout ce dont il avait été le témoin ? Il aurait souhaité être à mille lieues de là, et il se surprit à penser avec nostalgie à la maison paternelle, où il avait pourtant été élevé à la dure et copieusement corrigé. Il fut arraché à ses pensées par une nouvelle question :

— Je te demande si tu as entendu Karl menacer son père ?

Que répondre, mon Dieu ? Il s'entendit prononcer à voix basse :

— Je ne sais plus très bien...

— Réponds !

Gustav sursauta, car l'homme avait crié.

— Pas souvent...

— Qu'a-t-il dit ?

— « Prends garde à toi ! » et il s'est enfui.

La réponse était à peine audible.

— Et toi, tu le haïssais aussi ? Tu souhaitais toi aussi sa mort ?

— Jamais !

Le garçon s'étrangla sous l'effet de l'émotion et se mit à tousser, tentant de reprendre son souffle pour protester avec indignation. Allait-on le soupçonner du meurtre ? La panique le gagna, tandis qu'il tentait de retrouver sa respiration, et qu'il bredouillait en pleurant :

— Je ne l'ai pas tué, je le…

— Tu as déjà juré, inutile de commettre encore une fois ce péché. N'as-tu rien d'autre à me dire ?

Le garçon fut pris de sueur : que voulait dire le prévôt ? Se pouvait-il que quelqu'un l'ait surpris et l'ait trahi ?

Le brûlement des Juifs

(1)

Mercredi 22 janvier 1349

La neige est tombée sans discontinuer toute la journée, tournoyant en larges flocons silencieux dans l'air froid de janvier. Elle couvre le sol d'une épaisse couche ouatée, ourle d'un délicat feston les branches nues d'un arbuste solitaire, habille d'une poésie insolite les plus misérables ruelles et fait de la ville tout entière le royaume de la fée Brocéliande.

Les rues sont vides, à cette heure tardive, les maisons obscures depuis longtemps déjà, leurs occupants frileusement recroquevillés au fond des lits et des paillasses, tandis que dehors le froid règne en vainqueur.

Rue des Juifs, cependant, une ombre discrète s'est approchée d'une maison basse, un peu en retrait, a frappé et s'est engouffrée par la porte aussitôt entrouverte. Le silence est retombé sur la rue obscure. Pas pour longtemps. Une deuxième silhouette, puis une troisième s'avancent, grises sur la blancheur diffuse de la rue enneigée, et pénètrent à leur tour dans la demeure. Aucune lumière, les fenêtres sont uniformément noires. Rien ne laisse deviner qu'il se passe ici quelque chose d'insolite. La porte d'entrée vient de s'ouvrir encore une fois, engloutissant deux autres arrivants. L'obscurité et le silence retombent sur la rue.

Autour de la table massive, qui occupe la majeure partie de l'espace, une dizaine d'hommes sont assis. Quatre chandelles, réparties sur toute la longueur de la table, luttent contre la nuit omniprésente, projetant une lumière fantomatique sur les visages figés, sur les mains immobiles, sur les murs dont le haut se perd dans la pénombre. Le Conseil de la Communauté est réuni ce soir dans la maison de Reb Abraham ben Yehiel, le rabbin. Il y a là les notables et les quelques hommes les plus riches et les plus influents : David le scribe, Acher le boucher, les trois changeurs les plus prospères, Aaron le médecin, Lévi le boulanger, Betsalel le teinturier et Neftali le négociant en vins. C'est Reb Abraham qui a convoqué le Conseil. Car voilà quelque temps que les informations les plus alarmantes parviennent à Strasbourg. L'an passé déjà, on avait appris avec consternation que la communauté juive de la ville de Toulon, en France, avait été massacrée à Pessa'h. Depuis, les mauvaises nouvelles se sont succédé. À peine deux semaines auparavant, la communauté de Bâle a été, à son tour, exterminée. Les communautés juives sont menacées dans toute la vallée du Rhin et bien au-delà. Le fléau redoutable entre tous, la peste, a refait son apparition en Orient voilà plusieurs mois et a déjà entamé son périple meurtrier dans les pays voisins. Violant sans vergogne la trêve qu'elle semblait avoir instaurée depuis quelques décennies, elle a brutalement refait surface, déferlant à toute allure sur les populations, décimant villes et campagnes. Une clameur d'effroi la précède, une clameur de désespoir la suit, tandis qu'elle progresse à marches forcées, jonchant son passage de cadavres noircis et pourrissants. Hommes et femmes remplissent les églises, prient nuit et jour à en perdre le souffle, font résonner l'air de leurs litanies et de leurs supplications, assaillent saint Sébastien et saint Roch de leurs oraisons et implorent la Vierge Marie et tous les saints de les épargner et de les guérir. Mais les prières et les supplications ne sont d'aucun effet, le ciel reste sourd et aucune voie de salut ne se dessine. Prêtres et prédicateurs appellent les pécheurs au repentir et lancent imprécations et accusations contre les Juifs, que tous, fouettés par la haine séculaire, l'effroi et la panique, s'accordent à considérer comme responsables de la terrible épidémie.

— L'Europe s'enflamme, dit Reb Abraham, les bûchers s'allument les uns après les autres. Ils ont déjà flambé à Bâle, à Zurich, à Berne, à Colmar, brûlant et massacrant ceux de nos frères qui n'ont pas pu fuir. À Fribourg et à Worms, on s'attend au pire. Des choses terribles se préparent ici aussi, n'en doutons pas. Comment les empêcher, s'il se peut encore, ou les affronter ? C'est là, comme vous le savez, la raison de cette réunion. Que chacun s'exprime et que Dieu nous aide à prendre les bonnes décisions.

Un silence pesant suit les paroles de Reb Abraham. Les traits sont creusés, les yeux baissés. Une voix s'élève, celle du teinturier :

— Cependant, le Magistrat, et particulièrement Peter Schwarber, prend notre défense ! À telle enseigne que ses collègues lui en font grief ! Nous ne sommes pas seuls !

— Le pape des chrétiens, lui-même, nous protège : il a publié que les Juifs n'ont pas propagé la maladie ! C'est un tanneur de mes clients qui me l'a dit, il a appelé ce décret une « bulle » !

C'est Acher, le boucher, qui a parlé. Reb Abraham le regarde, comprenant à sa voix saccadée, cassée, qu'il est en proie à la peur et qu'il cherche avant tout à se rassurer lui-même.

David, le scribe, a levé la main. Les autres participants le regardent avec autant d'étonnement que de curiosité : c'est un homme taciturne et secret, qui consacre ses jours et ses nuits à l'étude des textes sacrés, dont le regard scrute des régions secrètes, inaccessibles au commun des mortels et qui s'exprime rarement : que peut-il bien avoir à dire ? Reb Abraham lui fait signe de parler.

— Au temps du roi Assuérus, les Juifs de Suse ont été en grand péril, car Haman avait conçu le dessein de les exterminer et les habitants de la ville se préparaient à les massacrer. Mais Dieu a suscité la reine Esther et les a sauvés par son entremise. Bientôt ce sera Pourim, nous célébrerons ce salut miraculeux. Peut-être Reb Acher a-t-il raison ? Peut-être Peter Schwarber le juste est-il l'instrument que le Maître du Monde a choisi pour nous sauver aujourd'hui ?

David n'a de longtemps fait un aussi long discours. Il s'arrête, essoufflé, rouge jusqu'au bord de son chapeau, baisse la tête.

Reb Abraham reprend la parole.

— Nous ne sommes pas seuls, en effet, Reb Acher, car « Il ne dort, ni ne sommeille, le gardien d'Israël ». C'est sur Lui seul que nous devons compter, en Lui seul que nous pouvons espérer. Peut-être, en effet, Reb David, a-t-Il résolu de se servir d'un instrument pour nous arracher aux griffes de nos ennemis, comme jadis, par miracle et prodige. Cependant, si Dieu nous livre ainsi aux mains de nos ennemis, il faut considérer que la coupe de nos péchés doit déborder... Nous devons donc faire Techouva, reconnaître nos fautes, et peut-être Dieu daignera-t-il détourner de nous le danger. Mais nous devons aussi nous préparer à mourir s'il le faut.

Reb Aaron, le médecin, prend à son tour la parole, d'une voix âpre, que peu lui connaissent :

— La Tora ne nous demande pas de nous sacrifier, de nous offrir en holocauste, mais au contraire de veiller à préserver nos vies ! Dieu nous recommande : « Vous garderez vos âmes ». Nous devons tout faire pour nous sauver ! Si les nouvelles se confirment, les Juifs doivent fuir la ville et chercher refuge ailleurs !

— Tu as parlé avec sagesse, Reb Aaron. Comme le disent nos Maîtres, « un jour de vie dans ce monde est préférable à toute l'éternité dans l'autre ! ». Cependant, tous ne pourront pas partir, vous tous le savez bien ! Que ceux qui ont des parents dans d'autres villes, plus amicales ou en tout cas moins hostiles, prennent leurs dispositions. Que ceux d'entre nous qui le peuvent aident les plus pauvres et les plus faibles à fuir, les soutiennent, car il est écrit : « Si ton frère chancelle, soutiens-le ».

Reb Issachar, le plus âgé des changeurs, lui répond :

— Je suis prêt à venir en aide, dans la mesure de mes moyens, à ceux qui ne peuvent pas assurer leur départ.

Les deux autres banquiers et Neftali hochent la tête en signe d'assentiment : eux aussi sont disposés à financer la fuite des pauvres.

Lévi, le boulanger, reprend :

— Nos frères ont déjà commencé à partir. Voilà bien des nuits que les maisons juives bruissent en silence ; leurs lumières sont éteintes mais leurs occupants ne dorment pas, loin de là ! Ils s'affairent sans faire de bruit, ils s'apprêtent à sauver leurs familles de ce qui se prépare. Cela fait plus d'une semaine qu'on peut voir au petit matin, dès l'ouverture des portes de la ville, des charrettes chargées franchir les murailles et s'engager dans la campagne. Les Juifs s'en vont, Reb Abraham ! Ils ont entassé sur leurs voitures tous leurs biens, et ça ne fait pas un gros tas, croyez-le bien ! Je suis allé jusqu'à la Porte de l'Hôpital ce matin, il y avait une longue file de charrettes et chaque fois que je voyais une famille juive franchir la porte, je me suis réjoui et j'ai loué Dieu. Moi-même, Reb Abraham, je vais quitter la ville demain et rejoindre mon frère et sa famille à Marmoutier.

Reb Aaron redemande la parole. Chacun le connaît bien ici : nul n'est plus dévoué à son métier. Il consacre tout son temps, toute son énergie, toutes ses préoccupations à ses malades, qu'ils soient juifs ou chrétiens. Pour eux, il parcourt journellement des lieues, allant par monts et par vaux pour se rendre à leur chevet. Qui ne l'a vu, au petit matin ou tard le soir, chevauchant sa mule, sous le soleil brûlant ou sous la pluie battante, dans la chaleur de l'été ou dans les glaces de l'hiver, glissant sur le verglas, cinglé par le vent, aveuglé par la neige ? Qui ne l'a attendu avec impatience, cloué au fond de son lit, espérant sa venue comme celle du libérateur qui le délivrerait de la douleur et de la fièvre ardente ? Il a coutume de citer celui qu'il appelle son maître, un grand médecin espagnol, qui dut jadis fuir sa ville natale, Cordoue, en raison des persécutions menées contre les Juifs par les Arabes nouvellement arrivés. Il a fait sien le serment que son maître, Moché ben Maimon, avait rédigé et auquel tout médecin juif devait conformer sa pratique.

Reb Aaron parle, d'une voix forte et assurée :

— Reb Abraham, avec tout le respect que je dois à votre science et à votre sagesse, je veux vous dire ceci : le Conseil de la Communauté ne peut pas se contenter de rester passif et de laisser venir les choses. Nous avons le devoir, nous qui dirigeons cette communauté, d'organiser le départ et le salut de tous les Juifs de la ville. Il ne doit plus en rester un seul ! Il faut que nos ennemis trouvent nos maisons désertées quand ils viendront nous chercher pour nous mener à la mort ! Vous devez inciter les Juifs à partir, à sauver leurs vies ! À chercher ailleurs un asile ! L'Alsace est grande ! L'Empire plus encore ! Les terres de France sont proches ! En Provence, les communautés sont nombreuses et florissantes. Il est vrai que là-bas aussi, nos coreligionnaires ont été chassés, cependant, la Provence est plus accueillante que l'Alsace. À Narbonne, à Béziers, à Lunel, à Carpentras, les Juifs peuvent vivre en paix, ils ont édifié des écoles talmudiques, des synagogues splendides, des centres de traduction des œuvres juives écrites en arabe et bien d'autres institutions.

À Avignon, le pape Clément nous protège ! Je m'efforce d'expliquer ces choses à mes voisins, à tous ceux que je croise pour les arracher au sort affreux qui les attend. Partons tous ! Nous nous entraiderons ! Ne sommes-nous pas tous solidaires ?

Un silence étonné a suivi le discours passionné de Reb Aaron. Le rabbin relève la tête. Considère un moment le médecin.

— Je te comprends, Reb Aaron, et je t'approuve. Que Dieu fasse que nos frères t'entendent et partent tant qu'il en est encore temps. Je soutiendrai tes efforts auprès d'eux, je t'aiderai autant que je le pourrai. Cependant, Reb Aaron, et vous tous, mes amis, je ne partirai pas. Comment un maître pourrait-il quitter sa communauté aux jours du péril ? Le capitaine peut-il abandonner le navire et ses passagers lorsque la tempête se profile à l'horizon ? « Malheur à la génération dont les juges méritent d'être jugés », enseignent nos maîtres, à propos d'Elimelekh, le mari de Noémie, qui abandonna Israël à la famine et à la mort lorsqu'il s'enfuit avec sa famille au pays de Moab. Il fut durement châtié pour sa défection. Moi, Abraham ben Yehiel, je n'agirai pas de la sorte. Je demeurerai au milieu de ceux de mes frères qui n'auront pas pu s'échapper et j'affronterai avec eux l'adversité et la mort. Avec eux, je sanctifierai le nom de Dieu si telle est sa volonté, avec eux je serai sauvé si telle est sa volonté.

— Reb Abraham, pardonnez-moi, mais vous avez une femme, des enfants, n'aurez-vous pas pitié d'eux ?

Le visage de Reb Abraham reflète une profonde, une incommensurable tristesse. Sa voix est altérée lorsqu'enfin il répond à Reb Aaron :

— Le rabbin reste ; sa femme quittera la ville avec ses fils et sa fille pour rejoindre ses parents à Hambourg. Je te demande, Reb Aaron, de veiller à leur départ.

—Reb Aaron, je ne partirai pas.

Toutes les têtes se sont tournées : une femme se tient dans l'encadrement de la porte, droite, assurée, entourée de trois garçons et d'une toute jeune fille, à moitié dissimulée derrière elle. Reb Abraham a sursauté, et son visage est devenu d'une blancheur de cire.

—Je resterai aux côtés de mon mari et mes enfants et moi-même partagerons son sort et celui de la communauté, quel qu'il soit.

Un silence stupéfait, où se mêlent admiration et incompréhension, accueille cette déclaration, que chacun sait sans appel. La porte s'est refermée sans bruit.

Le membres du Conseil dirigent leurs regards vers Reb Abraham et n'en croient pas leurs yeux : une larme coule lentement sur la joue du rabbin, puis une autre, puis une autre encore. Le rabbin pleure…

IV.

Le meurtre de Marie

NUIT DU 17 AU 18 FÉVRIER 1365

Il fait nuit noire. Pas une lumière ne troue l'obscurité épaisse qui englue la ville. Il fait froid. Dans sa cage, à l'extrémité du pont des Supplices, Jacob le tavernier grelotte. Le temps s'écoule lentement, les instants s'éternisent, et l'homme désespère, enseveli dans le froid et les ténèbres comme dans une gangue de terre. Il devine l'Ill en contrebas, qui charrie ses eaux noires, hantées par les âmes des condamnés que l'on y a précipités et dont les corps pourrissent dans la vase des profondeurs. Et dans le silence immobile de la nuit d'hiver, il croit entendre, mêlées au courant de la rivière, les plaintes et les gémissements des mères infanticides, des fils parricides que l'on a noyés dans des cages comme celle où il se trouve à présent. Jacob le tavernier frissonne. Essaye de fermer ses oreilles au bruit de l'eau qui coule, aux voix des trépassés qui pleurent leur vie perdue. Lui, grâce à Notre-Seigneur Jésus-Christ, ne sera pas précipité dans la rivière. Il n'a, le Ciel l'en préserve, tué personne ! Il n'a commis qu'une faute vénielle. Bien sûr, il est interdit de couper le vin, il le sait bien. Et il s'abstiendra à l'avenir de transgresser la loi, du moins pendant quelque temps. En attendant, il accepte son châtiment, trop heureux de savoir que, le matin venu, il sera libéré et pourra enfin rentrer chez lui. Mais la nuit s'écoule si lentement… Tremblant de froid, il se met à prier la Vierge, son divin Fils et tous les saints : « Faites que cette nuit de froidure et de ténèbres s'achève et protégez-moi de tout mal. »

Jacob le tavernier a dû s'assoupir. Voici qu'il se réveille en sursaut. L'obscurité est toujours aussi épaisse, le froid aussi mordant. Cependant, quelque chose, imperceptiblement, a changé dans la texture de la nuit. L'homme tend son regard vers l'entrée du pont, cherche à percer l'opacité têtue. Quelque chose a bougé. Jacob a peur. Là-bas, lentement, une silhouette sombre prend forme, se dessine, imprécise sur le noir de la nuit. Est-ce un fantôme remonté des eaux glauques en contrebas, qui vient se lamenter au désert aveugle et sourd de la ville endormie ? Jacob est saisi d'angoisse, il peine à respirer, il ouvre la bouche, l'air glacial lui brûle la gorge et les poumons. Le spectre avance, l'homme va crier d'effroi. Puis il voit la forme indistincte rebrousser chemin, puis revenir, puis s'éloigner encore une fois avant de s'avancer à nouveau, dans une sorte de danse incompréhensible et absurde. L'homme regarde de toutes ses forces, en alerte, le cœur battant. La silhouette s'est arrêtée derechef, a pris appui des deux mains sur le parapet, s'est penchée en avant, vertigineusement. À n'en pas douter, c'est un spectre revenu des portes de la mort, à n'en pas douter, il va plonger dans les profondeurs de la rivière d'où il est sorti… Jacob a poussé un cri. La silhouette sursaute, se tourne vers l'endroit d'où a jailli le cri. Jacob alors, les mains agrippées aux barreaux de sa cage, distingue, à la lueur d'un croissant de lune blafard, le visage blanc d'une femme. La vision n'a duré qu'un instant infime. L'apparition a pris la fuite et l'homme n'a que le temps de la voir tourner à droite, à la hauteur de la Maison des Douanes. Il reprend lentement ses esprits, sa respiration s'apaise peu à peu, et, joignant les mains avec ferveur, il entame une oraison pour le salut de ce spectre perdu et pour le repos de son âme tourmentée.

18 FÉVRIER 1365

Ce matin-là, comme tous les matins, Paulus Bauer descendait tranquillement le cours de l'Ill. Il était assis à l'avant de sa barque, qu'il laissait voguer, sans se presser, porté par le courant. Il avait laissé derrière lui le quai des Bateliers, encore peu animé à cette heure, et les barques des pêcheurs qui se balançaient doucement au fil de l'eau, attachées à des pontons de bois luisants d'humidité, et était arrivé au carrefour où les deux bras de l'Ill convergeaient. Il donna quelques coups de rames pour engager l'embarcation sur le bras gauche de la rivière, qui se rétrécissait et s'encaissait entre des rives étroites envahies, en été, d'une végétation dense d'herbes et de buissons enchevêtrés. En cette saison, cependant, seuls quelques arbres aux épais troncs noueux penchaient au-dessus de l'eau glauque un inextricable fouillis de branches dénudées, comme des berceaux sinistres pour d'improbables enfants morts-nés. Paulus n'était guère enclin à la poésie et la rivière étroite, ses berges désertes, ses arbres dépouillés n'évoquaient pour lui que le cadre auquel il était accoutumé depuis des lustres et la routine de la pêche quotidienne. La seule inconnue, dans ses habitudes de tous les jours, était le résultat de sa pêche : il pouvait aussi bien rentrer avec un riche butin, le fond de sa barque couvert de carpes, de truites, parfois même d'un ou deux brochets encore agités de soubresauts, que revenir avec quelques maigres goujons, chichement concédés par la rivière, ou même complètement bredouille. Quand la pêche avait été fructueuse, il allait porter ses prises au marché aux poissons où les acheteurs se pressaient, friands de poisson frais. Les affaires seraient particulièrement bonnes d'ici deux semaines, quand commencerait le Carême et les longues semaines où il faudrait s'abstenir de viande.

Pour l'heure, Paulus dirigeait adroitement sa barque jusqu'à son point de pêche habituel, sur sa gauche, entre les deux plus gros arbres de la berge. Il y avait là une sorte de crique minuscule, où il abritait son embarcation et où il jetait sa ligne, attendant, dans le calme et le silence, que le poisson morde. Il arrivait en vue du premier arbre et s'apprêtait à bifurquer légèrement sur la gauche, quand une masse obscure attira son attention. Il faisait encore relativement sombre et le ciel était uniformément gris, promettant la neige. L'objet qui se trouvait là, retenu, autant qu'il pouvait s'en rendre compte, par l'entrelacs des branches du deuxième arbre, était impossible à identifier, ombre grise dans la grisaille du jour encore à naître. Intrigué, il dépassa l'abri de la petite crique, s'approcha. L'ombre grise prit forme, forme humaine. C'était un corps qui flottait à la surface de l'eau, et dont la dérive avait été stoppée par les bras squelettiques de l'arbre, qui avaient agrippé, comme les doigts crochus d'une sorcière, son manteau. Paulus était peu impressionnable. Ce n'était pas la première fois qu'il voyait un mort, pas même la première fois qu'il voyait un noyé. Il lui était déjà arrivé, deux ou trois fois, de ramener à la surface, avec sa longue gaffe, un cadavre gonflé et pourrissant.

Mais s'approchant encore, il ne put réprimer un frisson : à la lumière parcimonieuse de l'aube, il vit une femme. Une femme dont le manteau flottait, aérien. Une femme dont la tête était entourée de longs cheveux, soyeux pensa-t-il absurdement, qui remuaient doucement au gré du courant, si bien qu'un instant, il eut l'illusion que cette femme vivait et respirait. Son visage était jeune, blême mais intact. Ses yeux étaient clos, ses traits sereins, ses lèvres étirées par un léger sourire. Paulus s'immobilisa, saisi. Mystère de la mort. Mystère de la vie. Il n'exprimait pas ces choses avec des mots. Il ne pensait pas. Il ressentait. Et ce qu'il ressentait, lui, le pêcheur pragmatique et sans complications, c'était le respect. La nécessité du silence et du recueillement. Et la tristesse qu'une femme si jeune, si belle, soit là, étendue dans l'eau grise et glacée, étendue dans la solitude de la mort. Il ressentait l'irréparable de la tragédie. Puis, se secouant, il se signa et articula une prière silencieuse pour l'âme de la morte, afin que le Christ de miséricorde l'accueille au ciel, au-delà des peines et des souffrances de ce monde, et qu'elle trouve paix et consolation parmi les bienheureux, à la droite du Seigneur.

Paulus soupira et s'apprêta à manœuvrer pour ranger sa barque au plus près des branches qui retenaient le corps. Au moment où il relevait la tête pour évaluer s'il était assez proche, il remarqua une silhouette qui se faufilait derrière les troncs d'arbres, un peu plus haut sur la berge, et qui disparut aussitôt. Il faisait à présent un peu moins sombre, le jour s'était levé, un jour d'hiver, maigre et avare. Paulus se pencha par-dessus le plat-bord, saisit le corps sous les aisselles, le tira vers lui dans un grand effort, frissonnant à son contact humide et froid. Le manteau se déchira dans un crissement et un morceau de drap resta accroché dans les branchages, vestige désolé d'une bataille perdue. Le pêcheur, haletant, fit basculer la morte à l'intérieur de son embarcation, qui tangua sous le poids. Il se redressa. Jamais il n'aurait pensé que la mort pesait si lourd. Il fit lentement demi-tour en poussant sur sa gaffe et se mit à remonter la rivière. Tandis qu'il avançait à contre-courant, attentif à maintenir la barque au milieu du bras de la rivière, il vit à nouveau, du coin de l'œil, sur la rive, une ombre furtive qui se faufilait d'arbre en arbre. Quand il parvint à la hauteur du Schindbrücke, le pont des Supplices, à proximité du bâtiment tout neuf de la douane fluviale, son mystérieux accompagnateur avait disparu.

La nouvelle de la découverte du corps avait vite fait le tour de la ville et avait fait remonter d'un cran les passions et les supputations, d'autant que le meurtre de Johannes Herrmann n'était vieux que de quatre jours. Si tant est que la curiosité et les fantasmagories échafaudées par les uns et les autres avaient eu le temps de retomber un peu, la découverte macabre faite par Paulus Bauer fut l'étincelle qui ralluma l'incendie des idées les plus folles. Les bavardages, les interrogations, les insinuations, les indignations feintes ou réelles, les coups de gueule prirent un essor effréné. Place Saint-Martin, où se tenait le marché aux herbes, entre les étals du marché aux poissons ou du marché aux grains, sur le chantier de la cathédrale, parmi les tailleurs de pierre qui travaillaient au rythme des lourds marteaux et des ciseaux à sculpter, devant le Fronhof, le somptueux palais épiscopal, dans les poêles des corporations, devant les pichets de bière blonde ou de vin rouge, il n'était question que des deux « meurtres » qui avaient été perpétrés à quatre jours d'intervalle. Car nombreux étaient ceux qui, entraînés par leur imagination, leur ennui, leur soif de sensations fortes et la surenchère des opinions autorisées et des certitudes brandies par les uns et les autres, nombreux étaient ceux qui avaient déjà, péremptoirement et sans appel, conclu au meurtre. Parmi les plus convaincus et les plus acharnés, se trouvait Klaus Sauber. C'était un marchand de drap, qui tenait une échoppe place Saint-Martin, au rez-de-chaussée de la Pfalz, le superbe hôtel de ville édifié presque quarante ans auparavant, et qui faisait l'orgueil de la cité, avec ses deux escaliers sculptés de chaque côté de la façade et ses pignons en escalier. Klaus Sauber s'était déjà passablement agité la semaine précédente, après l'assassinat du boucher. Il avait laissé entendre à qui voulait bien prêter l'oreille, qu'il n'y avait pas à chercher bien loin pour trouver les coupables. Et il accompagnait ses insinuations de clins d'œil appuyés. Ce matin-là, campé devant son échoppe, il redoublait d'ardeur et assénait ses commentaires et ses jugements sans appel aux passants et aux chalands qui s'arrêtaient pour l'écouter. À vrai dire, la plupart de ses auditeurs ne comprenaient ni ses allusions ni ses clins d'œil et, un peu honteux de leur perplexité, hochaient la tête d'un air faussement entendu. L'un d'eux, cependant, un tailleur de pierre originaire de Cologne, qui venait d'acheter une miche de pain au petit apprenti boulanger en tournée dans le marché aux herbes, lui demanda, agacé, de qui il voulait parler. Et Sauber, ravi de l'aubaine, de lui répondre avec une grande claque dans le dos :

— Eh ! Les Juifs, par le sang du Christ !

— Les Juifs ? Mais tout le monde sait qu'il n'y en a plus un seul dans notre bonne ville de Strasbourg !

Celle qui venait de répondre sur un ton moqueur était une femme qui, en arrêt devant l'étal de Klaus Sauber, examinait d'un œil intéressé les riches étoffes qui y étaient exposées, coupons de drap, de velours, de brocart, fins tissus de lin ou de coton, soieries chatoyantes, et les palpait d'une main experte. Elle était assez jeune, vêtue d'un épais manteau vert d'eau brodé d'hermine et coiffée d'un haut hennin, dont le voile lui tombait gracieusement sur les épaules. Sauber éclata de rire, trop heureux de pouvoir s'exprimer sans fard :

— C'est ce qu'on voudrait nous faire croire, ma gente dame ! Mais on nous trompe ! On vous trompe !

— Sornettes ! Vous dites des sornettes ! répondit sur un ton impatienté la dame au manteau vert. Vous avez donc oublié ce qui s'est passé il y a dix ans ?

Klaus Sauber ne riait plus, il sentait la colère le gagner : c'était la première fois qu'on osait contester ses affirmations, et, comble d'humiliation, c'était une femme qui se permettait de le contredire !

Il répliqua sèchement :

— Vous êtes bien naïve, ma dame, d'ajouter ainsi foi aveuglément aux dires de ceux qui nous gouvernent ! C'est vrai que nous nous sommes débarrassés d'eux il y a quinze ans, et c'est tant mieux. Mais ils sont revenus ! Ils sont revenus en cachette, sournoisement, comme ils font toujours, progressivement, sans se montrer ! Ils sont revenus, ils sont là, je vous le dis, je les sens ! Il y a des Juifs dans cette ville et ils vont se venger de nous ! Prenez garde !

Il avait enflé la voix, comme inspiré, et il accompagna sa proclamation d'un grand geste du bras, balayant l'espace pour mimer une invasion irrésistible venue des quatre points cardinaux. Des badauds s'étaient agglutinés devant l'échoppe, attirés par la harangue : certains appréciaient le spectacle, en connaisseurs, d'autres hochaient la tête, impressionnés par le ton péremptoire, presque prophétique de l'orateur, et quelques-uns renchérirent : eh oui, les Juifs avaient plus d'un tour dans leur bourse, on les chassait par ici, ils revenaient par là... Ils étaient des sangsues, c'était bien connu, se collant aux bons chrétiens et suçant leur sang... La femme au manteau vert haussa ostensiblement les épaules, plantant là étoffes, badauds et marchand, au grand regret de ce dernier, qui se consola cependant en pensant qu'on ne pouvait pas plaire à tout le monde et en continuant à pérorer devant sa cour. Deux gens d'armes apparurent, escortant ou plutôt traînant un pauvre hère qu'ils tenaient fermement de chaque côté. L'homme était misérable, il tremblait de froid et de peur, vêtu de haillons informes, la tête recouverte de la capuche de sa tunique élimée, les pieds nus dans des sabots qui raclaient le sol, tandis que ses gardiens l'entraînaient sans douceur en direction de la Pfalz.

Il criait d'une voix étranglée par la terreur, et se débattait en vain. Le trio traversa la place Saint-Martin, entre les groupes de chalands, les marchands et les mendiants qui les regardaient passer, toute curiosité en éveil. Les commentaires s'entrecroisaient, se propageaient, s'enflaient, et la rumeur aux mille bouches allait vaillamment, se gonflant sans vergogne, changeant par une subtile magie les doutes en certitudes et les questions en réponses. C'était un vagabond qu'on venait d'arrêter, c'était lui, le tueur, il avait été attrapé quasiment en flagrant délit, il venait d'étrangler la femme et de la jeter à l'eau, le bourreau allait se charger de lui faire avouer son crime. Des rires grossiers et jubilatoires ponctuaient les déclarations pleines de sous-entendus menaçants des uns et des autres. La femme au manteau vert s'était arrêtée un peu plus loin devant l'étal d'une jeune maraîchère et faisait emplette de salades, de persil, de thym, de ciboulette et de toutes sortes d'autres herbes odorantes. Les oreilles bourdonnantes des commentaires malveillants qui circulaient et saturaient l'air froid, elle haussa encore une fois les épaules et dit à la marchande :

— Écoutez-les se raconter des histoires à dormir debout ! Ils inventent des crimes et des coupables et personne ne sait rien encore, même pas le nom de la victime !

La jeune maraîchère sourit, sans rien répondre.

Le corps avait été déposé dans une cave qui servait occasionnellement de morgue, dans le sous-sol de la Pfalz. Il n'avait pas fallu longtemps aux gens d'armes pour l'identifier : il s'agissait de Marie Kaltenbach, une jeune femme de vingt-cinq ans, l'épouse d'Antoine Kaltenbach, l'un des patriciens les plus riches de la ville. Une stupeur incrédule s'empara des Strasbourgeois à l'annonce de l'identité de la morte : chacun se souvenait du mariage Kaltenbach qui avait défrayé la chronique et avait été, durant de longs mois, l'unique sujet de toutes les conversations. La fête avait été somptueuse : joutes et tournois s'étaient succédé durant une semaine entière, comme c'était l'usage, sur la longue place du marché aux chevaux, tandis que les bals, les spectacles, les récitals de jongleurs, de Minnesängers, de joueurs de luths et de musiciens s'étaient déroulés partout dans la ville ; les fontaines de vin avaient coulé à flots et galettes et petits pains odorants avaient été distribués à profusion. Bref, la cité tout entière, ses bourgeois et ses artisans, ses riches et ses pauvres, avaient vécu à l'heure et au rythme des réjouissances des puissants.

Marie Kaltenbach était donc allongée à la morgue, recouverte d'un drap. À l'heure présente, rien ne permettait de dire ce qui s'était passé : s'agissait-il d'un meurtre ? d'un accident ? Ou peut-être, quoique tout bon chrétien frémît à cette idée sacrilège, d'un suicide ? Le corps ne portait aucune trace apparente de violence ou de coups, aucune blessure. On procéda à l'interrogatoire du vagabond qui avait été appréhendé dans le quartier des moulins, à proximité des murailles. Il s'appelait Walter Gertler. Il reconnut sans difficulté qu'il avait vu un cadavre flotter sur le bras de la rivière et venir s'enchevêtrer dans les branches de l'arbre, vers le milieu de la nuit. Que faisait-il là, par ce froid, à une heure aussi indue ? Il n'avait pas où passer la nuit. Et pourquoi donc ? Où logeait-il habituellement ? Il était cuisinier dans une maison patricienne... Dans quelle maison ? Celle des Kaltenbach. Le magistrat nota l'hésitation du vagabond. Il poursuivit l'interrogatoire : pourquoi donc, alors, se trouvait-il dehors cette nuit-là ? Le seigneur Kaltenbach ne logeait-il pas ses domestiques ? Là encore, le pauvre homme hésita avant de répondre :

— L'intendant m'a chassé il y a une semaine.

— Pourquoi ?

— Le chef cuisinier s'est plaint que j'étais un fainéant, mais en vérité il voulait mettre son neveu à ma place.

Le ton de l'homme vibrait de protestation. Depuis, continua-t-il avec la résignation de celui qui sait trop bien qu'il n'y a rien à faire, il couchait dehors, en essayant de trouver des coins un peu abrités.

— Et cette nuit-là, donc, tu te trouvais là par hasard ?

— J'étais fatigué, je n'avais rien mangé depuis le matin excepté un morceau de pain qu'une femme m'avait donné, je m'étais laissé tomber sur la berge et j'essayais de me réchauffer, mais je n'avais qu'un sac de toile qui ne servait pas à grand-chose et je grelottais.

— Donc, tu ne dormais pas ?

— Je crois que j'avais dû quand même dormir un peu.

L'homme avait à nouveau hésité, un très bref instant.

— Et ensuite ?

— Soudain, j'ai entendu un bruit de branches remuées. J'ai pensé que c'était un animal, mais j'ai vu un homme dans une barque, qui s'approchait, et qui écartait les branchages. Je l'ai observé, sans me montrer.

— Qu'a-t-il fait ensuite ?

— Il tirait quelque chose de lourd, j'ai pensé que c'était le cadavre.

— Tu l'as bien vu ?

— Il faisait sombre, j'ai vu une silhouette...

— Est-ce que tu es sûr qu'il tirait quelque chose ?

— Je ne voyais pas clairement, il respirait fort...

— Et tu l'as suivi, en te cachant...

— Je voulais voir ce qu'il allait faire...

— Et avant l'arrivée de cet homme, tu n'as rien vu d'autre ?

Gottfried Bucher surprit dans le regard de l'homme une lueur apeurée. Puis il le vit secouer la tête. Il fut saisi d'un fugitif sentiment de pitié, et se dit que le vagabond transi devait apprécier la chaleur du feu qui brûlait dans la cheminée et que, somme toute, cet interrogatoire était pour lui un répit bienvenu dans la lutte épuisante qu'il était contraint de mener contre l'hiver. Il fit transférer le prisonnier à la Tour du Bourreau, qui surplombait l'Ill du haut des fortifications, en attendant d'en savoir plus. Il serait toujours temps de le soumettre à la question, si l'on ne trouvait rien.

Il avait à peine renvoyé le suspect que le milicien de faction annonça Antoine Kaltenbach.

Un homme d'une trentaine d'années, blême, le visage défait, entra dans la pièce et s'effondra sur la chaise vide à côté du greffier. Le prévôt lui demanda avec déférence de décliner son identité. L'homme pouvait à peine parler, il était visiblement en état de choc. Il dit à mots entrecoupés qu'il était l'époux de Marie, que tous deux étaient mariés depuis plusieurs années et que sa femme venait enfin d'avoir un fils... Puis, d'une voix brisée, il demanda à voir la morte.

Lorsque le milicien qui l'avait escorté le ramena un peu plus tard, l'officier nota qu'il semblait, paradoxalement, avoir repris un peu de courage, s'efforçant de se tenir droit. Il répondit aux questions qu'on lui posait, n'en éluda aucune. Sa déposition n'apporta pas d'élément nouveau. Pour finir, Gottfried Bucher lui demanda s'il avait eu connaissance du renvoi d'un domestique employé dans les cuisines de l'hôtel des Kaltenbach, puis sur la réponse négative du jeune homme, il le congédia.

Il relut les notes prises par le greffier. Aucune des deux morts survenues n'était jusqu'ici élucidée. Il soupira, avec le vague pressentiment que les ennuis ne faisaient que commencer.

19 FÉVRIER 1365

Frère Bernhard errait par les rues, à l'affût d'autres informations, sa longue soutane brune lui battant les chevilles, la capuche rabattue sur la tête, le chapelet suspendu à la ceinture qui lui serrait la taille. Grand, mince, osseux, on ne le remarquait pas plus dans la foule qui se pressait sur les places et dans les rues que tous les autres moines qui circulaient, nombreux, franciscains à la robe blanche, bénédictins, dominicains, antonins. Il avait été affecté, bien au-delà de ce qu'il eût fallu, pensait-il, par la nouvelle du meurtre de Marie. En vérité, il éprouvait une étrange sensation de déséquilibre, comme s'il se trouvait dans une maison qui menaçait de s'écrouler, ou bien comme si le ciel gris de février basculait au-dessus de lui. Son esprit était en déroute. Toute la ville ne parlait que de l'événement. On avait arrêté un vagabond. Frère Bernhard savait parfaitement que cet homme n'était pas l'assassin. Il traversa le marché aux grains, passa au marché aux poissons, puis au marché aux herbes, entendant au passage un brouhaha confus où se mêlaient les interrogations stupéfaites des uns, les commentaires apitoyés des autres, les vociférations de quelques-uns. Il s'arrêta pour écouter la diatribe enflammée d'un homme qui clouait au pilori les Juifs, revenus pour faire payer les chrétiens, proclamait-il, et dissimulés, pour accomplir leur vengeance, dans des cachettes d'eux seuls connues. Frère Bernhard haussa les épaules et s'éloigna. Il croisa deux hommes du guet qui ne purent lui fournir aucune indication. Il retourna au couvent, de l'autre côté de l'Ill, s'isola dans sa cellule, voulut prier, n'y parvint pas.

Il laissa l'image de Marie remonter à la surface de sa mémoire…

Marie au béguinage…

C'est là qu'il avait fini par la conduire. Elle s'était lentement remise durant les années qu'elle avait passées là-bas. Il avait souvent – trop souvent ? – demandé de ses nouvelles à la Grande Dame, qui avait accepté de l'héberger. Il savait que quelques béguines, et l'une d'elles plus particulièrement, avaient pris la jeune fille sous leur protection. Il avait été rassuré. Et il se réjouissait d'entendre qu'elle revenait doucement à la vie. Quelques mois auparavant, le tableau était bien différent : au couvent des bénédictines où il l'avait d'abord amenée, convaincu qu'elle y trouverait la sérénité en même temps que le salut, elle s'était laissé glisser sur une pente qu'il savait mortelle. Elle demeurait allongée dans son lit, immobile, les yeux clos, aussi blanche que les murs de sa cellule. Dans le commencement, la mère supérieure n'avait vu là que mauvaise volonté et esprit rebelle. Et elle avait sévi, selon la règle de la communauté, enfermant la jeune fille dans une cellule-prison, lui interdisant les visites et la mettant au pain sec et à l'eau. Marie n'avait eu aucune réaction, elle était restée immobile et muette, n'avait pas touché à la nourriture, se retirant à chaque heure un peu plus dans l'absence. La supérieure avait pris peur et l'avait fait appeler, lui, frère Bernhard, son cousin – c'était ainsi qu'il s'était présenté.

Il avait accouru en toute hâte, craignant le pire, il lui avait parlé, avait tenté de toutes les manières possibles de l'arracher à l'abîme où elle s'enfonçait. En vain. La panique l'avait saisi. Et le désir forcené de la sauver. Il l'avait donc prise dans ses bras, l'avait sortie du couvent, l'avait emmenée. Il se souvint : il chevauchait une monture à la robe grise, constellée de larges taches blanches, il l'avait installée devant lui, en amazone, et il la retenait entre ses bras, si maigre, si légère qu'il avait le sentiment qu'elle allait s'envoler, tandis que le cheval galopait à travers la campagne. Chevauchée angoissée, certes, où allaient-ils ainsi ? Mais chevauchée bienheureuse aussi ! Il avait refusé de s'interroger plus avant, acceptant comme une grâce ce bonheur, ce poids bienfaisant, la vie même. Il avait mis pied à terre chez une parente de sa mère, une guérisseuse qui connaissait bien les plantes et qui vivait à la lisière de la forêt, près de Sélestat. Marie était restée quelques semaines dans cette petite maison, prenant docilement les potions que lui administrait la femme et qui avaient au moins réussi à la maintenir en vie. Puis frère Bernhard était revenu chercher Marie, par une froide matinée de janvier 1350, et l'avait conduite au béguinage. Où elle avait repris des forces. Et où il l'avait revue quelquefois : n'était-il pas de son devoir de prêtre responsable du devenir et du salut de Marie, de lui rendre visite ? Il avait été plus qu'heureux de la voir revenir à la vie. Et il s'était surpris à se poser des questions angoissées, de plus en plus pressantes, sur sa propre vie et sur ses choix : avait-il vraiment la vocation d'un moine ? Les doutes qui le tourmentaient et le brûlaient jusqu'au tréfonds de son corps étaient-ils le fait du Malin, acharné à sa perte ? Devait-il lutter, les repousser comme des tentations mauvaises ou au contraire écouter la voix qui montait du fond de son être ?

Survint alors le rapace. Le rapace qui s'abattit, vorace, couvrant de ses larges ailes et enserrant de ses serres tenaces la colombe innocente. Il fut le témoin enragé des efforts patients et obstinés d'Antoine Kaltenbach pour conquérir Marie, il se fit narrer, le cœur tordu de jalousie, les visites, les promenades, les déclarations, il constata le fléchissement progressif de la résistance chez la jeune fille. Il fit passer par la Grande Dame de pieux messages de mise en garde, lui écrivit qu'une chrétienne digne de ce nom se doit de résister à l'appel de la chair, qu'elle doit se vouer au service sacré de Dieu et non au service profane d'un homme. Rien n'y fit : Marie restait réservée, répondait de façon laconique, mais le prétendant venait toujours. Frère Bernhard se posta un soir aux abords de la poterne. Il vit la jeune fille se hisser sur la selle, Kaltenbach l'envelopper de ses bras et fouetter sa monture. Il resta seul, grelottant de désespoir. Durant les nuits où l'insomnie le faisait délirer, il résolut d'attirer le rapace dans une embuscade, de le faire occire par des hommes de main ou de le tuer lui-même. Un jour, n'y tenant plus, il avait demandé à s'entretenir avec Marie seul à seule. Reproches. Colère. Cris. Elle n'avait pas compris ce qu'il se cachait à lui-même. Elle était restée silencieuse. Il n'avait pu s'empêcher de lui lancer, regrettant ses propos au moment même où ils sortaient de sa bouche : « Mais c'est moi qui t'ai sauvée ! » Il n'oublierait jamais son regard à cet instant, un regard qui l'avait glacé, un regard qui l'avait vidé de ses forces, un regard... oui, un regard de haine ! Elle lui avait répondu simplement : « Sauvée ? » Un tremblement l'avait saisi. Il avait eu, à peine, la force de sortir... Il se tint désormais à l'écart. Marie s'était mariée. Il avait assisté à la cérémonie, caché au fond de l'église, dissimulé par sa capuche, perdu dans la foule jacassante. Les années avaient passé. Et voilà que Marie était morte…

Frère Bernhard tenta à nouveau de prier. Sans plus de succès. Il descendit à la bibliothèque. S'immergea dans la communauté paisible des moines. Ressentit le silence studieux comme un baume bienfaisant. Il pensa que la lecture et l'étude pourraient engourdir quelque temps son tourment. Il posa sur le lutrin un manuscrit. *De cultu feminarum*. C'était une sévère mise en garde de Tertullien contre les pièges des femmes et la dangereuse séduction qu'elles cherchaient à exercer sur les hommes. Les lettres dansaient devant ses yeux. Le frère portier entra, s'approcha de lui : le prévôt Gottfried Bucher souhaitait l'entendre au sujet du meurtre de Marie Kaltenbach.

19 FÉVRIER 1365, AU PETIT MATIN

Il n'avait pas fermé l'œil de la nuit.

Assis sur une chaise, les coudes sur les genoux, la tête dans les mains, il regardait sans le voir le feu qui se mourait dans la cheminée, en jetant de temps en temps un faible braisoiement.

Il était resté là toute la nuit, prostré, au fil des longues heures silencieuses et désertes, prises désormais dans les glaces de l'éternité.

Des mots erraient en débandade dans son crâne, lâchés, sans bride et sans frein.

Des sensations étranges, incompréhensibles, se succédaient en lui, décousus.

Il n'était qu'une caisse de résonance, où se heurtaient les sons discordants d'instruments désaccordés, le réceptacle impuissant d'images grinçantes qui le laissaient totalement désemparé. Il se sentait tour à tour brûlant et glacé, rempli de hurlements et d'un silence mortel, assailli d'horreur et spectateur détaché.

Des débris de pensées volaient dans sa tête et se fracassaient entre elles.

Marie plus jamais.

Marie.

Son corps souple.

Ses bras chauds.

Marie.

Marie plus jamais.

Marie.

Son regard. Qui parfois s'égarait.

Son sourire. Qui parfois s'éteignait.

Marie qui s'absentait, au-delà de lui, dans des lointains inaccessibles.

Marie heureuse.

Marie douloureuse.

Marie qu'il avait épousée.

Marie la mère de son fils.

Marie morte.

Marie morte !

Marie plus jamais.

La fin du combat.

La paix.

L'effroi de Marie.

L'épouvante dans ses yeux.

Ses bras suppliants.

La croix.

L'Église.

Les cris et l'angoisse.

Marie plus jamais.

Et les bribes de mots et les pensées éclatées tournent dans sa tête comme les chevaux fous échappés d'un manège, tournent en rond et reviennent inlassablement se fracasser les unes contre les autres.

Marie plus jamais.

À cause de moi.
À cause d'eux tous.
À cause d'elle.
Ils l'ont tuée, depuis longtemps déjà.
L'homme s'effondre enfin, avec un gémissement rauque.

Mardi soir 18 février

Gottfried Bucher était absorbé dans ses réflexions. Il était seul dans la pièce. L'obscurité n'était trouée que par le rougeoiement des braises dans la cheminée, qui projetaient sur le plafond à caissons des éclats fugitifs. La nuit était tombée depuis longtemps. Les bruits s'étaient peu à peu tus dans le grand vaisseau de la Pfalz, maintenant assoupi. Seul le sifflement du vent, qui tournait rageusement autour de l'édifice, rompait le silence, et c'étaient comme des gémissements qui s'élevaient lugubrement, montant par vagues dans des aigus vertigineux, puis retombant brusquement avant de s'élever de plus belle.

Gottfried ne se laissait distraire ni par les ululements du vent, ni par le mutisme du bâtiment, ni par l'obscurité épaisse, ni par la solitude. Il avait, il y a longtemps déjà, congédié d'un geste le greffier reconnaissant, trop heureux de rentrer chez lui par cette nuit d'hiver, qui lui semblait, après les derniers événements, grosse de menaces.

Le prévôt était assis à sa table, parfaitement immobile, les mains posées à plat, les épaules appuyées au haut dossier de la chaise. Pas un muscle de son visage ne bougeait.

Il récapitulait les deux meurtres intervenus au cours des derniers jours et les éléments qu'il avait pu recueillir au fil des interrogatoires et des témoignages. Il devait reconnaître que les faits restaient opaques et que rien ne permettait pour l'instant de se faire une idée du ou des coupables. D'ailleurs ces deux meurtres étaient-ils liés ? Rien n'était moins sûr.

Il repassa dans son esprit les différents points qu'il avait pu établir.

Qui pouvait avoir tué Johannes Herrmann ? Greta, sa femme et Karl, son fils, séparément ou ensemble, avaient toutes les raisons pour vouloir le supprimer, habités par la haine, la terreur et le désespoir. Cependant Greta, semblait-il, avait été occupée ou absente toute la matinée : l'apothicaire, Julius Knobloch, l'avait effectivement vue à son officine tôt le matin et lui avait vendu une potion apte à soulager les maux de tête. Et la jeune Magdalena, sa voisine nouvellement accouchée, confirmait l'avoir retenue pour la supplier de l'aider. C'était chez Magdalena qu'on était venu la chercher pour lui apprendre la mort de son mari. Avait-elle pu, entre son retour de l'apothicairerie et l'appel de sa voisine, assassiner son mari ? Mais la jeune mère affirmait l'avoir interceptée alors qu'elle montait l'escalier. Quant à Karl, il avait certainement eu le loisir de commettre le meurtre durant le laps de temps où, aux dires de l'apprenti, étonné par l'absence prolongée du boucher, il était remonté à l'étage. Par ailleurs, qu'il fût rouge et tremblant à son retour, n'était aucunement une preuve de culpabilité, mais pouvait aisément s'expliquer par le choc de la découverte.

Un autre assassin potentiel était Heinrich Schwarber, que trois témoins affirmaient, avec force détails, avoir vu « rôder » dans les rues de la ville depuis deux ou trois jours. Heinrich Schwarber était l'un des fils de Peter Schwarber, l'ancien Ammeister qui avait été déchu de ses droits de bourgeoisie, banni de la ville et privé de ses biens douze ans auparavant, lorsque Betschold, à la tête des corporations d'artisans en révolte, avait pris le pouvoir. Schwarber vivait depuis lors à Benfeld avec sa famille. Il n'était pas impossible que son fils, qui était à l'époque âgé de dix ans, ait ruminé sa vengeance depuis toutes ces années. Mais Heinrich Schwarber, au contraire de son père, n'était pas interdit de séjour à Strasbourg. Il y venait régulièrement, puisque, comme chacun le savait, il faisait commerce de bois et fournissait la plupart des menuisiers de la cité.

La servante du boucher figurait elle aussi sur la liste des suspects potentiels, maltraitée comme elle l'était selon les dires des habitants du quartier. Gottfried avait appris qu'elle avait été engagée par le boucher un an auparavant. Et comme par hasard, elle avait disparu. Sa fuite était-elle un aveu de culpabilité ? C'était, selon le témoignage de ceux qui la connaissaient, une gamine apeurée, maigre et frêle, muette : une telle gamine pouvait-elle avoir poignardé un colosse comme Johannes ? Il est vrai que celui-ci, couché dos à la porte et affaibli par la soûlerie de la veille, ne l'aurait sans doute pas vue entrer et ne se serait pas méfié, dans la pensée que c'était sa femme qui revenait.

Gottfried inscrivit ensuite mentalement sur la liste des suspects Gustav, l'apprenti. Il se rappela l'attitude du garçon lors de son interrogatoire à la Pfalz, sa fébrilité inquiète, sa nervosité, la manière dont il serrait ses mains l'une contre l'autre, et l'affolement dans ses yeux en perpétuel mouvement. Il avait eu l'impression très nette que l'angoisse de l'apprenti avait une autre raison que sa comparution à la Pfalz et l'interrogatoire auquel il était soumis. Il résolut de le convoquer à nouveau.

Restait un cinquième suspect : le vagabond qu'on avait arrêté après la découverte du corps de Marie Kaltenbach et qui se trouvait présentement enfermé dans la Tour du Bourreau. Peut-être tenait-on là le coupable des deux meurtres, ce qui simplifierait considérablement sa tâche… Mais c'était une solution trop facile et l'enquêteur expérimenté qu'il était savait bien que ce pauvre hère était innocent, de ces crimes-là tout au moins. D'ailleurs un homme en haillons, misérable, aurait-il pu circuler dans la rue des Bouchers, animée dès le petit matin, et s'introduire dans la maison cossue de la victime sans attirer l'attention sur lui ?

Quant au second meurtre… D'ailleurs, était-ce un meurtre ? Et si c'en était un, avait-il un lien avec le premier ? Ou n'y avait-il là qu'une coïncidence fortuite ?

Machinalement, Gottfried passa en revue les suspects possibles.

Le premier qui lui vint à l'esprit fut le fils aîné des Zorn, une des familles les plus influentes de la ville, qui tirait sa fortune de l'exploitation des moulins qu'elle possédait depuis plusieurs générations. Toute la ville savait que Martin von Zorn avait été, jadis, le rival acharné et rageur d'Antoine Kaltenbach, qu'il avait lui aussi demandé la jeune fille en mariage, qu'il lui avait offert une jument de prix, qu'il l'avait couverte de toilettes somptueuses, d'étoffes rares, de pierres précieuses et qu'il n'avait pas décoléré quand il s'était vu préférer Kaltenbach, cet intrigant, ce fils de marchand enrichi qui n'avait fait, somme toute, clamait-il à qui voulait l'entendre, qu'acheter les faveurs de Marie. Avait-il pu par dépit, par l'effet d'une jalousie enragée, en arriver au meurtre ? Pourquoi dans ce cas aurait-il attendu tant d'années ?

Gottfried n'était guère familier avec les arcanes de l'amour, mais il connaissait bien en revanche, pour l'avoir trop de fois rencontrée, la violence de la haine, son absolutisme, sa destructivité. Et rien ne pouvait l'étonner, après tant d'années passées à côtoyer les abîmes de la conscience des hommes, en fait de volonté de destruction.

Kaltenbach lui-même pouvait être le coupable. Certes, toute la ville se souvenait combien il s'était battu pour la conquérir, abattant l'un après l'autre les obstacles que chacun s'évertuait à dresser sur sa route : il avait affronté la colère de son père, furieux de le voir s'amouracher d'une intrigante qui n'en voulait qu'à son argent, la désapprobation onctueuse de l'évêque, les moqueries suffisantes de ses amis, les mines curieuses des serviteurs et même, disait-on, les réticences de Marie Rothkreutz. Il avait triomphé de tous puisqu'il avait en fin de compte imposé sa volonté et épousé sa belle. Le mariage semblait réussi, pour autant qu'on pût risquer une telle affirmation… Et le couple avait eu, après des années d'attente, un enfant. Certes… Mais peut-être Kaltenbach avait-il soudain pris peur, se sentant pris au piège, et n'avait-il trouvé d'autre échappatoire que le meurtre ?

Qui était la jeune morte ? Il s'aperçut qu'il ne savait rien d'elle. Et il résolut de rechercher des informations dès le lendemain.

Il se faisait tard. Dix heures avaient depuis longtemps sonné au clocher de Saint-Martin. Dans la cheminée, les braises ne rougeoyaient plus que par intermittences et Gottfried ressentit soudain le froid qui le gagnait. Il prit connaissance des incidents qui avaient émaillé les dernières journées et que le greffier avait consignés sur le registre de la police : un ivrogne avait insulté un des hommes du guet près de la Porte de Pierre, un artisan avait été dépouillé de son manteau et copieusement battu au sortir de l'Échasse, le poêle des orfèvres, un tavernier peu scrupuleux avait coupé d'eau son vin et avait été exposé la veille, comme c'était la loi, dans une cage sur le pont des Supplices, près de l'église Saint-Nicolas.

Gottfried soupira. Se leva. Jeta un coup d'œil distrait par la fenêtre et constata avec surprise que la neige s'était mise à tomber, et c'était comme si le ciel se déversait en milliers de flocons silencieux qui chutaient infiniment ; un bref instant, le prévôt eut l'illusion que c'était lui, et avec lui le bâtiment de la Pfalz tout entier, qui montait lentement, aspiré vers le ciel dans une ascension vertigineuse. Quand il descendit l'escalier des Mullenheim, minuit sonnait au clocher de Saint-Martin.

Le monologue de Sauber

Klaus Sauber triomphe : il a raison, depuis le début ! Le petit moine qu'il est allé trouver ce matin même n'a pas résisté longtemps à ses questions : il a bien essayé de les éluder, de mettre en avant son ignorance, sa mémoire défaillante, les longues années écoulées avec leur cortège de malheurs et de douleurs, il a pourtant fini par capituler. Qui résisterait à l'éloquence persuasive de Klaus Sauber, pense-t-il avec orgueil ! Le petit moine, comme tous les autres, a cédé et a fini par reconnaître les faits, qu'il lui a narrés dans les moindres détails, faisant montre, au contraire de ce qu'il avait prétendu, d'une mémoire aussi précise que fidèle.

Les Juifs sont donc là, bien cachés dans l'ombre. Ne l'avait-il pas annoncé, prophétisé pourrait-on dire, depuis des semaines ? Personne ne possède sa sensibilité, son intuition, pour détecter la présence des Juifs ! Il les perçoit, il les sent littéralement ! Son flair est infaillible, jamais il n'a été pris en défaut ! Jadis, avant le brûlement béni, quand il en sortait de partout, qu'ils infestaient la ville comme des rats, il pouvait, les yeux fermés, percevoir leur approche. C'était comme si l'atmosphère autour de lui changeait, comme si l'air même prenait une consistance particulière, celle du mensonge, de la dissimulation, de la ruse, de la trahison. C'était comme si l'infâme Judas, à travers eux, revenait du royaume de la mort, traversait le temps, invincible, éternel. Vainqueur. Et cette victoire, cette permanence indéracinable désespéraient Klaus Sauber, le rendaient fou de rage et d'impuissance. C'est pour en venir à bout, enfin, qu'il s'est jadis investi de toutes ses forces, de toute sa science oratoire, de tout son corps dans la salutaire entreprise de dévoilement de la vérité à l'adresse des Strasbourgeois, si crédules, si enclins à se laisser tromper, si démunis devant la méchanceté impitoyable et séculaire des Juifs. Oui, grâce à lui, à sa persévérance et à son opiniâtreté, la ville a pu éradiquer les Juifs ennemis de la foi. Ce fut sa façon à lui de s'acquitter de ses devoirs de chrétien. Quand tant d'autres ont mis au service de la sainte Église leurs bras, leurs armes, leur vaillance, lui a mis à son service son intelligence, sa perspicacité, son talent d'orateur et il n'a pas moins que les autres contribué à la victoire de Notre Seigneur. Il revoit, à la faveur d'éclairs brefs et brutaux, les jours violents de jadis, corps démembrés, blessures hurlantes, ahanements rauques des chasseurs, et sa fascination à lui, Klaus Sauber, tandis que, debout au bord de la mêlée, il regarde, se remplissant les yeux et le cœur et l'âme de la mort toute-puissante, tandis qu'il regarde ceux qui frappent et tuent, ceux qui tombent et meurent, ceux qui brûlent ici-bas et ceux qui brûleront en Enfer, ceux qui implorent et ceux qui insultent, ceux qui raillent et ceux qui crachent sur la croix, ceux qui pleurent et ceux qui prient. Tandis qu'il regarde, éperdu de jalousie et d'impuissance, le héros incontesté du jour, Johannes Herrmann, qui vole, infatigable, à travers le champ de bataille. Comme il aurait voulu être à sa place, être, lui, cet infatigable soldat du Christ, comme il aurait voulu, comme lui, saisir une hache et faire voler les têtes et les membres des assassins du Sauveur ! Comme il aurait voulu, comme lui, saisir par les cheveux une de ces femelles têtues et la mettre à sa merci !

Klaus Sauber soupire, balayant d'un geste de la main ces souvenirs importuns.

Donc, les Juifs sont revenus ! Voilà que, défiant Dieu, Notre-Seigneur et la sainte Église, ils sont de retour ! Klaus Sauber sent la même rage le gagner, le même désir de frapper, de détruire, de tuer. Heureusement, ni sa jeunesse ni sa force ne l'ont abandonné, une sainte colère l'anime toujours, plus brûlante, plus dangereuse que jamais. Et plus efficace, pense-t-il, car à présent les années ont pondéré son jugement et son action n'en sera que plus assurée et mieux dirigée.

Donc, les Juifs sont là. Une sourde jubilation le parcourt depuis la pointe des orteils jusqu'au sommet de la tête, un tressaillement d'aise, la volupté escomptée de la chasse. Une nouvelle fois, il se félicite de sa clairvoyance, s'étrangle presque de fierté, se remémore ses discours, ses efforts pour convaincre ses concitoyens de la justesse de ses vues, ses recherches patientes et minutieuses, les jours passés à observer, écouter, interroger, enquêter... Et la confirmation, ce matin ! C'est lui qui a débusqué le Juif ! Celui qui, impunément, sous son nez et celui des bons chrétiens, a osé revenir, parcourant effrontément les rues de la ville, vivant, travaillant, mangeant et buvant sans vergogne au milieu des chrétiens ignorants, s'incrustant au cœur de l'Eglise, allant jusqu'à fréquenter la sainte messe, pour mieux railler, à n'en pas douter, lorsqu'il retrouve ses pairs, le Christ, la Vierge, les saints et la chrétienté tout entière. Mais ce serait compter sans lui, Klaus Sauber, qui veille au grain fidèlement, de nuit comme de jour, et qu'aucun Juif n'est en mesure de duper. Il va de ce pas le dénoncer à ce prévôt imbu de lui-même et méprisant, Gottfried Bucher. Quelle tête fera-t-il, cet officier minable, incapable de tirer au clair les meurtres successifs qui ont frappé la ville, quand lui, Klaus Sauber, le marchand de drap de la place Saint-Martin, viendra, avec une modestie calculée, lui apporter la solution et lui mettre la vérité sous le nez ? Un rire silencieux le secoue, à imaginer la déconfiture de Bucher et son humiliation. Il le contraindra à s'incliner devant lui, à reconnaître sa sagacité. Le Magistrat, l'évêque, les puissants et la ville tout entière ne pourront faire autrement que lui exprimer publiquement leur gratitude. Il aura tous les honneurs, sera l'objet de toutes les conversations, son nom sera sur toutes les lèvres, l'Empereur Charles IV lui-même sera peut-être informé de son exploit et même, qui sait, Sa Sainteté le pape… Klaus Sauber se laisse bercer délicieusement par son rêve de gloire…

Le brûlement des Juifs

(2)

8 FÉVRIER 1349

La réunion devait commencer au milieu de la matinée. Benfeld se recroquevillait sous la froidure, ses maisons et son église grelottant au milieu des champs vides et noirs. Près de la petite abbaye où les notables devaient se rencontrer, se désolait un étang gelé au bord duquel trois arbres dressaient quelques branches maigres, comme des bras tendus vers le ciel.

Peter Schwarber était arrivé le premier, ce qui était bien normal, puisque c'était le Magistrat de Strasbourg qui était la puissance invitante. Le prieur l'avait reçu à la porte et l'avait conduit dans le réfectoire, qui servait, le cas échéant, de salle de réunion, et où il le laissa bien vite, en le priant de l'excuser : il avait beaucoup à faire aujourd'hui, afin d'accueillir comme il se devait les hautes personnalités qui lui faisaient l'honneur d'avoir choisi sa modeste abbaye, et particulièrement monseigneur Berthold von Buchek, l'évêque de Strasbourg. Il éclatait de fierté, tout gonflé de son importance, tandis qu'il se grisait des titres de ses hôtes de marque.

Peter Schwarber, le front plissé par les soucis, prit place sur la chaise au haut dossier droit que lui désignait le prieur, notant à peine le peu d'empressement de ce dernier, aux yeux duquel il était visiblement quantité négligeable. C'était un homme de grande taille, à la carrure massive. Son allure imposante, son visage large et franc, son épaisse chevelure parsemée de fils gris, le regard direct de ses yeux bleu-vert, sa voix puissante, son franc-parler inspiraient confiance aussi bien à ses collègues qu'à ses administrés.

Pour l'heure, cependant, il avait les traits tirés : ses sourcils froncés, son front plissé, les cernes bleus qui cerclaient ses yeux, le pli qui creusait la commissure de ses lèvres, son regard absent, qui semblait fixer un point loin au-delà du présent, étaient ceux d'un homme que le sommeil fuyait depuis plusieurs nuits.

Il faisait si froid dans la grande salle encore déserte, autour de l'épaisse table de chêne, que de la buée s'échappait de ses lèvres au rythme de sa respiration. Machinalement, il resserra autour de lui les pans de son manteau de laine bordé d'hermine et enfouit ses mains dans ses manches. Il s'efforça de récapituler les événements de ces derniers jours qui étaient précisément à l'origine de cette réunion extraordinaire. Un jeune frère imberbe, aux traits encore pétris d'enfance, entra dans la salle, le salua timidement, se dirigea vers la grande cheminée et s'activa pour ranimer le feu mourant, tisonnant les braises qui couvaient encore, actionnant vigoureusement le soufflet. Une flamme hésitante pointa, grandit en tremblotant et, lorsqu'elle prit de l'assurance, le moine jeta une brassée de bois sec dans le foyer, veillant à ne pas étouffer le feu encore fragile. De petites flammes orange se mirent à lécher les branchages. Peter Schwarber regardait le jeune frère s'activer sans vraiment le voir, tout entier absorbé dans ses pensées.

En vérité, quand tout cela avait-il commencé ? Y avait-il d'ailleurs un commencement ? Peut-être fallait-il remonter à Armleder, cet aubergiste obtus, dont la férocité faisait trembler les campagnes et qui avait, il y avait à peine dix ans de cela, assis son redoutable pouvoir sur les chasses aux Juifs qu'il organisait à la tête de sa bande de brutes. Il devait son surnom à l'épais bracelet de cuir qui lui enserrait le bras et dont ses sbires avaient fait un signe de ralliement et de reconnaissance. Son nom faisait pâlir même les plus endurcis des villageois car il n'avait nulle pitié et mettait une allégresse féroce à pourchasser ses proies, à égorger jeunes et vieux, à violer et éventrer les femmes, à déchiqueter les petits enfants ou à leur écraser la tête à coups de pierres. C'était comme un immense cri de terreur et de désespoir qui déferlait sur les campagnes, auquel se mêlaient, tandis que le drapeau à l'effigie de Jésus-Christ flottait au-dessus des tueurs, les éclats d'un rire démoniaque, le rire de Satan qui triomphait, écrasant l'Espoir dans le sang et la haine.

Mais Armleder lui-même n'était qu'un avatar de plus de cet enragé désir de destruction et de mort que l'homme, ce pécheur, nourrissait jalousement dans son cœur depuis l'aube de la création. Depuis, en vérité, qu'Ève avait, pour le malheur de l'humanité à venir, enfreint la parole divine et introduit dans le monde la mort et le mal, aussi loin que l'on remontât dans l'histoire, ce n'étaient que guerres, tueries, ruines et deuils. Et il semblait à Schwarber que toute l'histoire des hommes se réduisait à un sinistre concours de férocité, où le vainqueur serait celui qui aurait à son actif le plus grand nombre de meurtres, les mutilations les plus horribles, la plus grande inventivité en fait de tortures, les destructions les plus impitoyables… Les infidèles avaient été, dans les guerres sans merci qui les avaient opposés à la chrétienté au cours des siècles passés, des maîtres en férocité, tuant, éventrant, embrochant, démembrant, passant au fil de l'épée des populations entières, sans distinction aucune, transperçant de la même manière tous ceux qui se trouvaient sur leur passage, sans états d'âme ni scrupules. Mais les chrétiens eux-mêmes, et il n'osait exprimer tout haut cette pensée qui lui était pourtant venue bien souvent, n'avaient rien à leur envier en fait de cruauté et de massacres. Bien sûr, il s'agissait alors de défendre puis de reconquérir le tombeau de Notre-Seigneur Jésus-Christ qui était tombé aux mains des Sarrazins impies. Mais les croisades avaient mobilisé des centaines de milliers de personnes, des chevaliers comme des aventuriers sans scrupules, comme aussi des pauvres gens, tous lancés sur des routes interminables dans la duplicité ou la simplicité de leur cœur. Il se souvenait des récits de son grand-père, qui avait participé à la dernière de ces expéditions et qui en était revenu si malade... Enfant, il l'avait vu étendu, blême et sans forces, pendant des mois, aux prises avec une fièvre tenace qui le clouait sur sa couche et le faisait délirer. Il racontait alors d'étranges choses sur des Juifs que l'on enfermait dans des granges avant d'y mettre le feu, parce qu'ils avaient tué le Fils de Dieu et étaient, pour cela, maudits à jamais... Le jeune garçon qu'il était se demandait, perplexe, comment il se faisait que les croisés, partis pour arracher le tombeau du Christ aux impies, se retrouvaient à brûler des Juifs...

Peter Schwarber soupira, s'arrachant à sa morose méditation. Il lui fallait remettre de l'ordre dans ses pensées, repasser dans sa mémoire les arguments propres à convaincre l'évêque, les représentants de la noblesse, les patriciens et tous ceux qui devaient prendre part à cette réunion solennelle. Aucun d'entre eux n'était encore arrivé. Il faisait toujours très froid dans l'immense réfectoire. Il se sentit soudain sans force, vaincu par ce froid têtu et pénétrant, par le silence opaque, par l'immobilité des sièges sévères autour de la lourde table de chêne, par la pénombre austère à peine entamée par le mince filet de lumière qui s'aventurait là-haut, au niveau de l'étroite fenêtre. Il eut, un bref instant, le sentiment d'être dans une tombe. Il se secoua, s'obligeant à aspirer lentement l'air glacé, ferma les yeux. Le jeune prêtre entra à nouveau. Il déposa sur la table des bougeoirs dans lesquels il planta des chandelles puis jeta un coup d'œil sur le feu qui commençait à ronfler dans la cheminée avant de ressortir.

L'Ammeister soupira à nouveau. Il se faisait une haute idée de ses responsabilités, soucieux de gérer les affaires de la ville libre de Strasbourg avec sagesse et efficacité et d'assurer ainsi la prospérité des habitants et, ce qui en découlait, la paix sociale. Mais ce beau programme qu'il s'était efforcé depuis cinq ans de mettre en pratique avec les Stettmeisters Kuntz von Winterthur et Jacob Sturm, était en passe d'être balayé comme fétu de paille.

En vérité, il avait senti le péril depuis belle lurette, en fait depuis que la peste s'était annoncée, l'année passée, entamant son périple meurtrier depuis l'est et le sud, et faisant se lever, dans toute la chrétienté, un vent de panique et d'impuissance. Car chacun savait bien que le fléau, une fois lancé, ne s'arrêterait pas en chemin, qu'il poursuivrait inéluctablement son avancée victorieuse et qu'aucune terre n'échapperait à son étreinte mortelle. Il avait déjà ravagé les contrées situées à l'est de l'Europe, semant sur son passage la mort et la désolation, mais suscitant aussi une ardente piété populaire : les églises ne désemplissaient pas, leurs nefs débordant, du matin au soir, d'une foule anxieuse et implorante, les processions défilaient au long des rues et des places, déroulant des files compactes d'hommes et de femmes qui pleuraient et priaient, la ville résonnait du bourdonnement continu des supplications qui s'élevaient vers saint Roch et saint Sébastien, les centaines de cierges qui brûlaient sans discontinuer et l'odeur entêtante de l'encens saturaient l'air d'effluves étouffants. Et, surgies du fond des temps et des terreurs collectives, des émeutes folles se lançaient à l'assaut des quartiers juifs, se livraient au massacre et au pillage et brûlaient sur d'immenses bûchers ceux qui n'avaient pas été égorgés.

C'étaient des événements de cet ordre que les échevins de la ville de Cologne relataient dans la lettre qu'ils avaient adressée à leurs homologues de Strasbourg en date du 12 janvier de cette année 1349. Ils tenaient à leur faire part de la situation alarmante qui prévalait dans la région et qui ne faisait que s'étendre d'une ville à l'autre. Ils faisaient état des accusations portées contre les Juifs, qu'une rumeur de plus en plus menaçante accusait d'avoir malignement empoisonné les puits et les points d'eau et d'avoir ainsi délibérément lâché la peste sur les chrétiens. Or, remarquaient avec honnêteté les auteurs de la missive, nul n'avait été en mesure d'apporter la preuve de la culpabilité des Juifs. Déjà des bûchers avaient été dressés à Bâle et ailleurs et les Juifs de ces villes y avaient péri. D'autres violences suivraient, à n'en pas douter, avec leur cortège de séditions et de révoltes, dont tous pâtiraient grandement et qui menaceraient considérablement la paix et la prospérité des cités. En conséquence de quoi, ils se faisaient un devoir de mettre en garde ceux de Strasbourg.

Peter Schwarber ne mettait aucunement en doute la justesse des prédictions du Magistrat de Cologne : Strasbourg était balayée de vents mauvais, des vents qui soufflaient de toutes les directions, qui convergeaient vers le même point et qui n'allaient pas tarder à se déchaîner en tempête. Jusque dans les plus petites ruelles de la ville, la tension était palpable, compacte, oppressante. Les visages étaient fermés, les regards durs ; des groupes tenaient conciliabule au coin des rues, et certains montraient le poing, sans que l'on sache à qui ; des hommes, pour la plupart membres des corporations de bouchers et de tanneurs, haranguaient les passants, juchés sur des chaises ou des escabeaux de fortune, et leur voix montait, grosse de menaces, jusqu'au moment où les miliciens dispersaient l'attroupement et les obligeaient à descendre de leur perchoir. En même temps, les nouvelles de la peste se faisaient alarmantes. L'hostilité populaire gagnait et Peter Schwarber était plein d'appréhension pour les Juifs, mais il savait aussi que ces derniers ne seraient pas les seuls à payer la note. Il avait entendu les échos des discours rageurs que le boucher Johannes Betschold et ses acolytes éructaient au marché aux poissons ou au marché aux grains, et qu'ils multipliaient ces dernières semaines, aiguillonnés par la marche inexorable de la peste, l'effroi qu'elle faisait lever et le sentiment d'impuissance désespéré qui envahissait la population. Les médecins appointés par la municipalité, et deux d'entre eux étaient juifs, avaient diffusé de nombreux conseils à des fins prophylactiques. Mais ce qui circulait de bouche à oreille, avec une célérité et une puissance qui se renforçaient de jour en jour, c'étaient les rumeurs toxiques qui empoisonnaient les esprits, fouettaient les angoisses, exacerbaient les haines et finiraient par exploser dans une déflagration épouvantable : si tout allait si mal, si la peste était en route, si elle avait déjà franchi les portes de la chrétienté, c'était, bien sûr, la faute des Juifs, car ce n'était un secret pour personne que les meurtriers de Notre-Seigneur Jésus-Christ ne reculaient devant aucune vilenie et que, par haine des chrétiens et par malfaisance, ils avaient empoisonné les puits et les sources d'eau. Mais pourquoi donc les Juifs pouvaient-ils ainsi, impunément, agir à leur guise ? C'est que, disait-on avec âpreté, il y avait au pouvoir une clique de bourgeois corrompus, vendus aux Juifs, qui trahissaient leurs administrés pour mieux se remplir les poches ! Il fallait les destituer et mettre à leur place un Magistrat où les artisans auraient, enfin, leur mot à dire… Peter Schwarber frissonna. Il commençait pourtant à faire moins froid…. Encore une fois, un long soupir s'exhala de sa poitrine. Il fut brusquement arraché à ses soucis par le bruit d'un équipage qui s'arrêtait devant l'abbaye : roulement des roues sur le pavé, claquement des sabots, freinage brusque, grincements de l'attelage... La porte du réfectoire s'ouvrit et l'évêque Berthold von Bucheck apparut, dans toute sa pompe et sa magnificence, droit, long et sec, brillant de velours violet et d'or, mitre en tête, entouré d'une nuée de prêtres richement vêtus. Le prieur le précédait, marchant à reculons, faisant force courbettes et exprimant avec emphase son émotion de recevoir un si noble personnage, représentant éminent de notre Mère l'Église et de Sa Sainteté le Pape. Peter Schwarber s'était levé et s'avançait pour saluer le nouvel arrivant : il s'approcha, se pencha sur l'anneau que lui tendait l'évêque et y posa les lèvres. Le prieur conduisit son illustre visiteur au siège qui lui était réservé, à la place d'honneur, en bout de table. Il avait à sa droite l'Ammeister. Presque aussitôt, arrivèrent, les uns après les autres, les notables qui avaient été conviés à la réunion. Ce fut d'abord Thomas von Zorn qui entra, lui aussi accompagné d'une somptueuse escorte, et la richesse de son pourpoint de velours écarlate brodé de fils d'or ne le cédait en rien à celle de la parure de l'évêque. Il s'avança avec hauteur, ne regardant personne, s'inclina cependant sur la main de Berthold von Bucheck avant de s'assoir. Comme on pouvait s'y attendre, Matthias von Mullenheim lui emboîtait le pas, visiblement contrarié d'arriver, même de quelques instants, après son rival. Il n'attendit pas qu'on lui désigne sa place et la choisit d'autorité, s'installant ostensiblement sur le côté opposé. L'hostilité réciproque entre les deux clans était de notoriété publique : on se souvenait encore de cette journée funeste de juin 1332 où les deux familles, pour des broutilles, en étaient venues aux mains après un banquet bien arrosé. L'affrontement avait été d'une violence extrême et la bataille rangée qui avait suivi avait laissé sur le carreau une dizaine de jeunes gens, morts pour rien.

Kuntz von Winterthur et Jacob Sturm, les collègues de Peter Schwarber, entraient à leur tour dans la grande salle et il en éprouva un brusque réconfort, le sentiment qu'il n'était plus seul. Puis ce fut le tour des délégués d'Obernai, de Sélestat, de Colmar, de Rosheim, de Mulhouse. Entretemps, les représentants des corporations, Johannes Betschold et Johannes Herrmann, tous deux des bouchers, étaient arrivés et avaient pris place ; le prieur, plus expéditif cette fois-ci, les avait installés à l'autre extrémité de la table, loin des personnalités. Les deux bouchers en furent ulcérés et leur humeur belliqueuse ne s'en trouva que renforcée. Les délégués de Bâle et de Fribourg arrivèrent les derniers.

Lorsque chacun fut installé, que le brouhaha des salutations fut dissipé, et que le silence se fit, Peter Schwarber se leva. Restant un instant immobile, il promena lentement son regard sur l'assemblée puis, avec une solennité qui dissimulait ses appréhensions, il ouvrit la séance.

Il remercia tout d'abord les personnalités éminentes – et il nomma chacun des présents, en ayant soin d'énumérer longuement leurs titres et leurs fonctions – qui avaient accepté, en dépit des lourdes charges qui pesaient sur leurs épaules et des graves et innombrables tâches auxquelles elles consacraient leur temps précieux, de prendre part à cette réunion à laquelle lui, Peter Schwarber, Ammeister du Magistrat de Strasbourg, les avait conviés, afin de débattre de la situation préoccupante à laquelle ils étaient tous confrontés. Il remercia aussi le prieur de l'abbaye d'avoir bien voulu héberger cette rencontre.

« Une rencontre décisive, poursuivit-il, car vous savez tous, chacun de nous sait que nous devons nous mesurer à une situation dramatique et que, si nous ne faisons rien pour l'enrayer, nous

tous – et appuyant sur le mot tous, il s'arrêta et promena derechef ses yeux gris sur l'assemblée – nous tous devrons payer très cher notre passivité et notre lâcheté. »

Il fit une nouvelle pause puis continua :

« Que ce soit la volonté de Dieu que nous sachions trouver des réponses courageuses et appropriées pour faire face aux menaces redoutables que nous voyons poindre à l'horizon. Et que le Seigneur veuille nous gratifier de Sa sagesse et nous inspirer les bonnes décisions.

« Je parlerai brièvement. Je pense qu'il est nécessaire, cependant, de rappeler en quelques mots la situation dans laquelle se trouvent toutes les cités de notre région.

« La peste est en marche. Rien ni personne ne peut l'arrêter. Le fléau a déjà frappé les contrées qui sont aux confins de l'Europe et demain, si Dieu ne nous sauve de son étreinte, il sera à nos portes. Nous ne pouvons que prier le Ciel de nous épargner, faire pénitence et demander pardon pour nos fautes. Nous devons, aussi, suivre scrupuleusement les instructions et les conseils de nos médecins, qui ont, sur ces choses, les connaissances précieuses des anciens et qui nous guident afin que nous puissions échapper à la contagion.

« Cependant, des esprits simples et enfiévrés, sous l'empire de la peur et du désespoir, répandent dans nos villes des rumeurs fantaisistes, accusant les Juifs d'avoir infecté les points d'eau et d'être ainsi à l'origine de la maladie. Les délégués de Bâle et de Fribourg sont présents parmi nous, ils peuvent témoigner des horribles conséquences de ces rumeurs : car à Bâle et à Fribourg, le peuple, dans sa candeur, a été abusé par des fanatiques, des hommes dont la foi et la loi se résument à un seul mot : la haine. Et le peuple, abusé dans sa candeur, a dressé d'innombrables bûchers et y a jeté

les Juifs, croyant que le malheur et la mort des Juifs pouvaient faire obstacle à leur propre malheur et à leur propre mort.

« Or, monseigneur, messires, je vous le demande : les Juifs sont-ils coupables ? Ont-ils vraiment, comme le clament ces fanatiques, empoisonné les sources ? La lettre que nous a adressée le Conseil de la ville de Cologne remarque fort justement qu'il n'existe nulle preuve de nature à étayer ces accusations. »

Un frémissement parcourut l'assemblée, silencieuse jusque-là. Les bouchers s'agitaient plus que les autres. Les deux nobles semblaient s'ennuyer, chacun essentiellement intéressé par ailleurs à détailler sans indulgence l'accoutrement de l'autre. Leur visage respirait le dédain : qu'avaient-ils de commun avec ces hommes du peuple mal dégrossis, qui sentaient la sueur et le vin, qui s'excitaient et hurlaient sans retenue ? Des voix s'élevèrent, se chevauchèrent, apostrophèrent Peter Schwarber :

— Innocents, les Juifs ? Vous nous faites rire ! Tout le monde sait qu'ils ont partie liée avec le Diable et que la magie noire n'a pas de secrets pour eux !

C'était Johannes Herrmann, le boucher, qui avait parlé, ponctuant sa phrase d'un ricanement gras. Le délégué de Sélestat, moins offensif, fit cependant état d'aveux obtenus d'un Juif de Turckeim qui avait, disait-on, été mis à la question. Berthold von Bucheck prit à son tour la parole, rappelant que les Juifs étaient ceux qui avaient crucifié Notre-Seigneur... Ce à quoi Sturm répondit avec bon sens que le déicide imputable aux Juifs de jadis ne faisait pas ipso facto *de ceux d'aujourd'hui des empoisonneurs de puits.*

Schwarber avait pâli. Il tapa sur la table du plat de sa main, et un silence relatif s'étant fait, il reprit la parole :

— Vous avez évoqué de manière vague les aveux d'un Juif. J'ai quant à moi un témoignage de première main à ce sujet : dès les

premières rumeurs, j'ai fait arrêter trois Juifs de Wintzenheim et je les ai fait mettre à la question : même roués, ils n'ont rien avoué !

Un murmure dubitatif s'éleva… Peter Schwarber poursuivit, tentant de toutes ses forces de capter la confiance et la sympathie de son auditoire :

— Nous avons besoin de toutes nos ressources et de tous nos hommes pour contrer la peste. Seule l'union entre nous, la paix dans nos villes, nous aideront à lutter contre l'adversité. Parmi nos médecins deux sont juifs ; à l'instar des autres, ils ont prouvé par le passé leur science, leur dévouement, leur savoir-faire. Allez-vous…

La voix de stentor de Betschold lui coupa brutalement la parole :

— Vous vous êtes donc alliés avec les Juifs ! Combien d'or vous ont-ils donné pour que vous les défendiez si fort ? Voilà longtemps que nous, les artisans, nous sentions qu'il y avait anguille sous roche ! Et vous venez de nous donner la preuve de votre trahison ! Vous êtes du côté des Juifs, au lieu de prendre la défense des artisans et du pauvre peuple !

Schwarber sentait la situation lui échapper, d'autant plus que les franches approbations qui s'élevaient ici et là risquaient fort de faire basculer la masse des indécis. Zorn et Mullenheim qui s'ennuyaient tant quelques instants auparavant, semblaient soudain plus intéressés, le premier arborant même un petit sourire : sans doute, pensa Schwarber, dégustent-ils leur vengeance, à voir contestés ceux qui, naguère, les avaient destitués…

Il frappa à nouveau sur la table, avec le poing cette fois-ci, et reprit :

— Les Juifs sont utiles à la ville, l'auriez-vous oublié ?

Le représentant de Rosheim le coupa avec colère :

— Utiles ? Mais ils dépouillent le pauvre peuple, ils nous étranglent, ils nous affament ! Utiles ces suppôts de Satan, ces usuriers du Diable ?

— Qui donc prête de l'argent aux municipalités et à Strasbourg en tout premier lieu ? Qui paye les taxes grâce auxquelles nos caisses sont pleines ? Qui contribue largement à la prospérité de notre ville ? C'est grâce aux Juifs que nous avons pu acheter des terrains et des vignes à Illkirch, à Herrenstein, à Marlenheim, à Wasselonne ! Et nous n'aurions pas un devoir de protection envers eux ? Une protection que nous leur avons solennellement renouvelée, par serment, en même temps que Bâle et Fribourg, en l'an de grâce 1345, lorsque nous avons enfin pu mettre hors d'état de nuire Armleder et ses bandes de sinistre mémoire !

Peter Schwarber n'avait pu contenir son indignation. Tandis qu'il se rasseyait, un rugissement de rage lui répondit : c'était à nouveau le maître de la corporation des bouchers qui éructait, écarlate :

— Vous osez parler d'Armleder ? Vous êtes donc aveugle et sourd, comme les Juifs, vos complices ? Vous n'avez donc pas compris ? La peste... Il s'étranglait de colère et d'émotion. La peste... c'est le châtiment de Dieu ! Le châtiment qui vous frappe, vous, les membres de ce Magistrat indigne, vous qui avez osé faire obstacle à la volonté divine ! Vous qui avez osé combattre Armleder, l'instrument sacré du Seigneur, celui par qui Dieu avait décidé de châtier les Juifs déicides !

Le brouhaha était devenu indescriptible, tout le monde parlait en même temps, des éclats de voix furieux s'entrecroisaient. Peter Schwarber sut à cet instant qu'il avait perdu la partie. Il sut aussi, mais c'était une piètre consolation, que, quoi qu'il ait pu dire, cette partie ne pouvait être gagnée.

Il entendit encore, accablé, le représentant de Colmar déclarer que, somme toute, à chaque chose malheur est bon, car si les Juifs disparaissaient, disparaissaient du même coup les dettes de tous ces pauvres gens, qui pourraient ainsi reprendre pied et espoir.

Ce fut Berthold von Bucheck qui eut le mot de la fin :

— C'est en chrétien fidèle, en serviteur de l'Église, si chère à notre cœur, que je m'adresse à vous : voici que s'approchent des jours difficiles, des jours d'épreuve pour les chrétiens. Nous avons débattu longuement pour décider quelles mesures prendre afin de limiter la douleur et le malheur qui nous guettent. Repentez-vous, priez, pleurez, implorez le secours de Notre-Seigneur, aimez-vous les uns les autres, selon la parole de Jésus. Quant aux Juifs, qui s'obstinent dans leur aveuglement et persistent à ne pas reconnaître notre Sauveur, ils sont réprouvés et maudits. C'est la volonté de Dieu, n'en doutez pas, qui dresse partout les bûchers sur lesquels ils monteront, c'est la volonté de Dieu, n'en doutez pas, qui inspire la foi des chrétiens et qui arme leur bras vengeur. Prions donc, mes frères, pour les Juifs perfides, afin que leur supplice leur assure le pardon divin et leur ouvre les portes de la Vie Éternelle. Amen.

V.

Interrogatoires

Mercredi 19 février 1365

Gottfried avait observé le dominicain tandis qu'il entrait. Il l'avait invité à s'asseoir. Une stature légèrement voûtée. Un visage tourmenté. Des yeux tristes, à n'en pas douter. Gottfried commença l'interrogatoire. Le dominicain, autant qu'il put en juger, ne tentait pas de dissimuler les faits. Il répondait sans hésiter, rappelant la succession des événements. Ses déclarations recoupaient celles de Hildegarde Ringenbach et comblaient des trous dans le récit de la veuve. Mais, pensa Gottfried, pas tous...

Il poursuivit l'interrogatoire.

— Frère Bernhard, qui, selon vous, pourrait avoir tué Marie ?

Le moine ne répondit pas tout de suite. Un instant, il eut envie d'attirer le soupçon sur Kaltenbach, le rapace. Gottfried perçut l'hésitation.

— Frère Bernhard, qui était Marie Rothkreuz ?

Il voulut répondre : c'était ma cousine. Là encore, il se tut. Gottfried répéta la question. Frère Bernhard fut saisi de malaise. Les images s'engouffrèrent dans sa tête comme une tornade. Le feu. Les flammes qui ronflent, monstrueuses, voraces. Les cris. Inhumains. La foule déchaînée. Ivre. Les femmes hystériques. Un troupeau avance, pitoyable et fier, encadré par les hallebardiers. De jeunes garçons jettent des branchages dans le brasier avec des cris de joie. Et lui, frère Bernhard, glacé d'horreur. Qui se répète, encore et encore, que le salut de ces gens est à ce prix. Que peu importe leur mort sur le bûcher ici-bas, puisqu'ils sont ainsi assurés d'être sauvés dans l'autre monde. Cette mère qui marche, une grappe de petits enfants accrochée à ses jupes. Cette autre, si jeune, tenant entre ses bras un nourrisson, qu'elle allaite encore tandis qu'elle marche vers le feu. Un homme, sans attendre qu'on le pousse, se jette spontanément dans le brasier. Un autre, portant sur son front un cube noir tenu par des lanières maudit les chrétiens adorateurs d'une idole plus cruelle que toutes les autres et, tandis qu'on le précipite dans le brasier, proclame à la face du ciel l'antique profession de foi des Juifs. Et soudain, ce cri. À côté de lui. Cette toute jeune fille qui lui tend les bras, suppliante. Et qui hurle sa terreur. Et qui l'implore de la sauver. Il attrape ses mains tendues. Lui souffle : « Acceptes-tu le baptême ? » Elle répond, folle d'épouvante : « Oui ». Il fait signe aux soldats, qui la laissent passer. Il l'extrait de la foule, la conduit par de petites rues jusqu'à son couvent, la fait accueillir dans une cellule vide, lui apporte à boire et à manger. La nuit même, le père supérieur la baptise.

Gottfried avait vu frère Bernhard appuyer soudain sa tête contre le haut dossier de la chaise. Le moine ferma les yeux. Il était livide. Il se mit à parler d'une voix basse. Rauque. C'était la première fois, il le nota machinalement, qu'il évoquait cette journée. Les mots, les phrases sortaient tout seuls, s'enchaînaient, comme doués d'une vie propre. C'était comme si le récit se faisait en dehors de lui. Il l'écoutait se dérouler. Il était étonné de la précision et de la vivacité des images. Il nota, avec une minutie extrême, comme si c'était quelqu'un d'autre qui parlait, le débit haché du narrateur, la succession des faits, des gestes, des événements, la tête penchée du greffier qui écrivait, le grattement de la plume sur le parchemin, l'immobilité du prévôt qui ne le quittait pas des yeux, son attention aiguë.

Gottfried le laissa parler. Cela dura un temps infini. Le silence était retombé depuis longtemps déjà que l'air vibrait encore des échos du récit de frère Bernard.

La voix de Gottfried retentit, incongrue :

— Vous nous dites donc, frère Bernhard, que Marie Rothkreuz était juive ?

Le moine inclina la tête.

— Personne, à part vous, n'est informé de son origine ?

— Peu de gens le sont. Je l'ai tenue secrète.

— Son mari la connaît-il ?

— Je ne sais.

— Quand avez-vous parlé pour la dernière fois à la victime ?

— C'était peu avant son mariage.

— Dans quelles circonstances ?

Le moine ne répondit pas. Le prévôt dut réitérer sa question.

— Je lui avais demandé un entretien. Elle me l'accorda. Je la rencontrai chez elle.

— Chez elle, c'est-à-dire dans la propriété des Kaltenbach où elle logeait à ce moment-là ?

— Oui.

— Pourquoi vouliez-vous la voir ?

Nouveau silence.

— Vous vouliez peut-être la dissuader d'épouser Antoine Kaltenbach ?

Le moine hocha la tête.

— Et peut-on savoir comment vous vous y êtes pris ?

Nouveau silence.

— Permettez-moi une supposition : peut-être l'avez-vous menacée de révéler son origine ?

Le moine baissa la tête.

— Peut-être n'était-ce pas la première fois que vous la menaciez ?

Frère Bernhard revit en un éclair l'entrevue orageuse au béguinage, d'où il était sorti tremblant et vaincu. Oui, il l'avait déjà menacée.

— Et pourquoi donc n'avez-vous pas mis à exécution votre menace ?

Le moine répondit, accablé :

— Cela lui était indifférent.

— Vous voulez dire qu'une éventuelle rupture avec son fiancé ne lui importait pas ?

Gottfried Bucher reprit :

— Vous avez donc gardé le secret.

Comme le dominicain ne répondait pas, Gottfried suggéra doucement :

— Peut-être avez-vous tout de même informé quelqu'un ? Son futur mari, par exemple ?

Une fois de plus, il n'y eut pas de réponse.

— Comment l'avez-vous informé ? De vive voix ? Non, je pencherais plutôt pour un billet que vous avez dû lui faire tenir par un novice ? Oui ? Et quelle fut sa réponse ?

— Il m'a fait convoquer à l'hôtel des Kaltenbach. Et il m'a menacé à son tour : si cette information était divulguée, il avait les moyens de me faire regretter toute ma vie mon indiscrétion.

— Frère Bernhard, pensez-vous qu'Antoine Kaltenbach a tué sa femme ?

Le moine sursauta. La tentation revint, puissante, de faire accuser son rival détesté. Cependant il savait pertinemment que cet homme n'était pour rien dans la mort de Marie. Il répondit :

— Je ne sais.

La question suivante le frappa de plein fouet :

— Frère Bernhard, avez-vous tué Marie Rothkreuz ?

La douleur remonta du plus profond de lui-même, comme une vague irrésistible, qui le balaya. Il en eut le souffle coupé. Gottfried nota sa pâleur accrue, le tremblement de ses mains qu'il serrait à en faire blanchir les jointures, ses épaules qui s'affaissaient. La posture du vaincu, songea-t-il. Il attendit. Puis il reposa, doucement, cruellement, sa question.

Frère Bernhard, du fond de son angoisse, priait et les mots, encore une fois, échappaient à son contrôle, douleur et détresse et remords mêlés. *Miserere ! Qu'ai-je fait, Seigneur ? Pour Votre gloire, Votre unique gloire ! Est-il possible que voulant la faire vivre, je l'aie tuée ? Miserere !*

Les lèvres du moine remuaient, mais aucun son n'en sortait. Gottfried l'observait, comme le chat épie la souris, tous ses sens en éveil. Il perçut, plusieurs fois, l'appel à la miséricorde divine. Il fit enfin signe au greffier, et congédia le prêtre.

— Je vous remercie, frère Bernhard. Il est probable que j'aurai à nouveau besoin de vos lumières. Que Dieu vous garde !

Mercredi 19 février 1365

Assis à sa place habituelle, derrière la grande table qui occupe presque tout l'espace du cabinet attenant à la grande salle, Gottfried Bucher récapitule dans son esprit les faits et les maigres éléments en sa possession. Deux meurtres en quelques jours et pas le moindre suspect à l'horizon…

Un milicien frappe à la porte : une femme est là, qui demande à être entendue à propos de Marie Kaltenbach. Le prévôt fait signe de l'introduire. Une femme d'âge mûr entre ; son épais manteau de laine bordé de fourrure, son maintien assuré dénotent une bourgeoise aisée. Elle est agitée et, d'emblée, explique qu'elle a entendu la nouvelle du meurtre, qu'elle est bouleversée, qu'elle a aussitôt voulu venir à la Pfalz, car elle a bien connu Marie, c'était son amie. Qu'est-il arrivé ? Qui l'a tuée ? Quel malheur ! Une si belle femme ! Juste au moment où la chance commençait à lui sourire ! Elle parle sans s'arrêter, en se tordant les mains et en triturant un fin mouchoir de soie, toujours debout, n'ayant même pas retiré son manteau. Gottfried interrompt courtoisement mais fermement ce flot de paroles :

— Veuillez vous asseoir, ma dame, et nous préciser vos nom et qualité.

La femme s'appelle Hildegarde Ringenbach. Elle est veuve depuis de nombreuses années et n'a pas d'enfants.

Après la mort de son mari, elle a décidé de se retirer pour quelque temps dans le béguinage sis derrière l'église Saint-Nicolas, sur la rive droite de l'Ill, où en compagnie d'autres femmes, veuves comme elle, elle se consacre au recueillement, à la prière et aux bonnes œuvres.

Un jour de l'an de grâce 1350 – c'était, elle s'en souvient, au début de l'année, au mois de janvier, il faisait un hiver glacial – était arrivée une toute jeune femme, amenée par un frère dominicain. Elle était extrêmement maigre, très pâle, et cependant d'une rare beauté. Elle semblait malade. Le dominicain la soutenait, la traînait même, sans lui, elle se serait assurément effondrée. C'était Marie. Dans les jours qui suivirent, la jeune femme resta alitée. Elle était prostrée, ne parlait pas, et semblait se désintéresser de tout. Elle, Hildegarde, avec quelques autres béguines, avait été émue par sa jeunesse, sa beauté et sa fragilité. Toutes se demandaient quel malheur avait bien pu lui arriver et se relayèrent à son chevet, lui parlant, la faisant manger, s'ingéniant à lui faire plaisir. La Grande Dame du béguinage leur avait confié que Marie était la cousine de frère Bernhard, le dominicain qui l'avait amenée, que ses parents avaient été assaillis de nuit dans leur logis et assassinés par une troupe de brigands venus les dévaliser et qu'elle était désormais seule au monde. Hildegarde avait été saisie d'effroi et confortée dans son désir de venir en aide à cette petite orpheline et de lui offrir l'affection qui lui avait été si horriblement retirée. Ses efforts, conjugués à ceux de ses compagnes, avaient, au fil des semaines, lentement porté leurs fruits : Marie avait doucement repris des forces et des couleurs. Un matin, par une journée de printemps, elle était sortie de son mutisme pour demander à Hildegarde de descendre avec elle dans le jardin. C'était la première fois, en trois mois, qu'elle parlait et les béguines, dans une belle unanimité, crièrent au miracle et s'adonnèrent à de ferventes actions de grâces.

Marie se réchauffait petit à petit au soleil de la vie et à la sollicitude bavarde et curieuse des femmes qui prenaient soin d'elle. Elle souriait quelquefois. Mais elle ne répondait jamais aux questions, les esquivant ou opposant un silence épais à la curiosité en éveil autour d'elle. Frère Bernhard, aux dires de la supérieure, demandait de ses nouvelles et s'enquérait de sa santé, mais il n'était, jusqu'ici, jamais venu lui rendre visite. Sans doute était-il offusqué, comme nombre de moines, par l'autonomie insolite des béguines, qui ne dépendaient d'aucune autorité ecclésiastique et avaient élaboré librement les règles de vie de leur communauté.

Gottfried écoute attentivement son récit, la coupant ici ou là, pour lui faire préciser un point ou s'assurer d'une date. Le greffier, la tête penchée, écrit, trempant à intervalles égaux dans l'encrier sa plume qui court sur le parchemin, produisant un grattement régulier et rassurant.

Une année et demie passa ainsi. On était à présent en été de l'an de grâce 1351. La Saint-Jean et ses feux de joie approchaient. Hildegarde et ses amies entraînèrent Marie aux festivités qui remplissaient la ville de musique, de chants, de processions et de défilés et le soir, elles allèrent assister à l'allumage des pyramides de brindilles et d'ajoncs que les enfants aidés par les artisans avaient empilées sur les places. Des rondes endiablées s'étaient déjà formées autour de ces entassements et l'on attendait avec impatience les exploits des jeunes gens qui sauteraient par-dessus les flammes pour se prémunir contre les tours de reins et pour être assurés de se marier dans l'année. La joie était contagieuse, on chantait, on dansait, on applaudissait et on ne lésinait pas sur la bière, ni même sur le vin. Soudain, Hildegarde s'avisa que Marie n'était plus à côté d'elle. On la chercha dans la foule. Elle était rentrée au béguinage et était étendue dans son lit, fiévreuse et agitée. Elle délira deux jours durant. Quand elle parut rétablie, elle dit qu'elle s'était brusquement sentie très mal et qu'elle n'avait pas voulu gâcher la fête. L'incident fut vite oublié.

C'est au cours de ce même été 1351 que Marie avait été l'objet d'une cour assidue de la part d'un jeune homme de famille noble, Antoine Kaltenbach. Le jeune homme lui faisait tenir des billets par la portière du béguinage. Marie descendait alors au jardin où on la voyait se promener en sa compagnie. Hildegarde enviait la jeunesse et la beauté de sa jeune amie. Pour elle, c'était trop tard. À ce qu'elle pouvait voir, c'était le jeune Kaltenbach qui parlait, avec de grands gestes, se tournant vers elle parfois, le visage plein de passion. Marie marchait calmement à côté de lui, s'arrêtait quand il l'interpellait avec feu, puis repartait. Les visites d'Antoine devinrent plus fréquentes. Un soir, il était venu la chercher et les béguines, tête contre tête derrière leurs fenêtres, l'avaient regardé tandis qu'il aidait la jeune femme à monter en selle avant de se hisser à son tour et de lancer sa bête au trot sur le chemin de halage le long de la rivière. Marie était revenue tard dans la soirée, passant par la poterne du jardin et rentrant sans bruit au logis.

Puis ce fut l'automne. Vers la Toussaint, par un temps de pluie et de vent, frère Bernhard était venu au béguinage et, l'air sombre, avait tenu à s'entretenir avec sa cousine. L'entretien avait été orageux, le dominicain en était sorti à grands pas furieux et Marie, une fois de plus, n'avait rien raconté.

Elle, Hildegarde Ringenbach, était, comme ses compagnes, intriguée par le silence de Marie sur son passé. C'était autre chose que de la discrétion ou de la réserve. Il y avait là, elle le sentait bien, un mystère. Un mystère qui aiguillonnait la curiosité des béguines, qui titillait de façon de plus en plus irritante leur désir de savoir. Elles émettaient des doutes sur la version que leur avait servie la Grande Dame, pressentant que le mur élevé par Marie autour de sa vie cachait autre chose. Elles imaginaient toutes sortes de réponses à ce mystère, à grand renfort de péripéties extraordinaires, un enlèvement, des pirates, une séquestration dans un château aux mains d'un seigneur maléfique ou à tout le moins violent et méchant. Et leur imagination galopait, nourrie aux récits légendaires sur Dietrich de Berne ou à ceux du *Livre des sept maîtres sages*. Quelquefois, fouettées par le mutisme de la jeune femme, elles osaient des questions directes. Marie souriait, répondait évasivement, disait que son histoire leur était connue et qu'elle n'avait rien à ajouter.

— Mais encore, suppliait Hildegarde, s'accrochant au mot « histoire », comment est-ce arrivé ? Pourquoi ta famille ? Où vivais-tu ? Qui étaient ces bandits ? Ont-ils été pris ?

Quand Marie était acculée ou lasse de la curiosité autour d'elle, elle répondait sur un ton qui interdisait toute autre question :

— Vous savez parfaitement ce qui s'est passé, la Grande Dame vous en a fait part dès que je suis arrivée ici. Laissez-moi retrouver la paix et ne m'interrogez pas plus avant.

Hildegarde s'est animée à son propre récit et ses yeux, tandis qu'elle raconte, brillent de l'intense curiosité d'autrefois. Gottfried prend plaisir à l'écouter. Il se surprend à penser qu'elle est bonne conteuse. Il lui demande, à ce moment de son récit :

— Qu'est-ce qui vous poussait alors, ma dame, à penser « qu'il y avait autre chose derrière le mur » ?

Hildegarde ne sait pas, elle n'a aucun élément rationnel sur lequel appuyer son intuition, elle « sent » simplement comme un obstiné bloc d'obscurité qui résiste.

L'hiver 1351-1352 fut particulièrement rude. La neige et la glace avaient pris leurs quartiers d'hiver dans la ville et la campagne environnante. L'Ill, en contrebas du quai Saint-Nicolas, charriait des glaçons et l'eau elle-même disparaissait sous une couche de glace sur laquelle, cependant, personne ne se risquait. Les pêcheurs et les bateliers étaient condamnés à l'inactivité. Dans les rues verglacées, revêtues d'une fine pellicule brillante et transparente, on ne s'aventurait que contraint par l'urgence, à pas prudents, attentif à ne pas glisser. Il n'était pas rare de voir un passant les quatre fers en l'air et les rebouteux, médecins et guérisseurs de tout poil avaient fort à faire pour soigner les entorses ou réduire les fractures.

Marie et ses compagnes sortaient peu, sinon dans le jardin dont elles arpentaient les allées givrées, respirant l'air glacé qui leur brûlait la gorge et se condensait en buée autour de leur bouche et de leur nez. La vie au béguinage laissait beaucoup de temps à la prière et à la méditation. La plupart des pensionnaires étaient des veuves, quelques-unes étaient célibataires. À la faveur de la solitude et en quête d'une spiritualité que ne satisfaisaient pas les formes de religiosité habituelles, elles avaient choisi de s'intégrer, pour un temps au moins, à une collectivité de béguines. Durant une heure de temps, matin et après-midi, elles s'isolaient dans leur chambre ou pour les plus fortunées, dans leur logis. Là elles s'abîmaient dans la prière, cherchant, à force de supplications et d'exercices spirituels, à quitter leur corporéité imparfaite et souffrante et à se fondre en Dieu dans une félicité où le manque serait aboli. Hildegarde, comme ses compagnes, lisait et méditait les œuvres de Mathilde de Magdebourg et de Marguerite Porete, auxquelles elle vouait une admiration et une confiance sans bornes. Celles-ci enseignaient à travers leurs écrits l'humilité et le bonheur de s'anéantir dans la volonté de Dieu et de s'oublier en Lui. Ni l'une ni l'autre, les béguines le savaient et se montraient donc d'une extrême prudence, n'était en odeur de sainteté : l'Église les avait accusées d'hérésie, avait mis à l'index leurs écrits et la seconde avait été brûlée à Paris quarante ans auparavant.

Marie, comme ses compagnes, s'isolait. Cependant, elle ne prenait pas part aux échanges de réflexions qui souvent en étaient le prolongement, se contentant d'écouter et ne manifestant aucune réaction. Elle allait incontestablement mieux. Mais elle restait d'une certaine façon inaccessible. L'hiver s'éternisait. Antoine Kaltenbach poursuivait sa cour obstinée, venant la voir à présent presque chaque soir, aucunement découragé, peut-être même stimulé, se permet de dire Hildegarde, par le silence et la réserve de la jeune femme. Hildegarde avait fini par ressentir comme une vraie douleur cette façon qu'avait Marie de s'absenter.

Le printemps, obstiné lui aussi, eut finalement gain de cause. Le froid céda peu à peu, à regret, en une défaite progressive, mais inéluctable. La douceur nouvelle de l'air, l'éclatement des bourgeons sur les branches encore nues, puis l'explosion brusque des frondaisons en bouquets de verdure odorante libérèrent les hommes de l'emprise de l'hiver.

Gottfried, sous le charme du récit d'Hildegarde et mécontent de lui, se secoue et lui demande un peu sèchement de s'en tenir aux faits et d'abréger sa narration.

Hildegarde reprend, déçue et froissée.

L'été qui suivit – en 1352, lui fait préciser le prévôt – Kaltenbach était venu prendre Marie, un soir de juin, et cette fois-là, la jeune femme n'était rentrée qu'au petit matin, passant une fois de plus par la poterne. Hildegarde l'avait guettée avec inquiétude une partie de la nuit. À son retour, soulagée et scandalisée, elle avait senti, sous la réprobation de façade, la morsure acide de la jalousie. Mais de cela, elle ne souffle mot à Gottfried Bucher…

Marie, une fois n'est pas coutume, était venue spontanément se confier à elle : Antoine l'aimait, il lui demandait sa main, il se faisait insistant. Marie hésitait. Elle avait peur. Elle ne savait pas ce qu'elle craignait. Rien ne changea, si l'on excepte le fait que Marie passa désormais avec lui deux ou trois nuits par semaine. La chose s'était sue dans le béguinage et, bien que la sympathie de beaucoup des femmes lui fût acquise, les commentaires des unes et des autres n'étaient pas toujours très indulgents, bien au contraire.

Au début de l'année 1353, Marie annonça un matin qu'elle allait quitter le béguinage. Kaltenbach voulait se fiancer officiellement et il l'installait dans une jolie petite maison, propriété de sa famille, derrière la place du Marché aux Chevaux. Il mettait aussi à sa disposition une servante. Marie quitta le béguinage à la mi-janvier. Hildegarde en fut chagrinée, bien plus qu'elle ne s'y attendait. Elle avait tenté de maintenir des relations mais celles-ci s'étaient, par la force des choses, espacées. Elle était restée sans nouvelles directes durant plusieurs années. Un jour de janvier 1360, elle avait été invitée, à sa grande surprise, ainsi que les autres béguines, au mariage, qui avait été célébré en grande pompe par l'évêque en personne, à l'église Saint-Nicolas, au milieu de festivités somptueuses auxquelles les Strasbourgeois avaient pris une part joyeuse. Les années avaient passé. Hildegarde pensait souvent avec nostalgie à Marie. Elle avait su qu'après plusieurs années, Marie avait eu un enfant, un garçon.

Et maintenant, Marie était morte ! Elle n'arrivait pas à y croire !

Hildegarde se mouche bruyamment, s'essuie les yeux.

Le greffier a relevé la tête. Le grattement de sa plume s'est arrêté et un silence incongru s'est installé.

Gottfried remercie Hildegarde de son témoignage.

Tandis qu'elle sort du cabinet, essuyant encore ses larmes, Gottfried la suit machinalement des yeux. Il devra entendre à nouveau Antoine Kaltenbach.

Mercredi 19 février 1365

On interrogea les domestiques des Kaltenbach.

Ils étaient encore sous le choc de la nouvelle, frappés de stupeur.

Gottfried avait dépêché à l'hôtel un homme du guet du nom d'Arnold Winter, avec mission de recueillir les témoignages des uns et des autres.

C'était un jeune homme à l'esprit aiguisé, doué d'un sens de l'observation peu commun. Il appliquait à merveille le conseil que Gottfried se plaisait à lui répéter : « Écoute, observe, laisse parler sans interrompre ».

Il écouta donc les cuisiniers, les marmitons, les servantes, les femmes de chambre, les valets d'écurie s'exclamer, s'apitoyer sur la pauvre Dame, si jeune, si belle, sur le petiot qui restait orphelin, sur le maître, comment allait-il supporter pareil malheur ? Arnold percevait sous l'authentique compassion une curiosité, une fascination même, la fascination de ceux qui s'approchent au plus près de la mort, qui en sentent le souffle implacable tout en étant à l'abri de son emprise glacée. Un jeune aide-cuisinier, récemment embauché, raconta que deux jours auparavant, la jeune dame était descendue de façon impromptue aux cuisines. Elle n'y venait jamais. Elle était très pâle, semblait souffrante. Ses cheveux étaient répandus en désordre sur ses épaules. Elle avait erré dans les cuisines. Aucun domestique n'avait osé lui adresser la parole. Elle semblait du reste ne voir personne. Et, chose qui avait effrayé le jeune garçon, elle parlait toute seule et ses phrases étaient aussi désordonnées que ses cheveux. Une servante dit alors qu'elle avait déjà vu auparavant la jeune dame errer dans les couloirs de l'hôtel, comme si elle s'était égarée dans une maison inconnue. Le petit cuisinier, s'enhardissant, ajouta qu'il l'avait entendue prononcer des mots incompréhensibles. Arnold demanda depuis quand elle était dans cet étrange état. Les domestiques se regardèrent. Une femme prit la parole. À sa poitrine généreuse, à ses formes pleines, le policier reconnut la nourrice.

— Depuis la naissance de son fils, répondit-elle.

Elle avait eu un accouchement long et difficile, poursuivit-elle, mais l'art de la sage-femme avait fait merveille et le garçon était sorti, un solide gaillard qui avait fait son entrée dans le monde en poussant un cri de colère. Les servantes souriaient d'aise à ce souvenir. La jeune mère s'était remise difficilement. Elle était restée alitée plusieurs semaines. Ses relevailles n'avaient pas encore été célébrées, trois mois après, car, disait son mari, elle était trop fatiguée. On ne l'avait guère vue ces mois-là. Le maître était soucieux. Et ses parents, qui occupaient la partie basse de l'hôtel, semblaient fort mécontents. Parfois des éclats de voix s'échappaient de leurs appartements et, plus d'une fois, on avait vu le fils sortir à grands pas furieux et monter s'enfermer dans son cabinet de travail. L'atmosphère n'était guère joyeuse ces derniers temps, soupiraient les domestiques. Sans doute à cause de la maladie de la pauvre dame, qui dépérissait.

Arnold, ayant longuement écouté les uns et les autres, demanda :

— Quelqu'un d'entre vous a-t-il vu ou entendu quelque chose le soir du 20 février ?

Encore une fois, les domestiques s'entreregardèrent. Une femme de chambre d'un certain âge répondit :

— La maîtresse est descendue vers le soir, il faisait sombre dehors, ce n'était plus l'heure de sortir. Je l'ai vue au pied du grand escalier. Elle m'a fait signe d'approcher. Elle m'a dit quelque chose à l'oreille. Je n'ai pas compris. Elle m'a demandé à voix très basse : « Est-ce que tu es juive ? » J'étais tellement tourneboulée que je lui ai répondu, sans même l'appeler ma dame : « Seigneur Jésus ! Moi ? Juive ? Bien sûr que non ! » J'ai pensé que, sauf votre respect, elle était devenue folle.

Arnold reprit :

— En fin de compte, est-elle sortie ?

— Oui.

— Où ?

— Je l'ai vue, par la fenêtre du premier étage, traverser la place en direction de la Haute-Montée.

— Quelqu'un de vous a-t-il une idée du lieu où elle aurait pu se rendre ?

Personne ne savait.

— S'était-elle disputée avec quelqu'un ce jour-là ?

— Pas ce jour-là...

— Un autre jour ?

Les domestiques s'entreregardèrent à nouveau. Arnold perçut clairement la question en suspens dans leurs regards : fallait-il parler ? Il les encouragea : leur réponse pourrait aider les gens d'armes à retrouver l'assassin.

La vieille femme de chambre reprit la parole :

— Il y a eu une querelle entre messire Kaltenbach et sa femme le soir d'avant, en tout cas j'ai entendu dame Kaltenbach pleurer comme une fontaine et le cœur me poignait à l'entendre...

La femme s'était interrompue. Arnold demanda :

— Pourquoi pleurait-elle ?

— Personne ne le sait. Elle était si triste depuis des semaines...

— À cause de son mari peut-être ?

— Il se tourmentait pour elle, il venait dans sa chambre dès qu'il rentrait du Conseil, il lui apportait des cadeaux, mais rien n'y faisait.

— Et ce soir-là ? Qu'a-t-il fait, tandis que sa femme pleurait si fort ?

La femme de chambre répondit d'une voix hésitante :

— Il a crié.

— Que criait-il ?

— Je n'ai pas voulu écouter...

— Mais vous avez entendu quand même : que criait-il donc ?

— Il criait : « Non ! C'est impossible ! » Et aussi : « Vous êtes folle, Marie ! Que Dieu vous prenne en pitié ! » Et... – la voix de la femme était devenue un murmure – je crois qu'il a pleuré lui aussi.

— Avez-vous souvenir de quelque chose qui se serait passé dans les jours ou les semaines précédents ?

Ce fut à nouveau la nourrice qui répondit, intimidée : elle raconta que, quelques jours auparavant – avant la dispute ? oui, avant – Marie Kaltenbach avait reçu dans sa chambre un dominicain. Elle était restée enfermée avec lui longtemps. Elle-même n'avait pas vu le moine repartir. Mais le petit cuisinier l'avait vu, lui, sortir de l'hôtel, il marchait lentement, d'un pas mal assuré, comme s'il se sentait très mal. Il avait tourné à gauche au bout de la place. Qui était ce moine ? Personne ne le connaissait. Arnold posa encore quelques questions, mais n'apprit rien de plus.

Mercredi 19 février 1365

Gottfried avait donc à nouveau convoqué frère Bernhard. Ce dernier n'avait pas dit tout ce qu'il savait. Il avait délibérément dissimulé à l'officier son ultime rencontre avec Marie, quelques jours avant le meurtre. Il avait en outre menti, prétendant qu'il l'avait vue pour la dernière fois peu avant son mariage, au début de l'année de grâce 1360. Pourquoi ce mensonge ? Que cherchait-il à cacher à la police ? Ou à lui-même ?

Le prévôt entra tout de suite dans le vif du sujet : pourquoi le dominicain avait-il tu l'entrevue qu'il avait eue avec Marie peu de temps avant la mort de la jeune femme ?

Frère Bernhard resta muet. Il s'était voûté davantage depuis la veille, pensa Gottfried. Ce dernier le considéra : il était assis, tête baissée, épaules remontées, roulé en boule comme un hérisson, un air de lassitude extrême répandu sur ses traits et dans son corps tout entier.

Gottfried reprit :

— C'était Marie qui avait demandé à vous voir ?

Le moine fit oui de la tête.

— Pourquoi ?

Comment dire à cet officier immuable, drapé dans sa quête de la vérité, ce qui s'était passé ce soir-là ? Comment trouver des mots pour rendre compte de l'effondrement du sol sous les pieds, du basculement du ciel et de la terre, de la prolifération du mal, de l'envahissement de la douleur, de la victoire de Satan ?

Il dit dans un murmure, sachant bien qu'il ne faisait que repousser l'instant de vérité :

— Elle voulait me parler.

— De quoi ?

Frère Bernhard se taisait toujours. Il se sentait pris dans un piège mortel. Il pensa au cerf que le seigneur d'Ottingen avait un jour lointain, souvenir indélébile du temps de son enfance, traqué, l'épuisant, l'acculant, lâchant ses meutes enragées contre lui. Pas plus que la bête aux abois, il n'avait la moindre chance d'échapper à la mort qui le guettait. Ni au châtiment dans l'autre monde. Tout était noir, sans la moindre lueur d'espérance. Il avait voulu agir pour la plus grande gloire du Seigneur, pour la plus grande gloire de notre Mère, la sainte Église. Il avait voulu sauver une âme, lui assurer, même malgré elle, la félicité et la vie éternelles. Mais sa bonne volonté et son intention louable avaient été, il ne savait par quel maléfice, déformées, perverties, jusqu'à devenir monstrueuses : voulant planter le verger de Dieu, il avait, sans le vouloir, semé les graines empoisonnées du mal et de la mort. Et pour comble de misère, il avait laissé pénétrer en lui, un serviteur de Dieu, un moine qui avait fait vœu de chasteté, un prêtre voué tout entier à l'amour exclusif de Dieu, il avait ouvert la porte à l'amour d'une femme, au désir de la chair détestable. Il avait trahi ses vœux, il avait trahi sa vocation et il était désormais en état de péché mortel.

Oui, comment parler de ce soir-là, de cette ultime rencontre avec Marie, du cauchemar qu'était devenue sa vie depuis et dont il porterait le remords jusqu'à son dernier souffle ?

Il vit les lèvres de Gottfried bouger.

— De quoi voulait-elle vous parler ?

Le dominicain devina plutôt qu'il n'entendit. Le policier répétait sa question, patient, obstiné. Il ne lâcherait pas sa proie avant d'avoir obtenu les informations qu'il voulait.

Frère Bernhard parla. En peu de mots. D'une voix basse. Rauque. Qui sortait de lui avec peine.

Marie l'avait mandé pour lui exprimer sa haine et son désespoir. Pour lui dire qu'elle regrettait de toute son âme de n'avoir pas su mourir comme ses parents, ses frères et ses sœurs. Qu'elle était accablée de remords qui ne lui laissaient pas de répit. Qu'elle ne se pardonnerait jamais d'avoir reculé devant la mort et d'avoir abjuré la foi de son peuple. Qu'elle voulait lui dire aujourd'hui, tant d'années après, qu'elle abjurait le baptême qu'il lui avait fait administrer, qu'elle reniait sa conversion, qu'elle n'avait jamais cru en la vérité de la foi chrétienne, qu'elle crachait sur le Christ et la Croix qui n'étaient que de viles et méprisables idoles, plus malfaisantes et cruelles que toutes celles qui les avaient précédées, qu'elle était et resterait juive et qu'elle était prête, désormais, à payer de sa vie sa fidélité à la foi de ses pères. Elle haïssait les chrétiens qui avaient fait tant de mal aux siens, qui les avaient contraints à choisir entre la trahison et la mort. Elle le haïssait, lui, qui avait été le complice de sa lâcheté, le responsable de sa traîtrise. Elle n'avait qu'un souhait, que Dieu la fasse mourir à l'instant et qu'elle expie ainsi son infamie.

Jeudi 20 février 1365 au matin

Gustav, l'apprenti de Johannes Herrmann, avait été très secoué par son interrogatoire, au matin de l'assassinat. Il avait eu le sentiment qu'on allait l'accuser du meurtre du boucher, et il se sentait pris au piège comme les bêtes qu'on menait à l'abattoir, meuglant leur épouvante. Les choses avaient pris un tour inattendu et effrayant. Quand l'officier au visage impénétrable et aux yeux fouineurs lui avait fait signe qu'il pouvait partir, il l'avait regardé, incrédule, n'osant croire qu'il allait vraiment être libéré. Après un instant d'hésitation qui n'avait pas échappé au policier, il avait bondi de sa chaise et avait pris ses jambes à son cou. Ce n'est qu'une fois dehors, alors qu'il s'éloignait en courant de la place Saint-Martin en direction de la rue des Bouchers et qu'il s'apprêtait à traverser le pont, qu'il s'arrêta net : où allait-il ? Pouvait-il encore retourner à la chambre sous les combles où il logeait, dans la maison de Johannes Herrmann ? Greta et Karl le laisseraient-ils entrer ? Il le fallait pourtant. Il devait aller prendre ses affaires, quelques vêtements, un crucifix auquel il tenait car c'était un cadeau de son grand-père, d'autres menus objets encore... Il pensa que peut-être la veuve du boucher lui demanderait de continuer à travailler avec Karl. Mais il ne voulait à aucun prix rester dans cette maison. Il voulait se sauver le plus loin possible. Il ne savait pas où. Il avait un bref moment songé à rentrer chez son père, avant de repousser aussi cette éventualité. Il marchait en longeant la rivière, préoccupé, anxieux, dans une extrême nervosité. Aucune solution ne se présentait à son esprit. Il fallait qu'il retourne à sa chambre, le temps de rassembler son petit bagage. À quel moment aurait-il le moins de risques de rencontrer Greta et Karl ? Julia aurait pu l'aider, mais elle n'était pas là. Les hommes du guet l'avaient cherchée toute la journée. En vain, bien sûr. Lui savait où elle se cachait chaque fois que Johannes ou Karl lui couraient après. Mais personne ne lui avait rien demandé. Et ce n'est pas lui qui aurait trahi sa cachette. Il la plaignait. Il revint à son problème : comment retourner à sa chambre sans être vu ? Il décida qu'il attendrait la tombée de la nuit. L'après-midi était déjà bien avancée. Il se trouvait à la hauteur de l'église Saint-Thomas. Il bifurqua sur la droite, quittant la rive de l'Ill, poussa le porche massif et pénétra dans la nef sombre et froide. Il n'y avait personne. Il avança, intimidé, écoutant le bruit de ses pas qui résonnaient sur la pierre, s'agenouilla devant l'autel, sous la croix majestueuse d'où le Christ dominait le sanctuaire. Il joignit les mains. Il lui sembla que Jésus tendait ses bras vers lui. Et soudain, à sa grande surprise, il éclata en sanglots. Ses larmes coulaient, intarissables, inconsolables, et il ne savait comment les arrêter. Des mots sortaient de lui en désordre, *doux Jésus, aidez-moi ! J'ai si peur ! Aidez-moi, aidez-moi…* Et il implorait, écrasé de solitude et d'effroi, s'étourdissant sous les mots infiniment répétés. Il se sentit soudain mieux. Et d'un seul coup il s'endormit, encore à genoux, les mains jointes, la tête sur la poitrine, immobile et muet comme l'une des statues qui veillaient, imperturbables…

Il fut réveillé en sursaut par les cloches qui sonnaient vêpres. Il se leva, transi, tandis que nonnes et prêtres investissaient l'église pour l'office du soir.

Il se hâta vers la rue des Bouchers. Parvint devant le logis de feu Johannes Herrmann. Feu Johannes... L'expression lui parut bizarre, un peu ridicule. Il y avait deux hommes du guet qui patrouillaient dans la rue. Il ne pouvait pas entrer sans être vu. Il resta à distance, se dissimula dans un coin. La nuit gagnait. Les hommes ne semblaient pas pressés de partir. Entrer sans se cacher, frapper à la porte ? Impossible. Mais alors, où aller ? Devrait-il passer la nuit dehors ? Ses pensées se brouillèrent à nouveau. Et la prière de tout à l'heure surgit une nouvelle fois dans sa tête : *doux Jésus, aidez-moi !*

Les passants se faisaient plus rares au fur et à mesure que l'obscurité s'étendait. Gustav n'avait pas bougé de sa cachette. Soudain une silhouette qu'il reconnut passa près de lui. Il sortit de son coin, la rejoignit. C'était Fritz, l'un des deux apprentis qui secondaient maître Niklaus. Il avait son âge. Il avait eu l'occasion de le rencontrer lors des festivités de la Saint-Jean ou encore dans les processions en l'honneur de saint Joseph, le patron des menuisiers, ou de sainte Odile. Plein d'espoir, il lui toucha l'épaule. Fritz sursauta, se retourna, le reconnut. Il accepta de le loger pour quelques nuits dans sa chambre, au dernier étage de la maison du menuisier. Gustav se sentit soudain délesté d'un poids immense et le suivit.

Il essaya encore, à plusieurs reprises, les jours suivants, de retourner dans sa mansarde. Sans succès. Fritz ne comprenait pas pourquoi il lui fallait se cacher pour récupérer ses biens. Gustav ne pouvait, bien entendu, pas lui donner d'explications. Trois jours s'étaient déjà écoulés depuis le meurtre.

Il sentait bien qu'il ne pouvait pas rester indéfiniment chez l'apprenti menuisier. Devait-il aller solliciter le patron de la corporation des bouchers pour trouver un autre travail ? Il se sentait perdu, ne savait plus comment se tirer de la situation dans laquelle il était pris.

Le 18 février au soir, alors que pour la centième fois, il s'approchait de la boucherie et, à l'abri d'un porche, surveillait la maison, il sentit soudain une main s'abattre sur son épaule, une main large et puissante et inamicale. Avant de se retourner, il avait compris : il reconnut un homme du guet. Il n'opposa aucune résistance. Il marcha aux côtés de l'homme qui le tenait solidement par le bras, escorté par un second homme. Sa tête était vide. Ses pas ceux d'un automate. Il ne vit rien, n'entendit rien, ni les regards étonnés ou hostiles, ni les commentaires moqueurs ou apitoyés. Et l'on arriva ainsi à la Pfalz.

Il reconnut l'officier qui l'avait interrogé quelques jours auparavant. Il ne ressentait rien qu'un grand vide. Son corps lui semblait appartenir à un autre. Il eut du mal à concentrer son attention sur les paroles que prononçait Gottfried Bucher. Il l'entendait par à-coups, ses propos comme striés par des plages blanches. Au bout d'un moment, il sentit qu'on l'emmenait. Il fut enfermé dans une petite pièce sans lumière, au sous-sol de la Pfalz. Il s'étendit par terre. Un sommeil épais et sans rêves s'abattit sur lui.

Gottfried considérait le gamin face à lui. Un gamin muet. Totalement amorphe. Qui semblait ne pas l'entendre. Qui ne l'entendait pas, comprit Gottfried. Quatorze ans au plus. Avec des traces d'enfance oubliées, dans un visage qui avait commencé sa mue vers l'âge d'homme. Un bref accès de pitié saisit le policier. Qu'il balaya d'un revers de la main, inhabituel chez cet homme si statique. On avait trouvé dans la chambre de ce gamin, en haut du logis de Johannes Herrmann, dissimulée dans sa paillasse, une bourse gonflée de pièces d'or. Gottfried se demanda pourquoi il n'avait pas ordonné de perquisition dès après le meurtre du boucher, quatre jours auparavant. D'autant que des rumeurs couraient depuis quelque temps, au poêle des bouchers, selon lesquelles Johannes, sous l'effet de l'alcool, avait plusieurs fois exprimé des craintes concernant un trésor caché que sa femme, son fils et ses domestiques cherchaient à lui voler. Ces rumeurs lui avaient été rapportées par un des membres de la corporation, un jeune apprenti qui venait de devenir patron. La perquisition avait été effectuée le matin même, après la découverte du corps de Marie Kaltenbach. Gustav avait été arrêté. Et il se trouvait là, face à lui, dans son bureau de la Pfalz, à la place précise où il avait déjà subi son premier interrogatoire. Mais il était inutile, Gottfried s'en rendit compte, d'insister. Il faudrait remettre cet interrogatoire à plus tard. La question qu'il fallait élucider, c'était de savoir si le vol était le mobile du meurtre, en d'autres termes, si le voleur était aussi, *ipso facto*, le meurtrier. C'était possible. Ce n'était pas sûr. Il fit conduire l'apprenti au sous-sol, en attendant qu'il soit en mesure de répondre.

Le lendemain matin, on fit chercher Gustav dans son sous-sol, on mit devant lui une tranche de pain noir avec un morceau de fromage et un pichet d'eau. Puis l'officier l'interrogea. Le garçon était plus calme. Il avoua tout de suite, avant même qu'on l'y invitât, le vol du trésor. Mais il se défendit avec véhémence d'avoir tué le boucher. C'était une chose de voler, c'en était une autre de tuer, que Dieu l'en préserve, et il se signait avec frayeur. Il avait plusieurs fois entendu Johannes quand il était saoul, évoquer son trésor, bien caché, disait-il avec un sourire content, bien malin qui le trouverait ! Et cela lui avait donné envie, justement, de chercher. Alors, il avait épié son patron. Particulièrement les soirs de beuverie, quand il rentrait ivre, mais encore assez lucide pour ne pas s'écrouler tout de suite. C'est ainsi qu'à la faveur de l'obscurité, il avait surpris la cachette : un creux dans le mur, dissimulé derrière le lit massif. Une nuit, il avait entendu l'homme heurter des meubles, renverser une chaise, jurer méchamment avant de tomber lourdement sur le sol. Le silence avait suivi, interrompu seulement par les ronflements de l'ivrogne. Il avait encore attendu, au cas, peu probable, où la femme arriverait, ce qu'elle ne faisait plus depuis que son mari l'avait sévèrement battue. Puis il était entré sans bruit par la porte restée entrouverte et tout avait été facile : la clef du coffret était par terre, tombée de la poche du boucher, il n'avait eu qu'à la ramasser, à l'introduire dans la serrure et à cueillir la bourse. Il avait refermé, reposé la clef à l'endroit où il l'avait trouvée, et s'était réfugié dans sa chambre. Combien de temps avant le meurtre ? Plusieurs jours, car il avait guetté chaque jour pour savoir si le vol avait été découvert. Personne n'en avait rien dit. Savait-il que s'il était coupable du meurtre, il serait pendu ?

L'enfant se mit à trembler, ses yeux se remplirent de larmes. Gottfried continua, l'observant toujours attentivement :

— Dis-tu la vérité ? Ou dois-je te faire mettre à la question ?

Le garçon s'effondra, en proie à une terreur qui le faisait bégayer.

Gottfried reprit :

— Comme tu le sais sans doute, nous recherchons Julia, la servante de Johannes Herrmann. Elle a disparu depuis plusieurs jours. As-tu une idée de l'endroit où elle pourrait se cacher ?

— Non.

Le garçon avait répondu dans un souffle.

— Est-il déjà arrivé auparavant qu'elle disparaisse ainsi ?

— Je ne sais pas.

Gustav était toujours sous le coup de la terreur.

— Comment était-elle traitée ? Le patron la battait-il, comme sa femme et son fils ?

— Oui.

— Souvent ?

— Quand elle essayait de se cacher.

— Pourquoi cherchait-elle à se cacher ?

— Il voulait coucher avec elle.

— Il la forçait ?

— Oui.

Gustav eut la vision rapide de Julia, paniquée, traquée, rejointe par le gros Johannes, qui la jetait par terre, l'écrasait de sa masse brutale et la pénétrait avec des halètements rauques de bête en rut.

Il ajouta presque malgré lui :

— Il n'y avait pas que lui.

— Qui d'autre ?

— Karl !

Le nom était sorti dans un cri.

— Ah ! Karl aussi !

Gottfried, à son habitude, était parfaitement immobile, son regard fixé sur le garçon face à lui. Mais ses pensées allaient bon train. Il y avait peu de chances que Gustav soit le meurtrier. Cependant, le prévôt n'avait pas de preuve du contraire, car Gustav pouvait fort bien avoir perpétré le crime avant de se rendre à l'échoppe, quand Karl s'y trouvait déjà. En dépit de sa menace, il n'envisageait aucunement de mettre à la question un gamin de cet âge, l'usage l'interdisait, et ce d'autant plus qu'il n'y avait pas le moindre indice susceptible d'étayer une telle accusation. Il libéra Gustav, non sans lui recommander de lui faire part de toute information qui viendrait à sa connaissance.

Le brûlement des Juifs

(3)

Lundi 9 février 1349

Peter Schwarber était arrivé à la Pfalz très tôt, ce lundi matin 9 février. En proie à l'insomnie, il s'était levé bien avant le lever du jour. Il avait passé une mauvaise nuit, s'endormant par à-coups et se réveillant en proie à des cauchemars pesants : des foules déchaînées hurlaient, des démons hideux et crochus cherchaient à lui crever les yeux et à l'entraîner avec eux. Sans cesse lui revenait à l'esprit, depuis la veille, son échec cuisant lors de la réunion de Benfeld. Il n'avait pas réussi à faire prévaloir son point de vue, celui, pensait-il, de la sagesse et de la modération. Il repassait dans sa mémoire, avec amertume, les interventions des notables présents : elles respiraient l'indifférence, la lâcheté, le conformisme, l'égoïsme et, plus que tout, un profond ennui. Tout cela avait tissé le linceul des Juifs de la ville. De cela, il était sûr, comme il l'était de la soif de pouvoir des artisans, qui ne s'étaient d'ailleurs pas privés d'exprimer leurs revendications. Les corporations étaient présentes au Magistrat, au Sénat, aux différents Conseils de la ville depuis la révolution qui avait chassé les nobles en 1332. Mais cela ne leur suffisait pas, ils voulaient plus à présent : leur appétit s'était aiguisé et ils réclamaient à cor et à cris une représentation accrue, conforme, disaient-ils, à leur poids réel dans la ville et à leur contribution à sa prospérité.

Oui, Peter Schwarber avait mal dormi, et il était rempli d'inquiétude. La Pfalz était sa seconde maison. Il s'y sentait bien.

Mieux que chez lui, il devait le reconnaître, car la rue des Armuriers, où il habitait, résonnait du matin au soir de grincements métalliques, de crissements stridents et de toutes sortes d'autres bruits plus disharmonieux les uns que les autres. Il était venu se réfugier ce matin-là dans le petit cabinet attenant à la grande salle de réunion, au premier étage, où il avait coutume de se retirer pour travailler et se concerter avec les deux Stettmeisters, le juge Jacob Sturm et Kuntz von Winterthur, un riche patricien, dont il appréciait l'expérience et la sagesse. Pour l'instant, il était encore seul. Ses deux collègues ne le rejoindraient que plus tard. La tête appuyée sur sa main gauche, le front plissé par une ride profonde qui s'était creusée là, au fil des jours et de leur pesant de soucis, il réfléchissait. Son regard faisait machinalement le tour de la pièce, se posait, sans les voir, sur les murs lambrissés de bois, sur la haute fenêtre avec ses vitraux enchâssés dans leurs compartiments de plomb, sur le plafond aux panneaux somptueusement décorés entre les arcs d'ogives qui les encadraient, sur le lourd coffre de bois sculpté où l'on enfermait les bannières, les sceaux et les clefs de la ville, sur les six chaises au dossier ajouré, rangées en bon ordre contre le mur qui lui faisait face, sur la table massive qui occupait la plus grande partie de l'espace. Il aimait ce lieu, où il pouvait, lui semblait-il, se soustraire à l'agitation furieuse du monde et veiller à la prospérité de sa ville, à son développement et au bien-être de sa population.

Pour l'heure, tout cela lui paraissait bien compromis. La réunion de Benfeld avait sonné le glas de ses illusions. Il y avait senti, dissimulé derrière l'indifférence, l'égoïsme ou l'ennui, derrière la ferveur religieuse et la haine obligée envers ceux qui avaient crucifié le Sauveur et s'obstinaient à refuser la Bonne Nouvelle, quelque chose d'implacable, qui n'avait à aucun moment été dit, mais qui n'en avait que plus de force et d'évidence, comme la charpente qui se dissimule sous un mur et qui, pour invisible qu'elle soit, n'en permet pas moins au mur de tenir debout. Et ce quelque chose, contre quoi il était impossible de lutter, c'était l'intérêt personnel et la cupidité. Berthold von Bucheck le premier, mais tous les autres aussi, avaient des dettes considérables à l'égard des Juifs. C'était un homme puissant ; Peter Schwarber se souvenait encore de son entrée dans la ville, il y avait plus de vingt ans de cela, en l'an de grâce 1328, lorsqu'il venait d'être nommé par le pape évêque de Strasbourg : ayant réussi, grâce à sa fortune, à évincer l'autre candidat au poste, il avait pénétré dans la cité en grande pompe, escorté par six cents chevaliers teutoniques tous revêtus de leur armure, tous fièrement campés sur des montures richement caparaçonnées. Le spectacle était impressionnant et les Strasbourgeois ne l'auraient manqué pour rien au monde. Mais personne n'avait été dupe : c'était une démonstration de force et un avertissement aux habitants, qui avaient parfaitement compris le message. Berthold était riche et puissant, mais son train de vie était tel que sa fortune fut insuffisante à l'assurer. Il avait, entre autres fantaisies, tenu à faire édifier, neuf auparavant, dans le bas-côté sud de la cathédrale, une chapelle dédiée à sainte Catherine qui serait un jour sa sépulture. Il emprunta donc aux Juifs, qui, seuls, étaient autorisés à exercer les métiers de la banque, puisque le prêt d'argent était formellement interdit aux chrétiens. Autorisation dégoulinante du mépris dans lequel étaient tenus aussi bien les Juifs que le commerce de l'argent. L'évêque emprunta des sommes considérables. Les Juifs anéantis, il était ipso facto *débarrassé de ses dettes. C'était aussi le cas de la plupart des assistants présents à la réunion de la veille. Que peut le discours raisonnable contre l'intérêt personnel bien compris de ceux qui auraient dû, pensait avec amertume Peter Schwarber, faire passer l'intérêt collectif avant le leur propre ? Il avait tenté de mettre en avant l'intérêt de la ville, de montrer que celle-ci avait besoin des Juifs pour continuer à se développer, qu'elle ne pouvait se passer des impôts et des taxes substantiels qu'ils lui versaient, mais ses arguments étaient tombés dans l'oreille bouchée de tous ceux qui s'étaient faits sourds pour l'occasion – il n'est pire sourd que celui qui ne veut entendre, c'est bien connu.*

Peter Schwarber soupira. Il se tramait quelque chose de terrible, contre quoi il se sentait impuissant. Il pensa à la famille de Reb Abraham, avec sa femme et ses quatre enfants. Ils habitaient, comme la plupart de leurs frères, dans la rue des Juifs, à l'étage d'une maison dont le rez-de-chaussée était occupé par un marchand de vin. C'était un homme discret, qui passait tout son temps libre à étudier et à prier dans la synagogue à deux maisons de là. Il vivait, comme tant d'autres, du prêt d'argent. Quel autre métier, d'ailleurs, aurait-il pu exercer, quand la plupart des professions étaient interdites à ceux de son peuple ? Ils ne pouvaient ni posséder ni cultiver de terres, ni être artisans, puisque l'accès aux corporations leur était fermé. Reb Abraham, comme les autres, venait à la Pfalz une fois par an, vers la Saint-Jean, pour s'acquitter des droits qu'il était tenu de verser à la ville en échange de la protection que celle-ci lui garantissait. La protection qu'elle lui garantissait ! Reb Abraham, comme ses frères, payaient en échange de la trahison que la ville de Strasbourg allait commettre à leur égard ! La honte le submergea.

La porte s'ouvrit et la carrure puissante de Jacob Sturm s'encadra dans l'embrasure. Un courant d'air froid s'engouffra dans la pièce. Le juge entra et se dépêcha de refermer la porte. Il s'avança en faisant craquer le plancher, retira son chapeau et son épais manteau de laine bordé d'hermine blanche, les déposa sur le coffre et fit le tour de la table pour venir s'asseoir à côté de Peter Schwarber. Au même instant, la porte s'ouvrit une deuxième fois et Kuntz von Winterthur pénétra à son tour dans le cabinet. Il était moins imposant que ses deux collègues, plus petit et plus trapu. Mais son visage ouvert pétillait d'intelligence. Lui aussi referma immédiatement la porte, posa son chapeau et son manteau sur le coffre, à côté de ceux de son collègue, prit au passage une chaise et rejoignit les premiers arrivés. Les trois hommes se saluèrent chaleureusement. Ils étaient visiblement unis par une vieille complicité née de leur travail en commun et de leur identité de vues sur l'avenir de la ville, auquel ils se vouaient avec ardeur et efficacité.

Ce fut Kuntz von Winterthur qui parla le premier :

— Alors ? C'était un échec hier ! Mais, Peter, c'était à prévoir, nous en avions longuement discuté.

— Que pouvons-nous faire ? Allons-nous laisser massacrer les Juifs sans rien tenter ?

— Nous ne sommes que trois, répondit Jacob Sturm, tous les autres ont pris position contre nous…

— Et nous savons bien, renchérit Kuntz, que la ville gronde de partout : tout se ligue contre les Juifs, la peste et la panique qu'elle engendre, les prêches de l'évêque qui entretient soigneusement la plaie de la Passion de Notre-Seigneur et la culpabilité des Juifs perfides, la pauvreté des petites gens, les dettes que tous ont à leur égard !

— J'ai entendu, reprit Peter Schwarber, que des énergumènes parcourent les rues et les marchés ; ils racontent que Dieu leur est apparu sous les traits d'un ange majestueux ; celui-ci leur aurait montré une lettre qui s'est inscrite en lettres de feu sur le ciel. Des dizaines de badauds sont suspendus aux lèvres de ces agitateurs.

— Et que disait cette lettre ? demanda Sturm avec curiosité.

— Que la peste est le châtiment de tous ceux qui ont jadis conclu une alliance contre Armleder et l'ont empêché de réaliser le dessein de Dieu : exterminer les Juifs !

— Exactement ce que hurlait Johannes Betschold hier !

— Oui, Kuntz, et la lettre ajoutait, selon ces fous, qu'eux-mêmes sont chargés de transmettre ce message au peuple, afin que celui-ci mène enfin à bien la mission que les puissants corrompus avaient fait échouer. C'est à cette seule condition que le courroux divin s'apaisera.

Peter Schwarber eut un rire sans joie.

— Cela me rappelle quelque chose, reprit Sturm : ces énergumènes ne seraient-ils pas les émissaires des Flagellants ?

— Les Flagellants ?

— Oui, Peter, les Flagellants : nous n'en avons pas encore vu à Strasbourg, Dieu merci, mais j'en ai entendu parler par un de mes amis qui a récemment séjourné chez moi. Il m'a rapporté qu'il y a quelques mois, des processions d'hommes avaient soudain déferlé à Francfort ainsi que dans d'autres villes de l'Empire, prêchant le repentir et la soumission à Dieu pour qu'Il accepte d'apaiser Son courroux. Ces hommes, habillés de haillons et couverts d'affreuses cicatrices, se traînent sur les genoux d'une église à l'autre, en psalmodiant des hymnes et des supplications ; ils se rendent ensuite sur une grande place, devant une église, forment un cercle, dénudent le haut de leur corps et se flagellent sauvagement, en chantant de plus en plus frénétiquement. C'est un spectacle, m'a dit mon ami, effrayant... et contagieux : car de la foule qui les contemple, fascinée, se détachent l'un après l'autre des hommes qui rejoignent le cercle, se dénudent à leur tour et se flagellent, jusqu'à entrer en transe. Quand ils cessent, épuisés, tous sont

couverts de sang et de plaies et ils repartent, leurs rangs grossis de nouveaux adeptes, pour s'arrêter dans une autre ville.

—Il ne nous manquerait plus que cela, murmura Peter Schwarber, accablé.

—Même sans les Flagellants, reprit Kuntz von Winterthur, la situation est périlleuse : les corporations bouillonnent, surtout, comme toujours celles des bouchers et des tanneurs, mais les autres ne sont pas en reste et les réunions, dans les poêles, sont houleuses. Et l'agitation gagne de jour en jour...

— Ce Johannes Betschold est particulièrement virulent, continua Jacob Sturm : il jette de l'huile sur le feu partout où il passe, réclame à cor et à cris le pouvoir pour les corporations, fait courir les pires bruits sur les Juifs, les accuse bien sûr d'avoir fomenté la peste et de la répandre dans le monde entier, pousse les artisans et les gens du peuple à la vengeance. Cet homme va mettre Strasbourg à feu et à sang si nous n'y mettons pas bon ordre...

Peter Schwarber voulut répondre, mais au même moment, on entendit, dans la rue, une clameur qui allait en s'amplifiant : les trois hommes se précipitèrent à la fenêtre, qu'ils ouvrirent : sur la place Saint-Martin, devant l'entrée de la Pfalz, au pied de l'escalier des Zorn, plus précisément, un groupe d'hommes vociférait avec de grands gestes en direction du premier étage. Des miliciens de garde leur barraient le passage. Les hommes criaient de plus en plus fort : ils voulaient entrer, ils devaient rencontrer les Meisters, et tout en s'égosillant, ils s'efforçaient de repousser les hallebardes que deux des gardes avaient croisées devant eux pour leur interdire l'entrée.

Sturm referma la fenêtre. Au bout de quelques instants, la clameur avait gagné l'escalier : les hommes avaient réussi à forcer le barrage, ils montaient maintenant à grand fracas, et sans même prendre la peine de frapper, ils se ruèrent dans le bureau. La pièce était petite. Les intrus s'agglutinèrent en un groupe compact, remplissent tout l'espace entre la porte et la table.

Peter Schwarber, Kuntz de Winterthur et Jacob Sturm leur firent face de l'autre côté de la table, droits, dignes, immobiles. Les intrus, rouges et haletants, se turent, peut-être impressionnés malgré eux par le calme des Meisters. Il y avait là Johannes Betschold, le chef de la corporation des bouchers, Johannes Hermann, son second, Paulus Fricker et Jacob Graber, les délégués des tanneurs, et quelques autres, que les Meisters reconnurent comme des représentants des bateliers, des épiciers et des serruriers. C'étaient visiblement les bouchers et les tanneurs qui menaient l'affaire.

Betschold s'avança : c'était un gros homme à la face brutale et rusée, avec de petits yeux étonnamment mobiles. Peter Schwarber ne lui laissa pas le temps de parler. Il l'apostropha d'une voix dure :

— Qui vous a autorisés à entrer ? De quel droit forcez-vous le passage en faisant fi des ordres des miliciens ?

Si le boucher fut un bref instant désarçonné par le ton du Ammeister, il eut vite fait de reprendre son assurance.

— Du droit du peuple de Strasbourg ! Nous sommes mandatés par les corporations et c'est en leur nom que nous sommes ici.

— Que voulez-vous ? La voix de Peter Schwarber était glaciale, cinglante comme la bise d'hiver. Le boucher ne se laissa pas démonter, le regarda avec arrogance et répondit :

— Qu'on arrête tous les Juifs !

— Quel crime ont-ils donc commis ? Ont-ils rançonné des voyageurs ou pillé des marchands ou assassiné des passants au coin d'un bois ?

À la question ironique du juge Sturm, Betschold s'étrangla de rage. Un gros homme, dont le visage rougeaud trahissait *un penchant un peu trop poussé pour le vin, fit un pas en avant, s'appuya des deux mains, des mains énormes, sur la table et, se penchant d'un air menaçant, éructa à l'adresse des trois Meisters :*

— Ne faites pas semblant de ne pas savoir ! Ce sont eux qui ont propagé la peste ! Eux qui ont empoisonné les puits ! Ne voyez-vous pas qu'ils sont épargnés tandis que les chrétiens meurent ? Ils l'ont avoué ! Ils veulent notre mort ! Nous demandons qu'ils soient arrêtés et châtiés comme ils le méritent !

Ce fut au tour de Winterthur de prendre la parole :

— Johannes Betschold, Johannes Herrmann, je vous connais, vous êtes des hommes intelligents, vous avez de grandes responsabilités, comment pouvez-vous accorder foi à des racontars aussi stupides...

Des exclamations furieuses lui coupèrent la parole... Des invectives fusaient, le brouhaha était indescriptible. Puis une voix émergea, dominant le tumulte ; l'un des tanneurs apostrophait rudement les magistrats : les Meisters étaient bien les seuls dans toute la ville à prendre la défense des Juifs, ces maudits que Dieu avait réprouvés, qui détruisaient les saintes hosties, qui tuaient les pauvres petits enfants afin d'utiliser leur sang pour faire leurs pains azymes ! Et qui, maintenant, avaient fait en sorte que la chrétienté tout entière soit décimée par la peste !

Un coup de poing magistral sur la table interrompit la diatribe du tanneur et fit sursauter tous les assistants : Peter Schwarber mit à profit le silence brusquement revenu. Il avait une voix puissante et expressive et son talent d'orateur n'était pas pour rien dans le respect qu'on lui portait au sein du Magistrat et dans les autres cercles où il évoluait. Il tenta d'opposer la raison à la passion, de démontrer l'inanité des accusations portées contre les Juifs, de mettre en avant l'intérêt collectif, de jouer sur le sens moral de ses interlocuteurs. Rien n'y fit : la haine déferlait, comme une lame de fond, irrésistible, emportant toute autre considération sur son passage ; seule, elle aurait déjà suffi, largement, à mettre en branle la machine du massacre ; alliée à la cupidité de tous ceux pour qui la mort des Juifs était le moyen rêvé d'être délivré des créances qui pesaient sur eux, elle ne pouvait être qu'invincible. Et le discours apaisant du Meister se termina dans le vacarme des protestations et des cris. Kuntz de Winterthur prit, à son tour, la parole : son âge, son expérience, sa richesse, son statut en imposaient. Mais à peine eut-il commencé à parler, faisant appel au sens des responsabilités des artisans, qu'une voix, au sein du groupe, l'interrompit avec hargne :

— Tu ne représentes pas les gens de Strasbourg ! Toi et tes pareils, vous accaparez le pouvoir ! Il est temps que cela change !

— Il a raison ! Les corporations sont exclues des Conseils !

— Les artisans travaillent à la prospérité de la ville bien plus que les bourgeois, il est juste qu'ils soient associés aux commandes !

Une clameur s'éleva. L'hostilité était palpable. Le ton montait, les accusations se faisaient de plus en plus dures, les revendications de plus en plus âpres. En vérité, les bourgeois de la Pfalz étaient vendus ! Ils devaient désormais, de gré ou de force, laisser la place aux artisans !

L'un des tanneurs lança sur un ton goguenard :

— Combien les Juifs vous ont-ils payés pour trahir les bons chrétiens ? Allons, dites-le ! Nous ne vous ferons aucun mal, c'est juré ! Vous pourrez ensuite quitter tranquillement la Pfalz et nous céder la place !

C'est alors que le juge Martin Sturm, qui était peu intervenu jusque-là, frappa à son tour du poing sur la table, avec une telle *force qu'une écritoire fut projetée en l'air et retomba bruyamment. Sturm cria d'une voix de stentor :*

—En voilà assez ! Gardes ! Arrêtez-les ! Menez-les à la Tour du Bourreau, cela leur mettra un peu de plomb dans la cervelle !

Une dizaine de miliciens, en faction à la porte, pénétrèrent dans la salle, immobilisèrent les rebelles et voulurent les entraîner dans l'escalier. Betschold fonça, tête en avant, et jouant des poings, se fraya un passage à travers le groupe des policiers. Profitant de la bousculade, Paulus Fricker se dégagea d'une bourrade et, glissant comme une anguille entre les gardes et les rebelles, il se précipita dans l'escalier, sauta les marches et disparut, échappant ainsi à l'arrestation. La fuite des deux hommes fut lourde de conséquences.

Lundi 9 février 1349 après-midi

Le chantier de la cathédrale est silencieux : maçons, charpentiers, tailleurs de pierre, sculpteurs l'ont déserté et se sont joints à la foule des artisans qui se déverse sur le parvis de la cathédrale. Depuis la fin de la matinée, un mouvement ininterrompu d'hommes revêtus des insignes de leur corporation s'est porté vers la place. Les tanneurs sont arrivés les premiers, rapidement rejoints par les bouchers, venus en force, puis le flux des arrivants s'est fait plus dense. C'est le milieu de l'après-midi. Il fait froid. Un ciel gris et bas pèse sur la ville. Nul soleil pour réchauffer les corps et les cœurs. Les hommes se sont groupés autour des bannières de leur corporation et, tandis que de nouveaux arrivants ne cessent de grossir les rangs de la foule massée devant le portail d'honneur, les premiers flocons de neige se sont mis à tomber. La foule des artisans est houleuse. Des remous la traversent, l'agitent en tous sens, elle oscille au gré des rumeurs qui la parcourent, des nouvelles qui circulent, des bruits qui se propagent, des invectives qui commencent à gronder.

Paulus Fricker n'a guère perdu de temps. À peine s'est-il échappé de la Pfalz ce matin, que, de concert avec Johannes Betschold, il s'est précipité au Fossé des Tanneurs, afin d'ameuter tout le quartier. Bouchers et tanneurs, échauffés par l'arrestation de leurs pairs, se précipitent hors de leurs ateliers, informent au passage les parcheminiers, les foulons, les meuniers. D'un quartier à l'autre, le mot d'ordre est relayé : tous à la cathédrale ! Et bientôt, les rues sont pleines d'artisans qui affluent de tous les coins de la ville, bateliers, pêcheurs, bouchers, orfèvres, armuriers, serruriers, forgerons, tisserands, teinturiers, sortis à leur tour de leurs logis, de leurs ateliers, de leurs échoppes pour se joindre au troupeau humain qui déboule au pas de course en direction du chantier de la cathédrale.

La place est noire de monde. Au-dessus des têtes, on distingue les taches colorées des bannières, autour desquelles les artisans sont regroupés. La neige tombe maintenant sans discontinuer en flocons épais qui se posent sur les manteaux, les capuches, les têtes nues, qui assourdissent les sons, qui couvrent le sol, les toits, les guérites des ouvriers, d'une couche uniformément blanche et confèrent à la scène quelque chose d'irréel. Les hommes sont pressés les uns contre les autres. La foule bruit, des appels s'entrecroisent, des voix grondent, des slogans jaillissent, d'abord espacés, hésitants, puis s'enflent et s'affermissent.

Et soudain, le silence se fait.

Johannes Betschold, connu pour sa force et sa haine des Juifs, s'est hissé sur une table de fortune – une planche que l'on a jetée sur des tréteaux – et il s'adresse aux artisans serrés en une masse compacte. Sa voix, vibrante de colère et d'indignation, retentit d'un bout à l'autre de la place, comme un roulement de tonnerre.

« Compagnons des corporations de notre ville, vous avez tous répondu à mon appel ! Vous êtes venus ici d'un seul mouvement parce qu'une félonie a été commise ce matin par les bourgeois du Conseil ! Une délégation d'artisans s'était présentée à la Pfalz pour exiger que les Juifs soient enfin arrêtés et emprisonnés.

N'est-ce pas le devoir des Meisters d'empêcher les ennemis de Dieu de nuire aux chrétiens et de protéger la santé et la vie des Strasbourgeois ? Car chacun sait que ce sont eux, les Juifs maudits, qui empoisonnent nos puits et nos sources et qui propagent la peste. Mais ces messieurs de la Pfalz, par honteuse traîtrise, au lieu d'arrêter les Juifs perfides qui complotent contre nous, ont pris leur parti, le parti de nos ennemis, et ont emprisonné à leur place tous les délégués des corporations, vos délégués, des artisans comme vous, vos compagnons, vos amis ! Tous, sauf moi-même ! Tous, sauf le brave Paulus Fricker ! Paulus, de la corporation des tanneurs, s'est comporté comme un fils de l'Église, comme un bon Strasbourgeois, comme un homme courageux ! Car ni l'un, ni l'autre, nous ne nous sommes laissés faire ! Nous nous sommes enfuis et nous avons couru vous alerter sans retard. »

Tandis qu'il harangue son auditoire, depuis sa position en surplomb, il voit soudain déboucher de la rue Mercière, qui lui fait face, un contingent d'hommes en armes, richement vêtus, casque en tête et épée au côté. Ils sont une cinquantaine, avancent en rangs serrés, d'un pas qu'ils veulent sonore et martial, et se massent sur le côté sud de la place, auprès de la foule des artisans, mais en formant un groupe séparé. Betschold a reconnu, en tête du groupe, les Zorn et les Mullenheim, mais aussi des membres des familles Kalb, Knobloch, Kuntzman et d'autres… Ainsi, la noblesse a décidé de faire alliance avec les corporations ! Betschold est ivre de joie et d'orgueil ! Tandis que les artisans saluent leur arrivée par des acclamations, le boucher poursuit son discours.

« En vérité, ce qui s'est passé aujourd'hui est la goutte qui fait déborder le vase ! Depuis combien de temps nous, les artisans, sommes-nous écartés des Conseils de la ville ? Depuis combien de temps sommes-nous traités avec mépris par les Meisters ?

En vérité, ils nous écartent comme ils ont écarté, il y a dix-sept ans, les nobles, pour accaparer le pouvoir entre leurs seules mains. N'avons-nous pas, tout autant et plus que les bourgeois, notre mot à dire ? C'est grâce à notre travail que la ville s'enrichit, que les marchands peuvent commercer et faire rentrer l'argent dans les caisses ! Qui nourrit la population ? Qui construit les bateaux qui remontent le Rhin chargés de peaux, de vin, de tissus ? Qui fabrique les tonneaux qui servent à transporter le vin ? Allons-nous encore longtemps nous laisser évincer sans rien dire et baisser la tête quand on nous foule aux pieds ? Il est temps, artisans, de montrer notre force et notre détermination ! Les nobles strasbourgeois sont venus nous prêter main-forte ! Le moment est venu de chasser ces Meisters indignes de la fonction qu'ils prétendent assumer ! »

Une clameur unanime répond à l'orateur, des poings se lèvent, des cris fusent, la tension est palpable. Et les nobles joignant leur voix à celles des artisans, la place semble crouler sous un fracas d'orage.

Soudain, un mouvement se fait du côté de la rue Mercière, le grondement de la foule baisse d'un ton et les artisans en ébullition s'écartent pour faire place à une petite troupe d'hommes qui s'avancent résolument : chacun reconnaît Peter Schwarber, accompagné de Kuntz von Winterthur et de Jacob Sturm, et suivi de plusieurs membres du Conseil. L'Ammeister escalade à son tour l'estrade improvisée, se campe avec assurance aux côtés de Betschold stupéfait, parcourt de son regard pénétrant la multitude frémissante massée devant la cathédrale, s'attarde un instant sur les nobles chamarrés. Son calme et sa détermination semblent impressionner l'auditoire. Le silence se fait. Et la voix puissante du magistrat retentit.

« Vous êtes venus ici à l'appel des tanneurs et des bouchers. Vous avez entendu le discours de Johannes Betschold et écouté ses doléances. Je vous demande à présent, mes amis, en ma qualité d'Ammeister, de chef des corporations de notre ville de Strasbourg, de prêter l'oreille à mes paroles et de juger, en connaissance de cause, qui, de lui ou de moi, vous devez suivre.

« Voilà près d'une année que je suis à la tête du Conseil, une année durant laquelle j'ai consacré mon énergie, mon temps et aussi mon argent à administrer les affaires de la ville avec pour unique souci le bien de tous. Vous savez que je n'ai jamais rechigné dès lors qu'il s'agit de défendre les intérêts des artisans, les vôtres, et ceux de notre ville. Vous savez que j'ai toujours œuvré pour le bien de la collectivité. Qui donc a veillé sans relâche à préserver la place des corporations au sein du Conseil ? Qui a veillé avec une rigueur impitoyable à percevoir jusqu'au dernier sou les impôts de chacun ? Qui a veillé à entretenir de bonnes relations avec l'Empereur Charles IV, lui qui a fait de Strasbourg une ville libre et a cédé à notre ville ses droits sur les Juifs en même temps que les taxes qu'ils sont tenus d'acquitter ? Aujourd'hui nous devons affronter, de par la volonté de Dieu et à cause de nos péchés, un fléau terrible, qui a déjà ravagé de nombreuses villes de l'Empire et qui désormais menace notre cité. La seule manière de lutter contre le malheur qui nous guette, je vous le dis avec force et conviction, c'est de faire front ensemble, tous unis, de nous entraider, de prier pour le pardon de nos fautes, de faire pénitence, et non pas d'ajouter à nos péchés des péchés plus graves et inexpiables.

« Johannes Herrmann, Paulus Fricker, d'autres encore, affolent la population depuis de nombreuses semaines,

parcourant les marchés et les tavernes, colportant de fausses nouvelles. On veut vous faire croire qu'Armleder était un envoyé de Dieu : avez-vous donc oublié les exactions et les méfaits dont ce brigand s'est rendu coupable ? Un brigand de la pire espèce, qui terrorisait, torturait et tuait non seulement les Juifs, mais aussi les vilains de nos campagnes, les voyageurs et les pèlerins, avec une insatiable cruauté, ne faisant merci ni aux moines, ni aux vieillards, ni aux petits enfants. Un tel homme, mes amis, peut-il être l'envoyé de Dieu ? On veut vous faire croire que les Juifs sont responsables de la peste qui nous assaille. Allez-vous vous laisser abuser par des racontars stupides, sans l'ombre d'une preuve ? Pouvez-vous accorder foi à des contes qui n'abuseraient pas même un enfant ? On veut vous faire croire qu'il faut emprisonner et tuer les Juifs, qu'ainsi la peste s'arrêtera aux portes de la ville, que c'est la volonté de Dieu qu'ils soient anéantis. Mais qui remplira les caisses de l'Etat quand ils seront morts ? Comment notre cité pourra-t-elle se relever de cette perte ? Et Dieu peut-il vouloir que nous soyons parjures et que nous trahissions le serment que nous avons fait de concert avec les villes de Bâle, de Colmar, de Fribourg, de Francfort, de les protéger contre ceux qui s'attaqueraient à grande et injuste violence contre eux ?

« Je vous en conjure, Strasbourgeois, mes amis, ressaisissez-vous, ne tombez pas dans le piège… »

Peter Schwarber fut brutalement interrompu par des clameurs et des protestations violentes. Depuis un moment déjà, il sentait le silence se fissurer, l'agitation gagner, des murmures de plus en plus forts s'élever. Au moment où il prononça le nom d'Armleder, il perçut des jurons proférés à voix basse du côté des bouchers. Et quand il évoqua les Juifs, les invectives fusèrent de partout : on criait de plus belle à la trahison, tandis que Paulus Fricker, auréolé du prestige du héros, lui qui avait réussi à échapper à l'arrestation et avait appelé tous les artisans à l'émeute, hurlait des injures à l'adresse des bourgeois qui trahissaient le peuple. La noblesse en armes n'était pas en reste : Zorn et Mullenheim, pour une fois d'accord, étaient trop heureux de donner libre cours à leurs rancunes et hurlaient avec les loups. Johannes Betschold se hissa à nouveau sur la table et apostropha à son tour la foule :

« Vous avez entendu de vos propres oreilles les mensonges de ce traître ! Je vous l'ai dit et je le répète : les Meisters sont des vendus ! Comme Judas, ils nous ont trahis ! Ils sont payés par les Juifs ! Ils ne sont pas dignes de la fonction qu'ils occupent. Chassons-les et prenons leur place ! Tous à la Pfalz ! »

Il faisait nuit à présent. La neige avait cessé. Une blancheur diffuse éclairait la masse sombre des émeutiers. L'appel du boucher fut suivi d'un instant de silence absolu. Peter Schwarber eut le sentiment que le temps était suspendu. Puis une clameur immense retentit sur toute l'étendue de la place : des centaines de poitrines reprirent en chœur le cri de ralliement lancé par Betschold : « Tous à la Pfalz ! » Le sol recouvert de neige fut ébranlé par un piétinement sourd, le troupeau s'ébranla, prit le galop, franchit la rue Mercière, déboucha sur la place Saint-Martin et se massa au pied de l'Hôtel de ville.

Le soir-même, les émeutiers étaient maîtres du gouvernement, la déchéance du Magistrat prononcée et Johannes Betschold nommé Ammeister en remplacement de Peter Schwarber.

VI.

Le meurtre de Joseph

21 FÉVRIER 1365

Il fait nuit. Le chantier est désert. L'enfant se hâte. Il frissonne. Il s'est retourné plusieurs fois déjà, jetant derrière lui des coups d'œil rapides. La lumière dansante de sa torche se balance au bout de son bras tendu en avant. Il serre autour de lui son manteau, remonte les épaules, accélère le pas. Il longe les échafaudages. Il les devine plus qu'il ne les voit, à peine plus sombres que l'obscurité qui baigne toutes choses. De place en place, des baraques se dressent, géométriques et noires dans les ténèbres. Ce sont les guérites où, le soir venu, les ouvriers rangent leurs outils, burins, marteaux, ciseaux et où eux-mêmes viennent, dans la journée, prendre quelque répit, échanger nouvelles et potins et boire un gobelet de bière. L'enfant connaît le chantier dans tous ses coins et recoins, habitué à le parcourir en tous sens. D'ordinaire, il se faufile sous les échafaudages, se glisse entre les cabanes, s'arrête devant les tailleurs de pierre et observe, fasciné, comment, à grands coups de marteaux, ils tirent de la pierre brute des corps et des visages prêts à prendre vie. Il passerait des journées entières à les contempler, subjugué, transporté. Il sent vibrer dans ses oreilles, dans sa tête, dans son corps, dans son cœur, les coups sonores et magiques des marteaux qui s'abattent, sculptant la pierre dure, la façonnant, la pliant à leur désir créateur. Lui aussi, un jour, sera tailleur de pierre, lui aussi arrachera à la matière inerte des statues de grâce et de beauté, il voit déjà, dans l'ombre de ses paupières et de la nuit épaisse, le drapé d'une tunique, la courbe d'un cou ployé, la finesse d'un profil jaillir du bloc et il est pressé de parcourir d'un trait les années qui le séparent de cet accomplissement. Mais ce soir, le chantier lui paraît hostile, les guérites semblent receler d'effrayantes menaces. Il se hâte dans la nuit froide qui change la place familière en une forêt d'ombres inhospitalières. Les ténèbres sont épaisses, nulle lumière ne tombe des étoiles disparues et la lune se terre frileusement quelque part, on ne sait où, au fond du ciel vide et froid. L'enfant frissonne. Il accélère encore le pas, puis se met à courir. Il est presque arrivé à la hauteur du Fronhof, le palais épiscopal, lui aussi plongé, toutes fenêtres éteintes, dans une obscurité opaque. Il tient, serrée dans sa paume droite, l'anse du panier vide qu'il rapporte de chez son grand-père, en face du parvis en construction, et qui cogne son ventre à chaque foulée, tandis que sa main gauche étreint plus fort la torche qui éclaire une étroite plage de neige devant ses pas. Il jette un coup d'œil derrière lui et s'effraye de la noirceur de toutes choses. Une inquiétude sourde, qui monte comme une vague irrésistible, le taraude. Il accélère encore sa course. Il a peur. Une peur qui se transforme en panique, le gagne, l'envahit tout entier, lui glace la peau, précipite les battements de son cœur qui s'affole. Un cri de terreur le fait sursauter, il réalise que c'est lui qui l'a poussé. Il contourne, haletant, une dernière guérite, s'apprête à tourner à gauche dans la rue des Sœurs, s'y jette à bout de souffle quand une ombre soudaine lui barre le passage, affreuse et noire, se jette sur lui, le frappe, le terrasse. Une douleur fulgurante à la tête. Il n'a pas le temps de se retourner. Sa torche lui échappe, roule sur le sol, s'éteint. Il tombe en avant, face contre terre, dans l'obscurité épaisse, tandis que l'ombre s'enfuit et disparaît, avalée par la nuit.

22 FÉVRIER 1365

Le jour se lève à regret. Des pans de nuit s'attardent, couvrant de leur ombre les turpitudes des hommes. Le froid est intense. Les rues sont recouvertes d'une couche de neige durcie. La ville est inerte, figée dans l'air glacé. Sur le chantier de la cathédrale, encore noyé d'obscurité, rien ne bouge. On dirait qu'un mauvais sort appesantit une interminable nuit sur la cité. Enfin, l'immobilité de la place est entamée : un ouvrier est apparu du côté du parvis et s'avance, la capuche rabattue sur la tête, les épaules remontées, les mains enfouies dans les manches de son surcot de laine. Quelques instants plus tard, un deuxième homme le rejoint. Puis les artisans arrivent par petits groupes, s'approchent des guérites silencieuses et blanches, prennent leurs outils, gagnent leur emplacement. Les ouvriers investissent peu à peu le chantier, la place du Fronhof s'anime. Bientôt retentissent les premiers coups de maillet, tandis que s'entrecroisent les saluts et les apostrophes.

Au fond de la place, Hans le tailleur de pierres a ouvert la porte de sa cabane. Il recule en poussant un cri d'horreur. Des travailleurs s'approchent à leur tour. Bientôt la nouvelle a fait le tour de la place : un enfant a été trouvé mort dans la guérite des tailleurs de pierres. Assassiné. Un attroupement compact stationne devant la cabane. L'homme qui a fait la terrible découverte est bouleversé. L'enfant, un garçon, a une dizaine d'années. Il gît sur le ventre, face contre terre. Ses bras sont écartés, ses mains posées à plat sur le sol, de chaque côté de sa tête. Il a le crâne fracassé. Du sang coagulé poisse ses cheveux. Les hommes attroupés à l'extérieur sont muets. Ceux qui sont au premier rang voient, à travers la porte ouverte, les jambes de l'enfant. Son buste et sa tête disparaissent dans la pénombre. Des questions fusent à mi-voix : qui est l'enfant ? Qui l'a tué ? Pourquoi ? Incrédulité. Colère. Injures. Les ouvriers envoient un apprenti à la Pfalz. On attend l'arrivée du prévôt. L'inquiétude le dispute à l'indignation. Que se passe-t-il donc à Strasbourg ? Trois meurtres en quelques jours ! Des meurtres sauvages ! À quatre jours d'intervalle ! Prémédités, calculés, cela ne fait aucun doute ! Que font les hommes du guet ? Qu'attendent-ils pour trouver les coupables ? Est-ce ainsi qu'ils protègent le bon peuple ? Qui donc tue impunément dans la ville ?

Des hommes étrangers au chantier se sont glissés parmi les ouvriers : des membres des corporations les plus proches, bouchers, merciers, pelletiers, tanneurs, des marchands de la place Saint-Martin, maraîchers, poissonniers grossissent peu à peu la multitude dense qui occupe maintenant toute la place devant le Fronhof. Dans la foule, d'étranges rumeurs commencent à circuler. Des images surgies d'un passé pas si lointain se lèvent dans les têtes, des prêches incendiaires résonnent dans les mémoires, des accusations furieuses émergent du temps jadis. Chacun se rappelle les récits de son enfance, quand aux veillées circulaient des histoires horribles d'enfants trouvés morts aux portes des maisons juives. Tous savaient pour l'avoir maintes fois entendu rapporter, qui par son grand-père, qui par ses voisins, qui par le curé, que les Juifs fabriquaient leurs pains azymes avec le sang d'enfants chrétiens et qu'il fallait se garder de leur malfaisance particulièrement dans les mois qui précédaient leur Pâque. Justement, et un frisson s'insinue entre les épaules des hommes présents, la Pâque des Juifs doit être proche... Cependant, il n'y a plus de Juifs dans la ville, cela fait plus de dix ans qu'ils ont été brûlés ! Se peut-il... Personne n'ose donner corps à la question... Personne, sauf un homme : Klaus Sauber. Il s'est frayé un chemin dans la foule et il se trouve à présent au premier rang. Il a d'abord respecté le silence général. Il a écouté les commentaires et les remarques timides puis plus assurés, il a hoché la tête, approuvé vigoureusement les mises en question des forces de police. Puis il prend la parole. Il commence d'une voix basse, où affleure une tension contenue. Sur-le-champ, les artisans se sont tus. Peu à peu son discours trouve son assise, sa voix prend de l'ampleur, son ton monte, son souffle se fait haletant. Brusquement, il tend la main, désigne l'enfant mort que l'on distingue mieux, à présent, dans la lumière grise de ce jour d'hiver. Oui, ce garçon a été vilement assassiné à la faveur de la nuit. Oui, ce crime ressemble à s'y méprendre aux crimes affreux dont les Juifs maudits se sont rendus coupables par le passé dans la chrétienté tout entière. Il n'y a plus de Juifs ? Qui le dit ? Qui le sait ? Ne voit-on pas que, bien au contraire, ce meurtre odieux trahit leur retour ? Et que ce pauvre enfant, par sa mort même, devient le témoin irrécusable de leur présence ? Car qui d'autre qu'un Juif, martèle-t-il avec force, serait capable d'occire un enfant innocent ? Les Juifs sont connus de tous pour leur cruauté. Seuls de tous les hommes, ils ne sont pas accessibles à la pitié !

Klaus Sauber est interrompu dans sa harangue par l'arrivée de trois hommes du guet menés par Gottfried Bucher. On s'écarte pour leur livrer passage. Les regards de la foule sont hostiles. Des murmures à peine étouffés s'élèvent. Gottfried Bucher s'est approché. S'est accroupi. Observe le corps. Il note mentalement sa position : l'enfant a été frappé par-derrière. Il remarque, éparpillés près de lui, des débris de verre. Il se penche, ramasse un éclat assez gros, l'examine puis le met dans un sac que lui tend un des soldats. Il s'incline à nouveau vers l'enfant, écarte les cheveux qui dissimulent le visage, dégage la joue. Les hommes d'armes qui l'entourent ont un sursaut. Gottfried donne l'ordre de placer le corps sur un brancard et de l'emporter.

Le nom de l'enfant est sur toutes les bouches : c'est Joseph, le fils aîné de maître Niklaus, qui a été assassiné. La consternation est générale. Chacun connaît le menuisier, beaucoup connaissaient l'enfant. Une fois de plus, la grande faucheuse a passé à proximité, une fois encore elle les a épargnés, mais ils sentent son souffle glacé dans leur cou et ils frissonnent en pensant à leurs propres enfants, soulagés de les savoir en vie et en sécurité.

Gottfried dépêche les hommes du guet à travers la ville : qu'on lui ramène, mort ou vif, plutôt vif, se reprend-il, le vagabond que l'on avait arrêté après la mort de Marie Kaltenbach et qu'on avait fait l'erreur de libérer la veille. Tout naturellement, c'est à ce vagabond qu'il a pensé d'abord, en voyant le corps de l'enfant. Cet homme s'était trouvé sur le chemin de Marie, peut-être est-il mêlé en quelque façon à ce nouveau meurtre. Il faut l'interroger à nouveaux frais et, au besoin, le mettre à la question. Il est le suspect tout désigné, le coupable idéal des deux derniers meurtres. Et peut-être aussi du premier. Ce qui simplifierait considérablement sa tâche à lui, Gottfried. Cependant une partie de lui-même se refuse à adhérer à une solution somme toute trop simple. Il en veut à cette partie de lui-même de rester si vigilante et de mettre des obstacles sur la route de la simplicité et du repos, cohérente pourtant. Il soupire. Décide de se rendre en attendant au domicile de maître Niklaus, où on a amené le corps du garçon afin de réconforter les malheureux parents et d'obtenir des renseignements. Lorsque soudain un vacarme de voix, dont l'une est particulièrement sonore, se fait entendre à l'extérieur de son bureau. Il reste immobile, fronce les sourcils. Un milicien frappe à la porte, dit qu'un homme veut absolument témoigner dans l'affaire de ce nouveau crime.

— Son nom ?

— Klaus Sauber.

— N'est-ce pas ce marchand de drap dont l'échoppe se trouve en bas de la Pfalz ?

— C'est lui.

— Et qui a harangué la foule tout à l'heure au Fronhof ?

— C'est lui.

— Dites-lui d'entrer.

L'homme, autour de la quarantaine, est de petite taille, maigre, très agité. Gottfried note ses cheveux noirs et épais, ses yeux mobiles, sa bouche mince encadrée par deux plis qui semblent la tirer vers le bas et qui donnent à sa physionomie tout entière une expression amère. Il semble ne pas tenir en place. Il veut parler. Gottfried le devance, lui intime courtoisement mais fermement l'ordre de s'assoir et lui demande sur-le-champ s'il a vu ou entendu quelque chose de nature à mettre les enquêteurs sur la piste du meurtrier. Klaus Sauber, qui s'est assis à l'extrême bord de sa chaise, se soulève à demi, se penche en avant et répond :

— Monsieur le Prévôt ! Voilà le troisième meurtre en huit jours ! Voilà huit jours que, seul parmi tous, j'ai compris ce qui se passe ! Voilà huit jours que je tente d'éclairer les habitants de notre bonne ville, et vous, le chef de la police, vous n'avez toujours pas compris ?

Bucher le coupe, agacé : pour qui se prend ce petit marchand effronté ? Il lui dit sèchement :

— Monsieur Sauber, vous n'êtes pas ici sur la place du marché ni au poêle des bouchers ou des tanneurs. Vous êtes à la Pfalz et, comme vous l'avez dit, vous avez en face de vous le chef de la police. Je vous prie donc de changer de ton et de me dire, clairement et en peu de mots, si vous avez, oui ou non, des informations susceptibles de nous éclairer sur l'identité de l'assassin.

— Ce que j'ai vu, monsieur le Prévôt, comme tout citoyen de notre cité, c'est que les meurtres se succèdent, qu'ils sont commis à intervalle régulier, tous les quatre jours, ce qui devrait vous interpeller, que le premier a frappé, comme par hasard, l'un de ceux qui ont mené les Juifs au bûcher, il y a quinze ans, que le dernier a visé un enfant chrétien, et quand ? aux approches de la Pâque des Juifs : cela ne vous suffit-il point ?

Gottfried est sensible, malgré lui, au discours de Sauber, sans parvenir à déterminer si c'est l'indéniable talent oratoire du petit homme ou ses arguments qui l'impressionnent. Mécontent de lui-même, il l'apostrophe :

— Que faites-vous, monsieur Sauber, de la mort de Marie Kaltenbach ? Quel rapport y voyez-vous avec les Juifs ?

— J'ai ma petite idée là-dessus...

— Précisez, je vous prie.

— Il n'est pas encore temps de vous la révéler, je reviendrai vers vous au moment voulu.

— Quel sens distinguez-vous dans l'intervalle de quatre jours qui sépare les meurtres ?

L'homme, plus agité que jamais, se penche encore en avant, au risque de tomber de sa chaise, pense Gottfried, qui a, soudain, envie de rire, et chuchote :

— Quatre jours multipliés par trois, cela fait douze... Les douze apôtres ! L'assassin vise les chrétiens et leur foi en choisissant le rythme des assassinats !

— Monsieur Sauber, il ne vous échappe pas, je pense, que s'il y a bien trois morts, il n'y a cependant que deux intervalles de quatre jours et non pas trois !

— C'est pourquoi, monsieur le Prévôt, il y aura immanquablement un autre meurtre ! Attendez-vous à découvrir un quatrième corps le 26 février !

Le ton de certitude péremptoire affiché par Sauber a un instant raison de l'assurance de Gottfried. Mais il se reprend vite :

— Vous avez l'air bien sûr de votre fait ! Je vous ordonne de me dire tout ce que vous savez, sans dissimuler quoi que ce soit !

Cette fois-ci, Sauber se lève, s'approche de Gottfried et murmure :

— J'ai fait un rêve dans lequel une mission divine m'a été confiée, à moi, Klaus Sauber. Cette mission est en rapport avec les Juifs. Depuis les meurtres successifs qui se sont abattus sur notre ville, j'ai compris quelle était cette mission et je m'emploie à la remplir.

—Monsieur Sauber, il n'y a plus en notre ville le moindre Juif depuis plus de quinze ans, comme vous venez de le rappeler fort opportunément : comment donc les Juifs pourraient-ils être coupables de ces crimes ?

—Seriez-vous aussi crédule que nombre de Strasbourgeois ? Ils sont bel et bien là ! Cachés ! Ces meurtres le prouvent assez !

—Et pourquoi ces meurtres ne seraient-ils pas le fait d'un ou de plusieurs brigands, tout simplement ?

—Encore une fois, ils sont signés ! Le troisième, plus encore que les autres, constitue une preuve irréfutable !

—Avez-vous vu un seul Juif à Strasbourg ?

—Je suis sur la trace de l'un d'eux.

—Qui est-ce ?

—Je ne peux vous le dire encore.

—Trêve de mystères, monsieur Sauber ! Pour la dernière fois, je vous somme de vous expliquer, faute de quoi je me verrai dans l'obligation de vous arrêter.

—Patientez encore un peu, je vous prie, je vous promets que vous ne serez pas déçu. Je vous livrerai son nom avant la fin de ce jour.

—J'attendrai donc vos révélations d'ici ce soir.

Klaus Sauber sort, l'air important. Gottfried Bucher reste seul dans son bureau. Il ne bouge pas. Il réfléchit intensément, les paupières baissées, le visage impassible, le corps d'une immobilité de statue. Ce Klaus Sauber est un trublion, un agitateur. Il l'a toujours été. Gottfried se souvient avec netteté que, quinze ans auparavant, lorsque la peste était entrée dans la ville et avait commencé sa sinistre fauchaison, entassant les cadavres aux portes des maisons et faisant se lever dans toute la chrétienté une lamentation de deuil et de désolation, étaient arrivés, en même temps qu'elle, les cortèges exaltés et sanglants des Flagellants. Klaus Sauber leur avait emboîté le pas, les suivant de ville en ville, de village en village, se fouettant au sang avec eux et entrant avec eux en transe. Il était revenu quelques mois plus tard et avait repris sa vie aux côtés de sa mère comme si de rien n'était. Peut-être regrette-t-il cette époque d'intense exaltation. Il a un incontestable talent d'orateur, Gottfried vient de l'expérimenter : il n'a pas son pareil pour haranguer une foule, la tenir en haleine, la persuader de la véracité de ses dires. C'est ce qu'il ne cesse de faire depuis ces derniers jours, réveillant la peur et la haine des Juifs alors même qu'il n'en subsiste pas un seul. Se peut-il, cependant, malgré tout, que Sauber ait raison ? Et que quelques Juifs soient revenus clandestinement dans la ville ? Bucher en doute fortement. Et quand bien même, pense-t-il, se peut-il que ces Juifs éventuels, ce petit nombre de Juifs, aient pour objectif de se livrer à la vengeance ? Sauber veut voir dans ces meurtres, avec passion, la main des Juifs. Johannes Betschold, il est vrai, a été parmi les instigateurs et les acteurs les plus farouches du brûlement, encourageant tous les autres par son exemple, tuant avec une allégresse et un entrain qui en ont étonné, et même choqué plus d'un. C'est une chose de brûler les Juifs et d'assurer ainsi, comme l'enseigne l'Église, le salut de leur âme, c'en est une autre de s'abandonner à la violence et de jouir de la mort que l'on donne. Peut-être, en effet, qui sait, faut-il chercher l'assassin de Johannes parmi d'éventuels Juifs clandestins. Quant au meurtre de l'enfant, celui des trois qui le révoltait le plus, il doit convenir, à son corps défendant, que les apparences donnent raison à Sauber : le crime semble signé. Les Juifs haïssent les chrétiens, tout le monde le sait. Et en vérité, reconnaît encore Gottfried, comment peut-il en être autrement ? Il revoit en pensée le brûlement, auquel il avait assisté, de loin, refusant de s'approcher car il ne supporte guère le spectacle de la douleur, fût-ce celle des meurtriers du Christ. Il a cependant, même de loin, entendu les cris, cris de haine, cris de joie féroce, cris de souffrance et d'effroi. La mort de l'enfant l'indigne, elle lui rappelle aussi les innombrables accusations lancées contre les Juifs, qui, dit-on, enlèvent des enfants chrétiens aux approches de leur Pâque, les tuent, les saignent et recueillent leur sang afin d'en pétrir leurs pains azymes. Il ne sait que penser de la véracité de ces accusations, partagé entre la tentation de se ranger à l'opinion presque unanime en y accordant foi et le doute obstiné qui bouscule ce conformisme. Il lui semble difficile de croire que des êtres humains soient capables d'occire un enfant innocent. Il sait que la consommation du sang est strictement interdite aux Juifs et il a vu comment les femmes juives salent et rincent rituellement la viande afin d'en extraire le sang. Mais il a aussi vu des gravures et des sculptures troublantes et horribles où l'on voit un pauvre enfant sans défense livré à des sacrificateurs juifs sans pitié qui le lardent de coups de couteau et recueillent pieusement son sang dans des calices précieux. Est-il possible que le petit Joseph ait été occis dans une telle intention ? Cependant son corps ne présente aucune blessure, il a été visiblement tué d'un violent coup de gourdin. Si la piste d'un assassinat à des fins religieuses n'est pas la bonne, qui peut avoir tué l'enfant ? Et surtout pour quelle raison ? Il passe en revue dans son esprit les mobiles possibles : acte de vengeance, geste d'un fou, machination pour attirer la suspicion sur les Juifs, désir de forniquer avec le garçon. Il sent que toutes ces hypothèses manquent de pertinence. Il secoue la tête, agacé, et décide de se rendre au domicile de maître Niklaus, où le corps de l'enfant a été transporté.

La visite au menuisier a été éprouvante. La stupeur et le chagrin des parents font peine à voir. Gottfried, si aguerri qu'il soit et coutumier de la douleur et de la folie des hommes, en est pourtant ébranlé. La mère, secouée de sanglots, le père, assommé de chagrin ne voient rien, n'entendent rien. Ils répètent d'une voix blanche, comme désincarnée, en une sorte de litanie, que cela ne se peut, que l'enfant est sorti hier soir pour rendre visite à son grand-père. Qui l'a tué ? Quel cruel, quel insensé ? Pourquoi ? Et leurs questions désolées s'enchaînent, se répètent, déroulant la chaîne du désespoir. Lisbeth, les yeux fixés sur le corps de son enfant, se tordant les mains, se parle à elle-même : ce malheur, dit-elle en pleurant, était écrit ! C'est notre faute, nous aurions dû le comprendre ! Gottfried a dressé l'oreille : quelqu'un les a-t-il avertis de ce qui se tramait ? Il s'approche de Lisbeth. Elle poursuit son monologue douloureux, aveugle et sourde à ce qui l'entoure. Mon pauvre enfant ! Pourquoi ? Qu'avons-nous fait pour mériter cela ? Et elle redouble de larmes et de cris. Gottfried s'approche du père et, s'excusant de son insistance, lui demande à mi-voix de quoi parle sa femme. Maître Niklaus le regarde sans comprendre d'abord, puis il lui raconte, en mots entrecoupés, la nuit qui a précédé le meurtre : l'enfant a hurlé, avec une telle terreur dans la voix, que sa femme s'est précipitée, persuadée qu'on était en train de l'égorger. Lui-même les a rejoints. Joseph, les yeux grand ouverts, repoussait des deux mains, avec désespoir, quelqu'un ou quelque chose, il prononçait des mots sans suite. Son père lui a parlé, l'a secoué, lui a mouillé le visage. L'enfant a fini par se réveiller, livide d'effroi. Ses parents l'ont rassuré, lui ont apporté à boire, lui ont répété que ce n'était rien qu'un mauvais rêve, que demain il l'aura oublié, qu'il devait dormir à présent. Mais l'enfant ne s'est pas rendormi, il a dû passer le reste de la nuit éveillé, car on l'a entendu longtemps bouger, se retourner et gémir. Gottfried demande à maître Niklaus s'il n'a pas pu tout de même distinguer l'un ou l'autre mot dans le discours confus de l'enfant. Le menuisier fait effort pour se souvenir et dit qu'il lui a semblé entendre plusieurs fois les prénoms de Karl et de Julia. Le prévôt le remercie et se rapproche du corps inerte. L'enfant, comme il l'a déjà remarqué, ne présente aucune plaie, aucune blessure. Il est allongé sur le dos, le teint cireux, la tête tournée sur le côté, figé dans la position où on l'a découvert, déjà raidi. Il a été frappé par-derrière. Ses cheveux sont poissés de sang coagulé. Le meurtre a été commis alors que l'enfant était sur le chemin du retour. Quelqu'un l'a poursuivi, ou attendu. Des voisins viennent et repartent, hochant la tête d'un air navré. Ludwig est là, debout auprès de la tête du garçon, discret et immobile. Gottfried ne le connaît guère, il sait simplement que le menuisier a un aide. Il l'observe : un jeune homme réservé, taciturne. Il lui faudra l'interroger. Peut-être a-t-il remarqué quelque chose dans les jours précédents, lui qui côtoie journellement le menuisier et sa famille. Gottfried a retenu au passage une voisine qui s'apprête à repartir, hochant la tête, elle aussi, d'un air navré et retenant ses larmes. Il l'attire à l'écart et lui pose quelques questions. Il apprend ainsi que l'enfant avait coutume de sortir chaque soir, à la tombée de la nuit, pour apporter à manger à son grand-père paternel, un vieil homme qui vit seul depuis son veuvage et qui ne peut plus guère se déplacer. La veille au soir, il n'est pas rentré. Ses parents ont d'abord attendu. Ne le voyant toujours pas revenir, ils ont ameuté des voisins et sont partis à sa recherche. En vain. Ils ont passé la nuit à veiller, rongés d'inquiétude, dévorés par le pressentiment d'un malheur. Gottfried, avant de prendre congé, convoque Ludwig à la Pfalz pour l'après-midi.

22 FÉVRIER 1365

Gottfried, en attendant l'arrivée de Ludwig, repassa dans sa mémoire l'interrogatoire sommaire auquel l'aide-menuisier avait été soumis la semaine précédente, en même temps que les voisins immédiats du boucher : rien de neuf n'en était sorti. Il entendait, à présent que les meurtres s'emballaient, lui poser des questions plus précises. Le garçon était un témoin privilégié, lui qui logeait dans la maison du boucher et travaillait dans celle du menuisier ; peut-être détenait-il des informations qui pourraient s'avérer utiles pour l'enquête, une enquête qui, il devait se l'avouer, piétinait lamentablement. Le policier soupira : quel lien y avait-il entre les trois morts de ces dix derniers jours ? Il se rappela avec un pincement au cœur la sinistre « prédiction » de Sauber, se demandant pour la seconde fois d'où le marchand de drap tenait sa certitude.

Gottfried ne lâchait pas Ludwig des yeux. Il nota le calme avec lequel le jeune homme répondait à ses questions, confirmant l'impression première qu'il avait eue le matin même. Ludwig déclina son identité, donna quelques informations sur ses parents. Des parents adoptifs, avait noté au passage Gottfried. Il entretenait avec maître Niklaus des relations cordiales, empreintes de respect et d'admiration : c'était un patron qui connaissait bien son métier et qui l'enseignait avec amour à ses apprentis et à son assistant. Ludwig apprenait de lui chaque jour que Dieu fait et il espérait devenir un jour un maître aussi habile que lui et créer comme lui de belles choses. C'était un patron exigeant envers les autres mais aussi envers lui-même. Un homme droit et loyal, qui n'avait jamais cherché à tromper quiconque. Qui réclamait le juste prix de son travail, ni plus ni moins. Et en cela aussi, maître Niklaus était pour lui un modèle.

Gottfried l'interrogea ensuite sur ses relations avec la femme et les enfants du menuisier. Ludwig prenait ses repas avec eux, comme les apprentis. Il appréciait leur hospitalité et se sentait bien chez eux. Il aimait les deux garçons ; souvent, le dimanche, il jouait avec eux et les faisait rire. Il avait été invité chez eux lors de la fête des Rois et Joseph – quand il mentionna son nom, l'émotion enroua sa voix et ses yeux s'embuèrent – avait été fou de joie en découvrant dans sa part de gâteau la fève qui faisait de lui le Roi de la fête.

Quel genre d'enfant était le petit Joseph ? Se montrait-il en général confiant ou plutôt craintif ? Ludwig avait-il remarqué quelque chose d'inhabituel dans son comportement au cours des derniers jours ? Le garçon avait-il manifesté des appréhensions ?

Gottfried nota que Ludwig, contrairement à bien d'autres, répondait en peu de mots, ne s'étendant jamais sur les détails, et qu'il fallait souvent lui faire préciser l'un ou l'autre point. Il apprit ainsi que Joseph était un enfant sensible, rieur, agréable à vivre. Qu'il aimait rendre visite à son grand-père, à qui il apportait chaque soir à manger. Il revenait en sautant joyeusement d'un pied sur l'autre et en balançant au bout de son bras son panier vide. Les gens l'aimaient bien et souriaient à son passage, l'apostrophant gaiement et le taquinant. Les réponses du jeune menuisier étaient laconiques, et jusque-là, aucune lueur ne s'était levée sur l'opacité des crimes. La dernière question cependant parut avoir un écho différent : le jeune homme releva la tête, ses sourcils se froncèrent, il réfléchit, puis il dit :

— L'avant-veille du meurtre...

— Le soir du 20 février, donc ?

— Oui, je me trouvais dans la cuisine, car c'était l'heure du dîner. Joseph est arrivé en retard, il était essoufflé, il est entré en trombe dans la cuisine, s'est écroulé sur une chaise. Sa mère finissait de préparer le repas, elle était en colère contre lui et l'a vertement réprimandé ; elle lui a demandé où il avait traîné, où il avait déchiré sa chemise ; elle l'a envoyé la raccommoder et lui a dit de remettre du bois dans la cheminée.

— Il n'avait pas l'habitude de rentrer en retard, c'est ce que tu veux dire ?

— Oui.

— As-tu une idée de ce qu'il a pu faire ?

— Non.

— C'est cette nuit-là qu'il a fait d'horribles rêves ?

— Oui.

— Connaissait-il des gens du nom de Karl et de Julia ?

Ludwig eut une imperceptible hésitation, qui n'échappa cependant pas à Gottfried, et répondit :

— Karl est le fils du boucher et Julia sa servante. Il savait qui ils étaient...

— ... Mais il n'avait aucun lien avec eux, c'est bien cela ?

— Oui.

— Les avait-il vus ce jour-là ?

— Je ne sais.

— Peux-tu me dire si maître Niklaus pourrait avoir des ennemis ?

— Cela me semble impossible.

— Tu viens de prononcer le nom de Julia, la servante de Johannes Herrmann : la connais-tu ?

— Je la croisais puisque j'habite dans la maison du boucher.

— Elle a disparu depuis le meurtre, comme tu le sais, et malgré nos recherches, elle reste introuvable.

— …

— A-t-elle des raisons de se cacher ?

Nouvelle hésitation. Décidément, ce Ludwig avait l'air d'en savoir plus long qu'il ne le disait. Gottfried décida de le brusquer.

— Serais-tu de mèche avec elle ?

Ludwig avait sursauté, fouetté par la dureté soudaine du ton et par l'accusation implicite.

— Que voulez-vous dire ?

Il n'avait pas bredouillé, remarqua à part lui l'officier, il avait gardé le même calme et la même réserve. Sans sortir le moins du monde de son immobilité, et sur le même ton, Gottfried Bucher répondit :

— Il est fort possible qu'elle ait tué le boucher, et qu'elle se soit trouvé, avec ton aide, pourquoi pas ? une bonne cachette.

Ludwig était toujours aussi calme en apparence. Mais les pensées se bousculaient sous son front. Devait-il révéler ce qu'il savait ? Et comment ce prévôt utiliserait-t-il les informations ? L'aideraient-elles à mettre la main sur les vrais coupables ? Ou bien allait-t-il se rabattre sur la solution la plus facile, celle qui lui permettrait, au prix d'un simulacre de justice, d'offrir satisfaction aux âmes éprises de vengeance ? Gottfried lui semblait intelligent et obstiné, en quête de vérité et de justice plus que d'honneurs et de pouvoir.

—Je ne sais pas où est Julia. Ce que je peux vous dire, en revanche, c'est qu'elle était venue me trouver, il y a un mois environ. C'était au milieu de la nuit. J'ai entendu frapper à la porte. Une fois. Deux fois. Trois fois. Je me suis levé. J'ai demandé qui était là. J'ai entendu : Julia. J'ai ouvert. Je l'ai vue si petite, si maigre, si misérable, que je l'ai fait entrer. C'est là seulement que je me suis aperçu qu'elle était pieds nus, que sa chemise était à moitié arrachée, et qu'elle était blessée au visage, au cou et sur toutes les parties visibles de son corps. Elle est tombée par terre. Elle ne parlait pas. Elle ne pleurait pas. Elle avait fermé les yeux. Je l'ai relevée et je l'ai allongée sur ma paillasse. Je lui ai apporté de l'eau et un morceau de pain pour lui redonner des forces. Je lui ai demandé ce qui lui était arrivé. J'ai compris que le boucher, qui était rentré ivre cette nuit-là, comme de nombreuses autres nuits, l'avait attrapée et coincée contre le mur. D'habitude, elle réussissait à lui échapper grâce à sa petite taille et à sa souplesse. Pas cette fois-là. Il l'avait frappée, puis forcée, puis jetée dehors devant sa porte. Et était allé cuver son vin. Je l'ai gardée chez moi cette nuit-là et j'ai dormi par terre.

Les révélations de Ludwig n'avaient rien pour surprendre Gottfried. La violence du boucher était de notoriété publique. L'un ou l'autre des habitants du quartier avaient évoqué à demi-mot le sort peu enviable de la servante devenue sa proie. Sans doute le tanneur, son maître précédent, l'avait-il utilisée sans vergogne lui aussi, peut-être néanmoins avec une moindre violence. La condition malheureuse de la servante pouvait-elle l'avoir poussée à tuer son bourreau ? Gottfried posa la question à Ludwig.

— Julia a onze ou douze ans, mais elle est bien plus petite et frêle que n'importe quelle autre fille de son âge. Comment aurait-elle eu la force de s'attaquer à ce colosse ?

Il se tut. Puis il ajouta, comme pour lui-même :

— Elle ne souhaitait qu'une chose : se cacher, disparaître.

— Tu l'as donc aidée à trouver un endroit où se dissimuler ?

— Ce n'est pas moi qui l'ai aidée...

— Qui, alors ?

— Elle ne me l'a pas dit.

— Où était cette cachette ?

— Cela, elle me l'a dit. Elle m'y a même mené.

— Où ?

— Dans la cave. Tout au fond d'un recoin obscur, derrière un bric-à-brac d'objets cassés.

— Les hommes du guet ont fouillé la cave. Elle n'y était pas.

— Elle a donc trouvé une autre cachette, encore plus sombre, encore plus loin de tous ceux qui voulaient lui faire du mal.

— Qui d'autre lui voulait du mal ?

— Elle ne me disait rien.

— Mais tu le sais cependant !

— Elle est allée se confesser il y a peu de temps.

— Qui était son confesseur ?

— Je ne sais. Elle allait à la messe à Saint-Pierre-Le-Jeune quand elle pouvait.

Ludwig ne dirait rien de plus, cette fois-là du moins. Gottfried le congédia. Il lui semblait que de minces lueurs commençaient à percer, timidement, l'épaisseur des ténèbres qui enveloppaient les meurtres d'un linceul oppressant et opaque. Il resta seul dans son cabinet de travail, laissant s'entrechoquer dans son cerveau les pensées nouvelles qu'avaient suscitées les éléments d'information fournis par le menuisier, tandis que dehors le vent, qui s'était levé, tournait autour de la Pfalz dans une folle cavalcade, jetant des paquets de neige contre les volets de bois du bâtiment.

Gustav fut à nouveau interrogé et fermement prié de dire ce qu'il savait, tout ce qu'il savait à propos de Julia. Il s'exécuta avec d'autant plus de zèle qu'il avait un intérêt puissant à entrer dans les bonnes grâces du prévôt. Ses déclarations complétèrent les renseignements de Ludwig. L'énigme commençait à s'éclaircir ! Il fallait à présent retrouver le prêtre auquel Julia était allée se confesser.

Il n'eut pas à le chercher. Le 25 février, tôt le matin, tout de suite après le premier office, il reçut la visite de frère Bernhard. Plus voûté, plus défait, plus vieux en un mot que lors de leur dernière entrevue, qui ne datait pourtant que d'une semaine à peine.

— Que me vaut l'honneur de votre visite ?

Le ton était, à peine, teinté d'ironie. Le moine releva la tête, considéra son interlocuteur.

— J'ai omis de vous faire part d'un fait. Je suis venu réparer cet oubli. Je n'ai compris que tardivement l'importance de ce point pour votre enquête.

Gottfried ne l'interrompit pas. Ne lui posa pas de questions. Attendit. Et la suite vint.

La voix de frère Bernhard était, cette fois encore, rauque et basse.

—J'ai reçu la visite, il y a deux semaines, exactement le 9 février, de la servante de feu Johannes Herrmann, Julia. Elle venait se confesser, car elle se sentait, disait-elle, sale et impure. Elle voulait obtenir le pardon de Dieu. Elle me raconta que depuis qu'elle servait dans la maison du boucher, il la poursuivait sans répit, tentant de la piéger dès qu'il le pouvait et plus particulièrement quand il avait bu. Elle avait peur de lui. Il la frappait quand elle essayait de lui échapper. La veille, il avait réussi à la forcer. Elle avait cru qu'elle allait mourir écrasée sous lui. Et d'ailleurs, elle aurait préféré mourir. Il allait continuer de la traquer, de lui courir après comme une bête sauvage. Et bientôt, ajouta-t-elle, le fils allait s'y mettre lui aussi, ses yeux parlaient pour lui quand il la regardait sournoisement. J'écoutais. Que pouvais-je dire ? Que pouvais-je faire ? Je lui ai parlé avec douceur, je lui ai dit que sa douleur la rendait chère à Notre-Seigneur qui avait lui aussi souffert sur la Croix, qu'elle aurait un jour, dans l'autre monde, consolation et récompense. Je ne sais si cela l'a aidée. Voilà ce que j'avais à vous dire.

—À vous entendre, elle craignait donc le fils de Herrmann ?

— …

—A-t-elle dit quelque chose de plus précis le concernant ? Karl est-il passé à l'acte, lui aussi ?

—Elle n'en a rien dit ce soir-là.

—Vous ne l'avez pas revue depuis ?

—Non.

—J'espère que vous n'omettez pas encore une fois un point important pour l'enquête….

—Je n'omets rien, soyez-en assuré. Je voudrais néanmoins vous dire ceci : cette fille ne peut pas être la meurtrière du boucher.

— Qu'est-ce qui vous fait dire ça ?

— Elle désirait mourir et non tuer.

— Un dernier point : auriez-vous une idée de l'endroit où elle pourrait se cacher ?

— Non.

Après un silence, il ajouta en baissant la voix :

— J'espère seulement qu'elle aura trouvé de l'aide et qu'elle est en sécurité quelque part.

— Vous craignez donc qu'il ne lui soit arrivé quelque chose ?

Frère Bernhard ne répondit rien.

« Elle voulait mourir et non tuer » : ce propos avait grandement frappé Gottfried. La servante se serait-elle laissée mourir ? Ou pire encore, se serait-elle donné la mort ? Où diable pouvait-elle s'être réfugiée ? Le prévôt se laissa aller à ses pensées, se reporta à la maison du boucher, aux membres de sa famille, aux habitants du quartier, aux voisins. Et soudain, un nom s'imposa à son esprit : Magdalena ! La jeune femme de Hans, le tailleur de pierres, celle qui avait retenu Greta à son retour de l'apothicairerie, celle qui n'arrivait pas à allaiter son bébé... C'était peut-être chez elle que Julia avait trouvé refuge ? Il devrait, dès qu'il en aurait le temps, se rendre au domicile de la jeune mère.

22 FÉVRIER AU SOIR

Il est tard ce soir-là lorsque Ludwig sort de la maison de maître Niklaus.

C'est l'après-midi même que se sont déroulées les obsèques de Joseph, en présence d'une foule nombreuse : parents, amis, voisins proches et plus lointains, badauds et curieux aussi, avides de se frotter à la mort d'autrui en jouissant d'être épargnés. Ludwig a assisté à la messe d'enterrement à l'église Saint-Thomas. Saisi, dans cette austère nef de pierre, d'un grand froid. Et d'un immense sentiment de solitude. Durant toute la cérémonie, au fil des hymnes et des prières, tandis qu'il s'agenouillait et se redressait, l'image de Joseph ne l'a pas quitté, se démultipliant autour de lui, l'environnant de son sourire, de sa gaieté, sautant d'un pied sur l'autre, l'apostrophant, et la présence de l'enfant était si forte, si insistante, si réelle, que les différents moments du culte funèbre lui devenaient lointains, presque fantomatiques. De temps en temps, les formules latines prenaient, un bref instant, le dessus, submergées l'instant d'après par les appels et le rire clair de Joseph. Il tressaillit et reprit pied lorsque le curé évoqua l'enfant martyr, victime innocente de la main secrète et redoutable des Juifs revenus pour se venger. Il perçut avec acuité la crispation des assistants, la peur qui s'emparait d'eux. Le prêtre était un bon orateur et sa parole portait.

Ludwig avance machinalement, perdu dans des bribes de pensées imprécises.

Son cœur est lourd, son âme oppressée.

Le froid le saisit. Il fait nuit. Les rues sont glacées, parcourues par une bise aigre qui siffle et grince au long des maisons obscures. Le trajet n'est pas long jusqu'à la rue des Bouchers. Ludwig, frissonnant, a rabattu sa capuche. Il s'arc-boute contre le froid, courbe le dos, enfonce la tête dans les épaules et croise ses bras contre sa poitrine. Le chagrin l'écrase. Et la nuit pèse, noire, épaisse, à peine interrompue de loin en loin par un faible rai de lumière, chandelle allumée derrière une fenêtre ou torche d'un piéton attardé qui se hâte de rentrer chez lui. Aucun bruit. Un silence oppressant, troublé seulement par le crissement de ses pas sur les plaques de neige durcie. Et par la plainte de maître Niklaus, qui s'élève dans le vide de la ville, dans le vide de son cœur. Qui a assassiné son fils ? Et pourquoi ? Les allégations de Sauber ne sont que délire et fantaisies. Et constituent une aubaine pour l'infâme tueur, puisqu'en détournant l'attention sur les Juifs, elles le mettent à l'abri des recherches. Pour sa femme et lui, ils sont en proie à la peine et au chagrin. Et ils prient le Seigneur d'accueillir l'âme pure de leur enfant et de lui offrir le bonheur de la vie éternelle.

La ville semble figée dans un hiver sans fin. Le jeune homme presse le pas. Les rues ne sont guère sûres la nuit. Voleurs et brigands de tout poil profitent de l'obscurité pour assaillir les fêtards au sortir des tavernes ou des poêles, les délester de leur bourse, et au besoin les occire. Il n'est pas rare que les hommes du guet découvrent, au petit matin, au coin d'une ruelle ou sous un porche, un cadavre dénudé et ensanglanté. Ludwig ne veut pas se laisser envahir par la crainte, il n'est plus très loin de chez lui. Il se représente sa petite chambre sous les toits, la chandelle sur la table, la paillasse contre le mur, les volets de bois bien fermés. Sans le vouloir, il accélère encore l'allure. Il pense à Joseph, et la douleur lui tombe dessus, comme une chape pesante qui le suffoque. Joseph est mort ! Mort ! Comment une telle chose est-elle possible ? Un enfant qui piaffait de vie comme un poulain, qui chantait et riait de toute son âme, qui ne cessait de poser des questions ! Les yeux rieurs du petit garçon volettent autour de lui, et c'est une farandole de visages qui l'entourent, si présents et si réels qu'il en oublie un instant la nuit et le froid dans lesquels il est immergé. Soudain, il tressaille, revenu brutalement à lui-même et à la réalité : il a entendu un bruit, un bruit imperceptible à toute autre oreille que la sienne. Il jette un regard derrière lui. Mais l'obscurité est impénétrable. Il a le sentiment vague et têtu d'un danger. Il tente de chasser cette pensée. Il s'est arrêté dans l'épaisseur poisseuse des ténèbres. S'est coulé contre le mur d'une maison aveugle et noire elle aussi. Attend, immobile, l'oreille aux aguets, le cœur battant à coups désordonnés. Tend son regard, écarquille les yeux, s'efforce de pénétrer l'ombre opaque et obstinée. La peur s'infiltre dans chaque parcelle de son corps. Une sueur glacée coule dans son dos. Une nausée puissante le secoue. Le temps s'est arrêté, gelé, pris dans les glaces de l'hiver. Silence et ténèbres.

Ludwig est reparti, tous ses sens en alerte. Il marche vite. Il est arrivé au bout de la rue des Juifs, il s'engage dans la rue des Armuriers. Ténèbres et silence, toujours. Il tente d'atténuer le claquement sec de ses poulaines sur la terre gelée. Il tourne à gauche, quelques pas de plus et le voilà rue Mercière. Il accélère encore l'allure, s'engage dans la rue du Vieux-Marché-aux-Poissons. Il n'est plus très loin, désormais, de la rue des Bouchers. Sans le vouloir, il se met à courir, tandis qu'une angoisse diffuse lui tord le ventre. Il a traversé le pont des Supplices, jeté un regard rapide à l'Ill en contrebas, devinant sans les voir les eaux noires qui clapotent contre les arches du pont. Une ombre a surgi derrière lui. Un spectre à n'en pas douter, un de ces criminels enfermés dans une cage et jetés à la rivière, qui revient de l'Enfer. Panique. Ludwig court, court... L'ombre le talonne. Il la sent qui gagne du terrain. On dirait qu'elle voit dans la nuit. Elle s'approche. Il entend sa respiration rauque. Une main s'abat sur son épaule. Il essaie de se dégager. Se débat désespérément. Ses gestes sont désordonnés, comme ceux d'un homme qui se noie. La main se fait plus lourde. Impossible de lui échapper. Ludwig se sent perdu. Dans un sursaut de désespoir, il se libère de l'étreinte implacable. Qui se referme aussitôt sur lui. Une voix siffle, assourdie par la nuit et la haine.

— Sale Juif ! Meurtrier de Notre-Seigneur ! Tu ne m'échapperas pas, cette fois-ci !

Ludwig entend les mots, il ne les comprend pas. Ce sont les mots d'une langue étrangère, qui lui parviennent de l'autre côté du monde, de l'autre côté du temps. Tout se met à tourner. Autour de lui. En lui. Le monde vacille. Rien à quoi se raccrocher. Il tombe, tombe sans fin, aspiré par un trou du temps. Des images incompréhensibles surgissent, sans lien, désarticulées, s'entrechoquent dans sa mémoire devenue folle, des silhouettes se dressent et se dissolvent aussitôt, se fondent dans un brouillard gluant. Les mots et les morts tournoient dans sa tête, s'échappent, s'agencent sans queue ni tête, forment autour de lui des rondes délirantes. Des bras puissants s'agitent en tous sens, des mains comme des battoirs s'abattent, des têtes chutent avec un étrange bruit mat, de longs couteaux s'enfoncent dans des ventres, une hache a fendu quelqu'un en deux moitiés égales qui tombent lentement de part et d'autre, des flammes géantes ronflent sur le ciel noir, tout est enveloppé d'un étrange silence fait pourtant d'un long et monotone hurlement, il voudrait rentrer à la maison, se cacher dans la chambre où dorment papa et maman, se glisser dans la cuisine tiède où Isaac et lui ont leur paillasse, il voit Isaac là-bas, couché à côté de la porte, il ne le distingue pas bien, où est Avigaïl, des méchants les ont frappés et ils sont tombés, il y a beaucoup de sang par terre, où est Avigaïl…

—Je vais te tuer, sale Juif, je ne te laisserai pas l'occasion de venger tes frères maudits.

La voix sourde siffle toujours, comme surgie de nulle part dans l'obscurité. Ludwig émerge un bref instant du cauchemar. Il ne voit pas son assaillant, plus noir que la nuit avec laquelle il fait corps. Il imagine un serpent dressé sur sa queue, le serpent sifflant qui a jeté Ève dans le péché. C'est Satan qui est venu l'anéantir. Et les horribles images qui l'assaillent, ce sont celles de l'Enfer qui s'entrouvre pour lui…

—Je saurai t'empêcher de sévir. Ils croient tous, ces pauvres aveugles, qu'il n'y a plus de Juifs dans cette ville.

Mais moi je sais, car Dieu m'a visité en songe et m'a révélé la vérité. C'est à moi qu'il a confié la mission de vous démasquer et de révéler vos noirs desseins.

Que dit-il ? Pourquoi parle-t-il des Juifs ? Ludwig tente de surnager, mais il est à nouveau précipité dans l'Enfer. Il ne cherche plus à lutter, se laisse aller aux visions épouvantables qui l'assaillent de toutes parts, ballotté, bousculé, bouleversé, submergé par l'horreur et le désespoir.

—Je vais te tuer, engeance du Diable. Mais auparavant, je veux te raconter une belle histoire. Une merveilleuse histoire, qui, je l'espère, t'accompagnera en Enfer, d'où toi et tes semblables n'auriez jamais dû sortir. Une histoire qui est la joie et la fierté de toute ma vie.

Ludwig est loin. Il perçoit des mots, Diable, Enfer, essaie de comprendre. De quoi parle ce serpent ?

—Voici la belle histoire d'une famille de Juifs, la tienne. Tu ne sais certainement pas ce qui est arrivé à ta mère, à ton père, à tes frères et à ta sœur. Écoute bien, je vais te le révéler. Et tu comprendras par la même occasion quel héros tu as en face de toi, un héros qui a accompli des exploits hors du commun, pour la plus grande gloire de Jésus-Christ et de sa sainte Église.

Ludwig ne voit pas l'homme se signer.

—Sais-tu qui a tué ton père ? C'est moi, Klaus Sauber, moi, en personne. Je l'ai cueilli dans sa maison, alors qu'il était en train de marmonner, affublé d'une grande étole rayée, le bras entouré de bandelettes et ce ridicule boîtier noir sur le front, qui lui donnait l'apparence d'un étrange insecte. Décidément, vous, les Juifs, vous tenez plus des bêtes que des hommes… Je l'ai donc traîné dans la cour, il résistait, l'animal, comme un âne rétif, mais je n'ai pas eu grand mal, jeune et fort comme je l'étais, à le tirer. Je lui ai fracassé sa tête dure d'un bon coup de masse. Tu penses bien qu'il ne s'est pas relevé ! Sais-tu à présent qui a tué ta mère ? Encore moi ! Pour elle, je m'y suis pris avec plus de raffinement. Normal, c'était une femme ! Je l'ai attrapée par les cheveux, il a fallu d'abord que je lui arrache cette affreuse coiffe dont vos femmes s'affublent, et par la même occasion, tous ses vêtements, un à un, jusqu'à ce qu'elle soit nue devant moi, je dois dire qu'elle était belle, ça oui, plus que ne le laissaient supposer les multiples jupes et jupons qu'elle avait accumulés sur elle, comme toutes les femmes d'ailleurs. Je me suis approché d'elle, lentement, savourant ce moment délicieux, jouissant par avance de ce corps qu'elle ne pouvait pas me soustraire, et je la regardais qui tentait de dissimuler de ses bras repliés ses seins, son ventre. Je l'ai pénétrée lentement, savamment, je suis un amant expert, n'en doute pas, et comme c'était bon, tu n'as pas idée, et en même temps que je jouissais en elle, lentement, au rythme exact de mon plaisir, j'ai enfoncé le couteau dans sa poitrine, et, sais-tu, elle s'est cabrée, comme si elle jouissait elle aussi, recevant ensemble ma semence et la mort. N'est-ce pas une belle histoire que je te raconte là, Juif maudit, gibier d'Enfer ?

Ludwig est à demi inconscient. Il a le sentiment étrange d'être rempli de brouillard. Sa tête, son corps n'ont plus ni consistance ni épaisseur, ils se sont défaits en filaments de buée. Comment se fait-il que la main sur son épaule ne s'enfonce pas dans le vide, puisqu'il n'est plus rien que vide ?

— Pour ce qui est de tes frères et de ta sœur, je dois reconnaître qu'à mon grand regret, ce n'est pas moi qui leur ai réglé leur compte, d'autres m'avaient devancé. Mais il ne faut pas tout vouloir pour soi, il faut savoir partager le plaisir !

Isaac, Avigaïl... Isaac est couché là-bas, à l'entrée de la cuisine. Où est Avigaïl ? Il ne la voit nulle part. Le diable a soudain desserré son étreinte, l'a lâché. Peut-être va-t-il disparaître, s'évanouir et retourner dans l'Enfer dont il est sorti ? Le brouillard se déchire, les images se mettent en place, celles de jadis et celles de maintenant, la cour de la maison, les gens qui enfoncent la porte, se précipitent en hurlant, frappent encore et encore. Il sent qu'il tombe. Lutte de toute sa volonté pour rester debout. Une force désespérée se réveille en lui, comme une secousse qui le parcourt de fond en comble. Il entend un rugissement, sursaute violemment, comprend avec quelques instants de retard que c'est lui qui vient de le pousser, en même temps qu'il se rue sur son assaillant, et dans le noir, lui assène un coup violent en pleine face, sent l'arête d'un nez qui cède avec un craquement, continue à frapper à l'aveuglette, à coups de pied et de poing, en gémissant, ne s'arrête pas, l'homme est tombé, il crie comme un goret qu'on égorge, appelle à l'aide d'une voix suraiguë, dans l'obscurité, les coups continuent à pleuvoir, certains manquent leur cible, mais d'autres font mouche avec une redoutable efficacité. Ludwig se réveille, entend les pas d'une patrouille de guet, abandonne sa proie et s'enfuit dans la nuit.

Le brûlement des Juifs

(4)

14 février 1349 avant l'aube

Une aube sale et grise chasse péniblement la nuit qui s'effiloche, laissant des pans d'obscurité traîner dans le ciel.

La ville se tasse, ombre sur l'horizon, prisonnière des ténèbres qui s'accrochent, tenaces.

Au milieu du cimetière, en dehors des murailles, de l'autre côté de l'Ill qui se traîne en contrebas, se dresse, noire sur le ciel noir, la silhouette sombre et simple du bûcher. On n'en distingue pas les détails. Il fait encore trop nuit. Ce n'est rien qu'un monticule, une excroissance têtue de l'obscurité, qui barre la vue et défigure la platitude des prés, jusqu'au champ de tir, là-bas, tout au bout.

La ville est sombre, silencieuse encore. Mais ses murs et ses maisons bruissent déjà, mystérieusement, dans le silence de ce qui se trame… Dans le silence de l'attente…

Le silence plane, épais, à peine entamé par le cliquetis des hallebardes. Les miliciens font la ronde aux portes du quartier juif. Ils ont veillé toute la nuit, égrenant les longues et lourdes heures au rythme de leurs pas pesants, au rythme du bruit des armes qui s'entrechoquent.

Dans les rues de la ville, au cœur des maisons bien closes, chacun dort du sommeil du juste, sans rêves et sans remords, au plus profond des alcôves, au creux des paillasses tièdes, dort d'un sommeil sans trouble et sans question, dans l'attente confiante et bienheureuse du matin.

Un matin de justice et de gloire, qui se lèvera sur le châtiment des Juifs maudits, eux qui s'entêtent depuis les siècles des siècles dans leur aveuglement imbécile, qui complotent contre la vraie foi, qui tuent à grande cruauté les enfants chrétiens pour pétrir, avec leur sang innocent, les pains de leur Pâque, qui empoisonnent les puits et sèment la peste dans le monde, sorciers de l'Enfer, adorateurs de Satan…

Oui, le matin qui se lèvera tout à l'heure sonnera pour les Juifs exécrables le jour du jugement de Dieu.

Et dans leur sommeil, les bons chrétiens qu'anime le zèle de la foi et qu'habite l'amour de Notre-Seigneur Jésus-Christ soupirent d'aise, souriant aux réjouissances promises.

Les hallebardiers font le guet autour du quartier des Juifs ; ils l'entourent d'un rempart vivant, tentant mollement d'assurer la sécurité des habitants et de prévenir des descentes de la population, chauffée à blanc par les harangues virulentes des bouchers, des tanneurs, de Sauber. Depuis deux jours, l'émeute menace, l'air froid de l'hiver vibre, la ville bout d'un feu souterrain. Le moindre mot, le moindre incident, la moindre étincelle sera l'occasion ou le prétexte à l'explosion. L'atmosphère est surchauffée. Toute la journée de la veille, les rues de la ville, aux alentours du chantier de la cathédrale, ont bourdonné de rumeurs qui allaient s'amplifiant, gonflant, fermentant dans les fûts bien clos : dans les poêles des corporations, dans les tavernes enfumées et bondées, aux étals des marchés, dans les échoppes, les groupes s'agglutinaient, faisant leur miel et leur fiel des tirades enflammées, des griefs haineux, des rancœurs accumulées, des jalousies aigres et des frustrations qui sont le lot commun des hommes. Et chacun écoutait, hochait la tête, s'indignait, se réchauffait à la flamme de l'assentiment de tous, éprouvant le bien-être délicieux de l'adhésion à une force qui le transcendait et se laissant convaincre sans peine de la malfaisance extrême des Juifs, de leur culpabilité, et du bien-fondé du châtiment que l'on devait, ce n'était que justice, leur infliger. Certains, peu nombreux, résistaient un peu, posaient quelques questions, émettaient quelques doutes, mais ils se faisaient de plus en plus rares, capitulant sans doute sous la pression du nombre, ou cédant à la timidité ou à la crainte, ou encore faisant taire leurs scrupules pour se rallier à la majorité : tous ces gens devaient avoir raison, puisqu'ils étaient si nombreux, si unanimes et si assurés des vérités qu'ils proclamaient… D'ailleurs, les Juifs perfides étaient les meurtriers de Notre-Seigneur, l'évêque et le curé le répétaient assez dans leurs prêches. C'était à cause des Juifs que la Bonne Nouvelle n'avait pas pu se répandre comme elle l'aurait dû, à cause de leur aveuglement et de leur entêtement imbécile… Ils avaient pourtant été choisis par Dieu, mais ils avaient lassé la bonté du Seigneur, qui les avait à juste titre repoussés. Voici donc qu'ils étaient condamnés à témoigner, par leur misère même, et contre leur gré, de la vérité de l'Évangile ! De sorte que les châtier, c'était, à n'en pas douter, agir selon la volonté de Dieu et s'en faire l'instrument soumis et obéissant. Et puis, les pauvres gens le savaient bien, les Juifs pressuraient le peuple autant qu'ils le pouvaient : c'étaient des usuriers cupides qui saignaient les paysans et les artisans misérables, contraints de leur emprunter de quoi nourrir leurs femmes et leurs enfants.

14 FÉVRIER 1349

L'aube se lève.

Le silence bruissant de la nuit s'anime. Une rumeur vague se lève, enfle, grandit, gronde, se répand.

Au voisinage du quartier juif, rue des Armuriers, rue du Dôme, rue des Orfèvres, rue des Charpentiers, la foule se rue, alors que l'obscurité couvre encore la ville. Courses, cris, des artisans armés de barres de fer, de haches, de gourdins, de marteaux, de bâtons, de piques, de couteaux. Halètements, hurlements, hommes en rut. Place du Marché-aux-Herbes, les assaillants qui convergent vers le quartier de la cathédrale frappent furieusement sur la balustrade de l'escalier des Zorn et sur les portes sculptées de la Pfalz, la rage de démolir dans les yeux et le cœur. Un grand escogriffe, armé d'une pique et d'une masse, hurle plus fort que les autres, d'une voix puissante et ses invectives sont reprises en chœur par la foule déchaînée.

Sus aux Juifs ! Sus aux assassins de Notre-Seigneur ! Sus aux empoisonneurs ! Pas de merci ! La multitude croît, et croît en même temps l'ivresse de la course, l'ivresse de la destruction, l'ivresse du meurtre. Chacun se sent investi d'une puissance divine, chacun se sent l'instrument de la justice et du châtiment. Des femmes hurlantes courent aux côtés de leurs hommes, crachent leur mépris, leur haine et leur jubilation. La foule est portée par sa force, monstre aux mille bras et aux mille têtes. L'exaltation monte, elle gagne de proche en proche, comme une contagion irrépressible. Chacun est une torche ardente, chacun s'embrase à la flamme de l'autre, et l'incendie se répand, arrachant chacun à soi-même, faisant de chacun une machine de mort, habitée par la seule fureur de la destruction, vidée de toute humanité, un débris de foule. Brandons de fureur et de haine, qu'aucune parole, aucune pensée ne pouvait plus, désormais, ramener à la raison.

Un jeune apprenti avisant un chien qui, le museau levé, hurlait sans discontinuer, à longs aboiements lugubres sur le passage de la meute, abat de toutes ses forces son gourdin et laisse la bête agoniser, saignante, dans la neige déjà souillée. Des hommes de tous âges tiennent des torches fumeuses, qui éclairent la nuit finissante de lueurs sinistres. Une grosse femme brandit haut un large couteau de boucher. Une autre, plus jeune, portant dans ses bras un bébé, court à l'unisson de la horde, s'égosillant à qui mieux mieux. À mesure que la masse hurlante se rapproche du quartier des Juifs et du cordon de miliciens qui le cerne depuis deux jours, elle se fait plus dense et plus âpre, se gonflant de tous ceux qui se ruent par les rues adjacentes et qui, gagnés par la rage générale, s'embrasant et s'allumant les uns les autres, grossissent comme des affluents bourbeux le cours du fleuve principal. Aux abords de la rue des Juifs, aux portes du quartier, la foule s'est arrêtée, piaffante, impatiente, vociférante. Les gardes restent impassibles. Ils ne bougent pas. Pas encore. Ils exécutent, encore, les ordres du Magistrat. Betschold, le nouvel Ammeister s'est avancé ; son coutelas brandi, il cherche à rompre le cercle des miliciens. Un tanneur s'avance à son tour, puis un autre, puis une femme. La multitude gronde, les injures fusent, la violence est palpable.

Soudain, la foule tout entière est saisie de frénésie, portée par une clameur que d'aucuns jugeront surnaturelle, elle se jette en avant d'un mouvement irrésistible, telle une vague puissante qui balaye tout sur son passage.

C'est l'assaut.

Le cercle des hallebardiers se rompt et fait volte-face : les soldats, leurs armes pointées, se joignent à la curée. Les portes des maisons sont défoncées. Et la tuerie commence.

Betschold est en tête de la horde. Mais à ses côtés, Johannes Herrmann, son fidèle second, n'a rien à lui envier : armé d'un couteau de boucher et d'une hache à deux tranchants, rivalisant avec lui de rage meurtrière, il fait montre d'une redoutable efficacité, se ruant en avant de toute sa masse, enfonçant de ses mains puissantes les portes des maisons, fonçant comme un taureau sur les spectres blanchis et immobiles qui attendent, debout, droits, silencieux, frappant encore et encore, abattant ses poings, sa hache, dans un mouvement vaste et régulier, fauchant les corps et les renversant comme des quilles. Johannes frappe, frappe, de ses mains larges comme des battoirs, il ne voit plus ses victimes qu'à travers un brouillard de sueur et de sang, il n'est plus rien d'autre que son arme, et il frappe, encore et encore, dans un déchaînement frénétique et aveugle, ponctué par la chute des corps qui tombent, enchevêtrés, dans un affreux bruit sourd. Son bras s'abat mécaniquement, sa lame plonge dans les ventres et les poitrines, sa hache fait éclater les crânes. Johannes va d'une maison à l'autre, galvanisant la populace ivre de sang, de hurlements et de coups. En peu de temps, des cadavres s'amoncellent, jetés pêle-mêle hors des maisons, dans les cours, sur les seuils, dans les rues, au milieu des poutres brisées et des portes arrachées. Des femmes de tous âges, jeunes et vieilles, sont précipitées par terre et forcées sous les yeux de leurs maris ou de leurs enfants, avant d'être transpercées ou égorgées. Le maître mot, qui circule de bouche à oreille, est « pas de quartier ! » Les enfants subissent le même sort. Johannes se vantera bien des fois, plus tard, en évoquant ses hauts faits, d'avoir tué par dizaines les enfants dans les bras de leurs mères et même, comble d'habileté, d'avoir, d'un même coup, occis la mère et l'enfant.

Betschold a lancé un ordre, qui se transmet comme une étincelle à travers la foule déchaînée : « Au cimetière ! » Le carnage, alors, s'interrompt. On se saisit des Juifs survivants, on les entraîne, solidement gardés et encadrés de près, le long de la rue. Ils avancent, troupeau défait, les vêtements déchirés, le pas titubant, hommes et femmes, jeunes et vieux, adultes et enfants. Ils avancent en silence. On entend seulement les pleurs des petits que les mères serrent contre elles, leur murmurant des mots d'apaisement. Herrmann marche à la hauteur d'un homme, un Juif parmi d'autres. Voilà que ce chien rompt le silence du troupeau et a l'audace de lui parler ! Il ose l'aborder !

— Vous nous tuez parce que vous croyez que nous sommes à l'origine de la peste ! Mais nous mourons, nous aussi ! Nos enfants ne sont pas plus épargnés que les vôtres ! N'est-ce pas la preuve éclatante que nous ne sommes pour rien dans la propagation de cet épouvantable fléau ?

— Les assassins de Notre-Seigneur Jésus-Christ peuvent bien aussi sacrifier leurs propres enfants pour assouvir leur traîtrise !

Et le boucher accompagne ses propos d'une violente bourrade sur la nuque du Juif qui chancelle sous le coup mais, au prix d'un douloureux effort, reste debout.

Pendant ce temps, à l'autre extrémité de la rue des Juifs, une dizaine de jeunes émeutiers ont fait halte à la taverne « À l'Ours

Blanc », où ils arrosent copieusement et bruyamment l'arrestation des Juifs, à grand renfort de plaisanteries grossières et de tonitruants éclats de rire.

— Combien de temps faut-il à un Juif pour rôtir ?

— Ça dépend de l'épaisseur de son cuir !

— Et du poids de la bête !

— Tu le veux à point ou saignant ?

— De toute façon, on ne profitera pas du spectacle, les premières places seront prises par les chefs des corporations, et nous, on sera refoulés à l'arrière !

— Et si on s'offrait un petit bûcher privé ? Ni vu, ni connu, personne ne nous délogera !

La proposition reçoit l'approbation enthousiaste des buveurs, déjà passablement éméchés.

Repoussant soudain leurs chaises, ils se lèvent tous ensemble, en désordre, se bousculant dans le brouhaha des rires gras et le vacarme des chaises renversées, tandis que le tavernier réclame à cor et à cris son dû. L'un des convives lui met lourdement la main sur l'épaule, lui disant d'une voix pâteuse :

— Ne braille pas comme un putois, on reviendra te payer quand on aura allumé les Juifs !

Tous se précipitent à l'extérieur. L'un d'eux, un tout jeune homme fluet, au visage encore pétri d'enfance, trébuche et s'affale de tout son long, sous les éclats de rire de tous les autres. Le garçon se relève lorsque ses compagnons sont sortis et gagne à son tour la porte. Il les voit qui se regroupent à côté d'une petite maison étroite et haute, à grosses poutres de bois, qui avance un peu sur la chaussée et dont le dernier étage, en décalage par rapport à la façade, rejoint presque la maison d'en face. Ils se concertent. Puis ils se dispersent, quelques-uns se dirigeant vers les maisons alentour, où ils s'engouffrent, d'autres amassant des débris de bois hétéroclites, qu'ils entassent devant la porte de la maison, encore étonnamment intacte. L'adolescent s'approche d'un pas hésitant. Il se sent mal. C'est peut-être le gobelet de vin rouge qu'il a ingurgité. Les hommes qui ont pénétré dans les maisons en ressortent à présent, poussant à coups de piques des familles juives qui ont pu, jusqu'ici, échapper à la populace, s'étant dissimulées dans des cagibis, sous des escaliers, derrière des barils de vin ou des sacs de farine, et que leurs bourreaux viennent de débusquer. Les Juifs sont enfermés dans la maison, tandis que l'on termine d'amonceler les morceaux de bois en un petit bûcher. Quand c'est fini, l'un des hommes, un artisan serrurier qui semble un peu moins ivre que ses compagnons, entreprend d'y mettre le feu. Rapidement la flamme, attisée par l'aigre bise qui souffle depuis l'aube, se communique au tas de bois puis, montant en flammèches gourmandes, embrase la porte de la maison, puis les murs. En peu de temps, le brasier a tout dévoré. Les spectateurs se regardent, frustrés : le spectacle a été bref et l'on n'a même pas entendu les cris des Juifs qui brûlent.

L'adolescent, retiré dans un coin, vomit ses tripes.

VII.

Révélations

24 FÉVRIER 1365

Il fait déjà sombre. C'est l'heure où la journée bascule, où le crépuscule s'empare du ciel et de la terre, préparant le terrain pour la nuit qui lentement s'avance.

Le père Closener est assis, immobile, dans la salle du chapitre de la cathédrale. Face à lui, les imposantes cathèdres de bois, avec leurs hauts dossiers droits, sont vides. Il est installé à l'extrémité de la rangée, dos à la porte. Le silence règne dans la salle majestueuse. D'habitude, elle résonne des voix des moines : l'un lit un chapitre de la Règle, un autre un passage de la Sainte Bible, un troisième déroule la liste de tous ceux qui sont recommandés aux prières, avant que soient décidées les sanctions à l'encontre de ceux qui se sont rendus coupables de manquements et que soient prises les décisions nécessaires pour la gestion au quotidien de la vie de la congrégation.

Le père Closener attend la visite de Ludwig. L'heure est venue de l'éclairer, puisqu'aussi bien, le jeune homme n'arrêtera pas sa quête avant de savoir. C'est ici, dans cet endroit précisément, au cœur de l'église cathédrale, que le prêtre a fixé rendez-vous au jeune menuisier. Pourquoi ? Peut-être parce qu'il veut ainsi affirmer clairement son engagement de chrétien. Il est chrétien. Exclusivement. De tout son être. Passionnément attaché à Notre-Seigneur, qu'il sert de tout son amour et de toute sa foi. Le Christ qui l'a sauvé, lui, misérable pécheur, en prenant sur lui ses fautes, comme il a sauvé tous les hommes. Du moins ceux qui le reconnaissent. Car comment sauverait-il ceux qui s'obstinent à le dédaigner, à le rejeter, à traiter par le mépris la Bonne Nouvelle, et méritent par cela d'être à leur tour rejetés par le Seigneur ? Les Juifs ont fauté. Gravement. Par leur incompréhensible aveuglement, leur refus têtu, ils ont attiré sur eux toutes les souffrances qui les ont accablés, et qui sont le signe incontestable de la réprobation divine. De cela, Fritsche Closener ne doute pas un seul instant. Oui, mais… Et voilà que les vieilles interrogations qui le taraudent depuis seize ans reviennent en force, assaillent son esprit dans une sarabande effrénée. Oui, mais… Leur péché envers le Seigneur, si lourd soit-il, la trahison dont ils se sont rendus coupables justifient-ils le traitement qu'on leur a infligé, à Strasbourg et ailleurs ? Les chrétiens devaient-ils faire justice au nom de Dieu ? Ne fallait-il pas laisser le Seigneur maître du jugement et du châtiment ? N'ont-ils pas, à grand orgueil, usurpé Sa place ? N'ont-ils pas indûment jugé et tranché ? Étaient-ils en droit de dresser des bûchers, de jeter dans les flammes pêle-mêle hommes, femmes, enfants, vieillards ? Étaient-ils en droit de blesser, de violer, de tuer, d'éventrer, d'égorger comme ils l'ont fait ? Le Seigneur n'a-t-il pas commandé « Tu ne tueras point » ? N'ont-ils pas transgressé le commandement le plus sacré des Évangiles : « Tu aimeras ton prochain comme toi-même » ? N'ont-ils pas, sous couvert de zèle religieux, assouvi les pires instincts de l'homme, éprouvant en leur cœur la jouissance de tuer et récoltant en écus sonnants et trébuchants le salaire de leur violence ? Était-il légitime d'assassiner les petits enfants, eux qu'on eût pu aisément convertir à la vraie foi ? Les enfants... Le prêtre se laisse aller à ses souvenirs...

Samedi 14 février 1349

Silence. Craquements intermittents des poutres qui se rompent et s'effondrent. Feulement des flammèches qui lèchent la base des murs noircis. Fracas brutal d'un toit qui s'écroule. Puis le silence, à nouveau. Les rues, tout à l'heure encore remplies de cris et de bruit, sont muettes. Et vides. Par terre, partout des morts. Couchés. Jetés pêle-mêle. Enchevêtrés dans un monstrueux écheveau de mains, de pieds, de troncs. Allongés sur le dos ou sur le ventre. Bras étendus ou tordus. Corps repliés ou contorsionnés. Égorgés, éventrés, dénudés, brûlés, massacrés. Enfants jetés en travers des seuils. Hommes lancés des toits et des fenêtres. Femmes aux ventres ouverts. Faces immobiles. Regards vides. La mort livide a pris possession du monde. Un chat noir se glisse furtivement derrière un mur. Une bande de corbeaux se tient, vigilante et vorace, au sommet d'un arbre famélique. L'un d'eux lance un long croassement rauque, puis s'envole dans un froissement d'ailes incongru. Silence. Des portes à demi arrachées grincent au vent. Une neige glacée s'est mise à tomber. Un entassement hétéroclite de meubles, d'objets, de gravats, de débris encombre les rues étroites, comme si une tempête avait passé par là. La vie a coulé hors des maisons et s'est coagulée en flaques indécentes, à la face du ciel impassible. Tout là-bas, au bout de la rue des Juifs, de l'autre côté de l'Ill qui coule, imperturbable, entre ses hautes berges, de l'autre côté de la muraille qui ceint la ville, cliquettent les armes, résonnent les cris, ronflent les feux et pleure le Dieu d'Abraham, d'Isaac et de Jacob qui a, est-ce possible, abandonné ses enfants, le Dieu de Moïse qui n'a pas frappé le Pharaon et son armée de bouchers, qui n'a pas ouvert la mer ni les cœurs des ennemis d'Israël.

Dans les rues désertes, fouettées par le rude vent d'hiver, un homme, seul, avance. Il est vêtu d'une longue robe noire, la capuche de sa cape est rabattue sur sa tête. Il marche à pas lents, enjambant gravats et débris, évitant les chaises renversées, les coffres éclatés, les lampes brisées, les tentures arrachées. Des phylactères aux lanières déchirées font une tache noire sur la terre salie. Il avance toujours, lentement, précautionneusement, passe entre des amoncellements de cadavres enchevêtrés. Son visage, dissimulé par la capuche, est impassible. Il s'arrête à intervalles réguliers. Scrute le silence. Repart. Sa robe noire lui bat furieusement les chevilles, se plaque sur ses longues jambes. Il n'en a cure. Le vent siffle rageusement à ses oreilles, s'insinue sous sa cape, cherche à lui arracher sa capuche. Il n'en a cure. Des paquets de neige mouillée l'aveuglent, lui fouettent le visage. Il poursuit sa route. S'immobilise à nouveau. Tend l'oreille. Tourne la tête, d'un côté, de l'autre. Fait un pas vers la droite. Aiguise son ouïe. Un bruit léger, presque inaudible. Il avance encore. Contourne le corps d'une femme étendue sur le dos, le ventre dénudé et tailladé, la face tournée vers le ciel, les bras en croix. C'est Jésus recrucifié, pense furtivement l'homme. Effrayé, il détourne le regard. Détourne la pensée. S'arrête une nouvelle fois. Bifurque à droite, vers l'ouverture béante d'une maison. Le bruit est perceptible à présent. Il franchit le seuil. Pénètre dans une cour silencieuse. Peuplée de cadavres, elle aussi. Sur le seuil d'une porte qui ne tient plus que par un gond, un garçon d'une dizaine d'années, le visage ensanglanté. Il enjambe l'enfant mort, entre, guidé par le bruit. Pénombre. Des pleurs d'enfant. L'homme presse le pas, se dirige vers la masse indistincte d'un escalier à demi démoli. Il se baisse. Tâtonne dans le noir. Saisit l'enfant, le prend dans ses bras, le dissimule sous sa cape. L'enfant est glacé. Ses pleurs se sont tus. L'homme rebrousse chemin. Ressort précautionneusement. Jette un coup d'œil à droite, à gauche. Rien n'a changé. Le chat furtif, seule âme qui vive, s'est coulé prudemment par la porte béante et a disparu. Tandis qu'il reprend sa route à travers les rues du quartier juif désert et muet, les corbeaux, toujours à l'affût et veillant jalousement sur leurs proies, lancent un long croassement qui résonne comme un ricanement sinistre.

Des pas assourdis. Hésitants, dirait-on. Qui s'arrêtent, repartent, se rapprochent. Fritsche Closener s'arrache à ses souvenirs. Ludwig frappe à la porte de la salle capitulaire. S'immobilise sur le seuil, saisi. La salle est immense. Écrasante de silence et de solitude. Il ne voit pas d'abord le moine que dissimule le dossier haut et droit. Peut-être s'est-il trompé de porte ? Il s'apprête à rebrousser chemin quand une voix de basse, étonnamment forte, l'arrête, l'invite à entrer. Ludwig fait quelques pas dont l'écho se répercute longuement sur les murs, lancés à l'assaut d'un plafond haut comme le ciel. Il découvre l'archiprêtre assis sur le premier siège : des traits anguleux, une mâchoire énergique, un regard bleu, acéré. Ludwig est parcouru d'un frisson : il reconnaît le prêtre mystérieux dont l'arrivée à Brumath, un jour sombre de novembre 1359, l'avait jeté dans un trouble qui ne s'était jamais dissipé. Il s'est à nouveau immobilisé, ses pensées se chevauchent, lui échappent dans un désordre qu'il ne maîtrise pas. Son corps lui semble incroyablement lourd, ses pieds sont collés au sol comme dans le cauchemar récurrent où il tente vainement de courir, essayant désespérément de s'arracher à la terre gluante pour échapper au démon griffu qui va fondre sur lui. La voix de Fritsche Closener s'élève à nouveau :

— Approche, Benjamin ben Salomon, nous avons à parler !

Qu'a-t-il dit ? Comment l'a-t-il appelé ? Quel nom lui a-t-il donné ? Ne sait-il pas qu'il est Ludwig Treppler, fils de Jacob le menuisier et d'Aliena ? Ludwig se débat, affolé, aux prises avec ce qu'il sait et ce qu'il ne veut pas savoir. Il avance mécaniquement, se retrouve debout devant le prêtre, enveloppé dans sa longue soutane noire, le visage pris dans la lueur dansante de la chandelle qui fait reluire son crâne tonsuré comme une sphère polie.

— Tu m'as donc finalement trouvé...

Silence. Le moine reprend :

— Il est temps, en effet, que tu connaisses la vérité. Jacob Treppler m'a jusqu'ici empêché de te la révéler.

— Pourquoi ?

La question a jailli, brutale, rauque, malade. Ludwig a tressailli, avant de comprendre que c'est lui-même qui vient de la poser, d'une voix qu'il ne reconnaît pas, la voix d'un autre. Son corps aussi lui est devenu étranger. Que lui reste-t-il à cette heure ? Sa voix, son corps, sa parole, son nom, il ne reconnaît rien. C'est comme s'il était brusquement arraché à lui-même, avec une violence effrayante, et projeté dans la vie, l'histoire, le passé, la mort même de quelqu'un d'autre. Comment s'y retrouver ? Où poser les yeux, la mémoire ? Comment répudier tout ce qu'il croyait sien, les repères familiers, les parapets qui le protégeaient des chutes, les garde-fous qui l'empêchaient de perdre son chemin dans le vaste monde, les bornes qui balisaient sa route et le préservaient de s'égarer dans des champs sauvages et désertiques ? Déroute. Ludwig se sent tomber. Une poigne solide l'a retenu. Le prêtre à la soutane, debout, immensément grand, le tient fermement par le bras, le guide vers un siège, le force à s'asseoir en face de lui.

— Pourquoi ? Ton père adoptif avait peur pour toi. Terriblement peur.

— Pourquoi ? demande encore Ludwig, et sa voix trahit une telle détresse que le moine en est malgré lui remué.

— Il craignait que tu ne supportes pas cette révélation. Et sans doute aussi que tu te détournes de lui, d'Aliena, que tu te mettes à les haïr. Il a toujours fait en sorte de te protéger, de te préserver. Sa femme et lui, tu le sais, ont pris soin de toi depuis toujours. Ou plutôt, depuis que toutes ces choses terribles sont advenues. Ils te considèrent comme l'un de leurs enfants. Et non le moins aimé... Ils se sont donné comme mission de faire de toi un homme honnête et un bon chrétien. Et ils ont donc décidé de tenir cachée ton origine et de faire en sorte que rien, jamais, n'en transparaisse. Tu n'étais qu'un tout petit bébé quand ils t'ont recueilli. Ils étaient convaincus que tu ne pouvais garder aucun souvenir des terribles événements de 1349. En quoi ils se sont trompés, car tu avais emmagasiné, à ton insu, des bribes éparses de ton passé, qui résonnaient en toi au moindre rappel. C'est ce qui est arrivé quand je suis venu rendre visite à mon cousin Jacob Treppler, à Brumath, l'an dernier.

— À présent, vous devez me raconter tout ce qu'on m'a celé jusqu'ici.

Ludwig a parlé de cette même voix sans timbre, qu'il ne reconnaît pas. Mais qui s'est teintée d'âpreté. Le prêtre le regarde. Le visage du jeune homme bouge, se plisse comme un reflet à la surface d'un étang. Les images de jadis surgissent à nouveau, se superposant aux traits anxieux et mouvants de Ludwig. Fritsche Closener raconte...

Il raconte la ville devenue folle, les rues en ébullition, la soif de tuer, les hommes changés en bêtes.

Il raconte le silence du quartier juif dévasté, la désolation des rues vides et mortes, les pleurs d'un petit enfant oublié dans les décombres.

Il raconte le baptême de l'enfant le jour même, dans la chapelle Saint-Laurent de l'église cathédrale, en présence de quelques moines discrets, la chevauchée nocturne vers Brumath, l'enfant confié à Jacob Treppler et à sa femme.

La suite, Ludwig la connaît...

Fritsche Closener s'est tu.

Ludwig est resté muet. Immobile. Prostré. Recroquevillé sur lui-même. Les épaules ramassées en avant, les bras étroitement croisés sur sa poitrine, les mains agrippées aux côtés de son manteau qu'il n'a pas retiré. Il a froid. Jusqu'au tréfonds de lui-même. Il lui semble qu'il ne pourra jamais plus se réchauffer. Des cloches sonnent étrangement dans sa tête. Elles sonnent le glas de tout ce à quoi il croyait. Il n'est pas le fils, même adoptif, de Jacob et d'Aliena. Il n'est pas leur neveu. Il n'est pas chrétien. Jésus, du haut de sa croix, ne le protégera plus. N'entendra plus ses prières. Il est juif. Il est le fils d'un Juif. Il est fils de ce peuple réprouvé, que Dieu a rejeté et châtié. Et que les chrétiens fidèles ont exterminé sur les mille bûchers qu'ils ont dressés à travers l'Alsace. La salle capitulaire se met à tourner autour de lui, de plus en plus vite, de plus en plus fort. Une puissante nausée lui tord les entrailles.

Il se retient à grand-peine. S'oblige à reprendre le contrôle. Articule d'une voix étouffée :

— Vous m'avez appelé d'un nom juif. Vous savez donc qui était mon père…

— Ton nom est Benjamin fils de Salomon. Tu es le plus jeune fils de Salomon ben Isaac. Ton père était l'un des six médecins de la ville. Ta mère s'appelait Sara. Sara fille de Léa. Tu avais deux frères plus âgés et une petite sœur.

Des parents, des frères, une sœur. Juifs. Des étrangers, sans visage et sans corps. Des noms comme des boîtes vides. Que faire de tout cela ? Un sanglot douloureux se forme dans sa gorge. Y reste coincé. Tout cela ne se peut. Son père est Jacob Treppler, sa mère est Aliena, ses frères et Berthe, sa petite sœur, sont à Brumath, qu'il n'aurait jamais dû quitter ! Il évoque désespérément leurs visages de chair, leurs rires, leurs bras, leurs corps. Leur tendresse. Et voici que surgissent peu à peu à leurs côtés, comme des doubles douloureux, des visages et des corps oubliés, qui se lèvent du tombeau de la mémoire, qui se revêtent à leur tour de chair et de sourires… Voici que les fantômes fugitifs et insaisissables de ses nuits se précisent, se fixent, prennent corps et visage… Voici qu'une femme le contemple, ses yeux sourient, et elle ressemble à la madone qui l'avait tant bouleversé le jour de son arrivée. Voici auprès d'elle une petite fille aux longs cheveux noirs, elle s'appelle Avigaïl, elle le regarde elle aussi, et elle met sa main sur sa bouche pour étouffer le rire qui la gagne. Voici son père, avec sa barbe noire soigneusement taillée, il porte un chapeau en pointe et un cercle jaune est cousu sur son vêtement. Voici même qu'il entend des voix, celles de garçons qui se disputent, il ne les voit pas, l'un d'eux s'appelle Isaac, il ne se souvient pas du nom du second. Il laisse les images venir, s'ouvrir comme des fleurs enfin parvenues à maturité, prendre vie et s'ébrouer comme les chatons qu'il avait vus naître, il y a si longtemps, ailleurs, dans le temps de son enfance protégée… Il ne tente rien pour les saisir, de peur de les effaroucher et de les mettre en fuite. Il se fait réceptacle, s'efface, n'est plus qu'attente patiente. Les images montent, s'apprivoisent, se font plus nombreuses et plus assurées. Il voit une chambre, une cuisine, des paillasses. Il voit des hommes assis à une table, ils discutent fort. Il voit, mais l'image, ici, est plus floue, des bancs dans une grande salle, des hommes qui se balancent en chantant. Il voudrait demander au moine ce qu'il était venu faire dans le quartier juif, pourquoi il a sauvé cet enfant. Le père Closener ne lui laisse pas le temps de poser la question.

— Je suis arrivé quand tout était consommé. J'ai parcouru les rues à la recherche de blessés qui auraient peut-être pu être soignés. Il n'y en avait pas. J'étais stupéfié par l'ampleur de la tuerie. Mais plus encore par la férocité de gens que tout le monde considérait comme de bons chrétiens. Et je ne comprenais pas pourquoi, plutôt que de tuer les enfants, on ne les avait pas convertis afin de sauver leurs âmes.

— C'est donc pour cela que vous êtes venu, pour ramasser des enfants afin d'en faire de bons chrétiens…

Ludwig se sent si mal ! Bousculé par des sentiments tellement contradictoires, tellement incohérents, tellement chaotiques ! Il a l'impression de perdre l'équilibre ; il croit qu'il va tomber, se retient machinalement à l'accoudoir de son siège. Le père Closener, conformément à son devoir de chrétien, s'est préoccupé du salut de l'âme des enfants juifs, a fait tout son possible pour leur éviter la damnation éternelle. En même temps que cette pensée familière clignote dans son cerveau, l'image d'une petite fille, d'un homme grand et à la barbe noire, le visage lumineux d'une femme s'y entremêlent, la découpent en bribes abstraites, dénuées de sens. Lui-même est juif, il ne sera pas davantage sauvé que ceux qu'il découvre comme ses frères. L'image de Jésus mourant sur sa croix se substitue l'espace d'un instant à toutes les autres, comment lui qui a tant souffert pourrait-il consentir à la souffrance éternelle des pécheurs ? Comment pourrait-il approuver la souffrance des Juifs, même réprouvés, et les bûchers dans lesquels on les a jetés ? Le curé ne lui a-t-il pas appris que Jésus-Christ a enseigné l'amour du prochain et qu'un chrétien devait par-dessus tout appliquer ce précepte ? En proie au vertige, entraîné dans un tourbillon qu'il ne maîtrise plus, Ludwig a encore la force de demander dans un murmure presque inaudible :

— Savez-vous ce que sont devenus mes parents ?

Fritsche Closener répond, et sa voix est elle aussi un murmure :

— Je crains qu'ils ne soient morts et que tu sois le seul survivant de ta famille.

25 FÉVRIER 1365

C'est dimanche. Ludwig est assis à la table familiale des parents de Catherine, à Bischheim, un faubourg situé à quelques lieues de Strasbourg. C'est la première fois qu'il les rencontre. Il est venu sur l'insistance, c'est peu dire, sur l'exigence de Catherine. Car au sortir de l'entrevue dramatique avec le père Closener, en déroute totale, Catherine lui est apparue soudain comme l'unique lumière dans toute cette noirceur, dans cette boue de détresse où il avait le sentiment de s'enliser, comme aspiré dans une spirale de destruction. Des images morbides, incontrôlables, assaillaient son esprit et son corps, malades autant l'un que l'autre.

Au sortir de la cathédrale, il titubait. La nuit noire qui l'avait accueilli sur la place du Fronhof lui avait semblé, au premier moment, bienfaisante. Il aurait voulu s'y enfoncer, s'y perdre. Qu'elle le prenne, qu'elle l'engloutisse, qu'elle absorbe toute lumière, car la lumière n'est que douleur et blessure. Que les ténèbres le fassent disparaître dans leur noirceur, et que disparaissent avec lui toute laideur et toute peine. Le vertige le faisait tanguer comme un bateau ivre. Sa tête était prise dans un étau, des élancements douloureux lui martelaient le front, les tempes, la nuque. Des frissons le parcouraient, comme jadis quand la fièvre montait et que sa mère, non, Aliena, lui appliquait sur le visage, les poignets et les chevilles des compresses fraîches. Il n'avait qu'une hâte, regagner sa petite chambre, se glisser dans son lit, remonter la couverture de laine jusque sur son visage. Disparaître dans la nuit. S'immerger dans le sommeil le plus profond possible. Sombrer. Il avait parcouru, sans s'en rendre compte, la courte distance qui le séparait de la rue Mercière. Il aperçut sur sa droite, juste avant de s'engouffrer dans le porche, la place Saint-Martin, déserte à cette heure, car les rues et les places se vidaient dès la nuit tombée. Les étals du marché, fermés, se découpaient en taches plus sombres sur la nuit. Catherine. Son visage, sa fraîcheur. Il devait aller lui parler. Il savait, il sentait, que le secours viendrait d'elle. Et c'est avec cette lumière qu'il avait pénétré dans la cour, qu'il avait grimpé l'escalier jusqu'à sa chambre, qu'il s'était recroquevillé dans son lit, gagné instantanément par un sommeil profond comme il l'espérait, et, miraculeusement épargné par les cauchemars et les démons à l'affût dans son âme.

Le lendemain matin, il avait, à la première heure, traversé la rue du Marché-aux-Poissons pour se retrouver place Saint-Martin. Les premiers marchands ouvraient, l'un après l'autre, leurs étals. Celui de Catherine était encore fermé. Il l'avait attendue dans le froid intense du petit matin, arpentant la place et tapant ses pieds sur le sol gelé afin de se réchauffer. Il n'avait pas attendu longtemps avant de la voir arriver avec sa charrette chargée. Elle l'avait tout de suite repéré, étonnée de le trouver là à une heure si matinale. D'habitude, un de ses frères l'accompagnait pour l'aider à disposer sa marchandise, mais aujourd'hui, elle était seule. Ludwig s'était réjoui, il pourrait lui parler en toute liberté de ce qui le tourmentait et, tout en l'aidant, il lui avait rapporté l'entrevue de la veille et les révélations qui l'avaient frappé de plein fouet.

À sa grande surprise, à son incrédulité, Catherine, loin de manifester le moindre signe de choc, garda le silence. Et sourit ! Il fut abasourdi. Comme elle ne disait rien et souriait toujours, il finit par articuler avec peine :

— Tu trouves cela drôle ? Tu te dis sans doute que voilà en face de toi un de ces Juifs maudits, que toi et tout le monde, et lui-même en premier, avait pris pour un bon chrétien ? Tu te dis que Sauber avait raison ?

Il fut atterré par sa propre amertume, par son désespoir soudain, par le ton sarcastique qu'il avait pris. Il pensa que sa confession le coupait à tout jamais de la seule personne en qui il avait confiance. Le désespoir le submergea de plus belle. Lui obscurcit la vue, l'ouïe. Il éprouva une solitude comme il n'en avait jamais connu. Il s'apprêta à tourner les talons, mécaniquement, privé de pensée. Il reprit conscience : une main s'était posée, fortement, sur son bras, une voix résonnait près de son oreille, prononçant des mots qu'il ne comprit pas tout d'abord. Des mots sans lien. Il entendit, au milieu du silence qui continuait à l'enfermer, Juif, père, Bischheim. Au prix d'un grand effort, péniblement, il essaya de rassembler ses esprits, de relier les mots épars que son oreille glanait, de comprendre. Le visage de Catherine était tout près du sien, sa voix chuchotait, sa main pesait sur son bras, le secouait. Il fit un effort pour entendre. Peu à peu, les mots s'ordonnèrent, prirent sens. Catherine, ô stupéfaction, lui disait, lui murmurait, qu'elle savait depuis longtemps, qu'elle l'avait reconnu – reconnu ? –, qu'elle était juive elle aussi. La voix de

Catherine devint musique, les noirs démons à l'affût dans son âme prirent leur envol, il entendit distinctement leurs battements d'ailes tandis qu'ils abandonnaient la place. Il écoutait avec ravissement. Soudain, tout ce qui l'alourdissait depuis la veille, depuis des mois, depuis des années, s'allégeait, le libérait. Il éprouva la sensation merveilleuse qu'il émergeait enfin à l'air libre, après un temps infini passé sous l'eau, privé d'air et tentant, à son insu, de respirer et de vivre. Catherine lui dit qu'il devait impérativement venir à Bischheim pour rencontrer son père. Le temps était venu pour lui d'apprendre qui il était. Elle avait employé, sans le savoir, les mots mêmes de Fritsche Closener. Ce fut presqu'en dansant que Ludwig la quitta ce matin-là. Lorsqu'il arriva à la menuiserie, en retard, maître Niklaus le considéra attentivement, redoutant de le voir anéanti après la soirée de la veille. Il fut surpris et soulagé de le voir détendu, un sourire errant sur les lèvres, et les yeux embués d'espoir. Il pensa que cette révélation l'avait libéré de toutes les incertitudes et les silences qui encombraient jusqu'alors sa vie. Et il n'avait certes pas tort.

Le voici donc à Bischheim, dans la petite maison discrète, un peu à l'écart du faubourg, où habitent les parents de Catherine, Émile et sa femme Karla, avec leurs deux fils. Émile parle. Émile dont le véritable nom est Aaron ben Mattatias...

La famille de Catherine a accueilli Ludwig avec une chaleur qui le réconforte au-delà de ce à quoi il s'attendait. Il est arrivé dans la matinée, ayant parcouru d'un bon pas les deux lieues qui séparent le hameau des murailles de la ville. Il a pris place autour de la table familiale, se laissant gagner par la chaleur qui rayonne du foyer et par les paroles de bienvenue de chacun.

Aaron parle. Raconte l'histoire des Juifs de Strasbourg. Et la sienne.

Il était l'un des six médecins appointés par la ville. Exerçant son office avec passion au service de tous, juifs comme chrétiens. Aimé par ses patients, qui l'attendaient comme le Sauveur. Convaincu d'œuvrer pour le *Tikoun Olam*, la réparation du monde et l'arrivée du Messie de justice, conformément aux paroles des Sages. Mais tout cela avait été renversé comme château de cartes, toute cette patiente édification avait été jetée bas quand la peste maudite s'était réveillée de son sommeil et avait réveillé avec elle les passions mauvaises endormies dans le cœur de l'homme « depuis sa jeunesse ».

Il raconte sa décision très tôt de quitter la ville, car il avait compris que la communauté juive était depuis bien longtemps condamnée. Que rien ni personne, et surtout pas le pouvoir du Magistrat, ne seraient en mesure de les sauver. Que l'effroi devant la peste en marche, l'avidité de pouvoir des artisans, l'agitation politique de moins en moins souterraine, l'exemple contagieux des autres villes, libres ou non, de l'Empire, tout cela mêlé à la cupidité populaire et à la haine tenace des chrétiens, tout cela constituait un faisceau de facteurs d'une puissance incontrôlable, qui, tôt ou tard, aboutirait inéluctablement au massacre des Juifs. Ses efforts pour convaincre ses coreligionnaires de fuir tant qu'il en était temps, de ne pas attendre, de ne compter ni sur l'appui du pouvoir, ni sur celui de l'Église, ni sur un miracle, attitude que les Sages interdisent. Son plaidoyer devant le rabbin Reb Abraham ben Yehiel et le Conseil de la Synagogue pour que soit organisée la fuite. Beaucoup de Juifs l'avaient écouté. Ils avaient cherché refuge dans des cités et des villages plus accueillants. Mais beaucoup aussi étaient restés, découragés par l'ampleur de la haine, par les difficultés d'un départ, par la perspective de la peste, par l'incertitude et l'ignorance d'un lieu où aller. Tous ceux-là avaient été, conformément à ses prévisions, massacrés avec une violence inouïe et brûlés.

Il se tait.

Ludwig, malgré le récit tragique qu'il vient d'entendre, se sent moins mal. Le marécage gluant où il lui avait semblé s'enliser a fait place à un sol plus solide. Curieusement, il a le sentiment de ne plus être en danger. Il demande d'une voix tremblante :

— Avez-vous connu mon père ? Il était médecin comme vous...

Aaron ne répond pas tout de suite. Catherine regarde intensément Ludwig, et il s'accroche à ce regard, comme à une perche, et il en éprouve la force, la solidité indéchirable. Il ne pourra pas tomber, quoi que lui réserve la réponse d'Aaron.

— Tu t'appelles Benjamin ben Salomon. Cela, tu le sais déjà, je crois. Oui, j'ai connu ton père. Et ta mère. Et leurs enfants...

Nouveau silence. Ludwig se tient au regard de Catherine. Il est prêt à entendre la suite. Il la connaît déjà, du reste. Il lui faut seulement l'écouter formuler.

— Ton père était en effet, comme moi, médecin. Nous étions, avec quatre autres praticiens, au service de la municipalité, payés par elle, et notre mission était de soigner et de réconforter tous les malades. Aucun de nous ne ménageait ni son temps, ni ses efforts. Et les gens nous bénissaient, que nous les guérissions avec l'aide de Dieu, ou que nous les aidions à quitter ce monde, quand le Seigneur en avait décidé.

Toutes leurs bénédictions ne nous ont pas sauvés, nous, les deux médecins juifs. Ton père avait finalement compris, lui aussi. La veille de mon départ, il m'a confié qu'il allait, lui aussi, chercher refuge ailleurs. Il avait été impressionné, lors de la réunion du Conseil de la Synagogue, par la description que j'avais faite des communautés de Provence, où les Juifs sont heureux et prospères, où ils sont traités comme des hommes et non comme des proies et où la médecine s'enseigne et s'exerce à son plus haut niveau. Il voulait aller, m'a-t-il dit, à Montpellier, où il pourrait fréquenter la faculté et suivre les cours de médecins prodigieux, arabes et juifs, dont la science était grande. Je m'en suis réjoui et lui ai souhaité heureux voyage, bonne santé pour lui et sa famille. J'espérais de tout cœur qu'il réussirait. Il n'en a pas eu le temps...

Nouveau silence. Lourd. Interminable.

—J'ai su qu'il était encore dans la ville au moment où l'émeute a éclaté. Il était trop tard pour fuir. Lui, sa femme, ses enfants, sauf toi, ont été brutalement arrachés de leur maison le matin de l'assaut, et, comme tant d'autres, sans doute, égorgés ou taillés en pièces. On a dû te raconter dans quel état se trouvait le quartier le samedi matin 14 février. Pour être bref, je te dirai que ta mère et tes deux frères sont morts. Cependant, Benjamin ben Salomon, écoute bien ce que je vais te dire : ton père a été laissé pour mort, et de fait, il l'était presque. Sache que l'un de nos collègues chrétiens, atterré, s'est rendu lui aussi sur place, à la recherche de ceux qui n'auraient été que blessés et qui auraient pu être soignés. Et il a trouvé ton père. Il l'a ramené chez lui, le portant sur son dos, à la faveur des rues désertes, puisque toute la ville assistait au spectacle. Il l'a soigné. Des jours et des semaines.

Il l'a guéri. Et quand ton père a été en état de prendre la route, trois mois plus tard, en mai, quand le printemps a éclos, réchauffé la terre et que les voyages sont devenus plus faciles, il est allé chercher ta petite sœur, Avigaïl, chez le boulanger chrétien qui l'avait recueillie à temps et cachée. C'est le médecin, Juste parmi les nations, qui m'a raconté comment ce boulanger avait été sauvé par ton père quelque temps auparavant, et avait voulu, en tant que chrétien, lui venir en aide dans cette terrible épreuve. Ton père, m'a-t-il dit, est parti vers le sud, conformément à son projet. Ton père et ta sœur ont survécu, Benjamin ben Salomon. Et avec l'aide de Dieu, ils se trouvent présentement à Montpellier.

VIII.

Le meurtre de Julia

Équipée nocturne

Il fait nuit noire. Le ciel obstrué par d'épais nuages ne délivre aucune lumière, étoiles éteintes, lune perdue quelque part dans un firmament mort. L'air sent la neige. Tout est en suspens... Une ombre maigre et noire se déplace lentement. Précautionneusement. Indistincte, mêlée à l'obscurité avec laquelle elle fait corps. À cette heure tardive, rues et venelles sont désertes. Aucun bruit. Même les patrouilles du guet ont suspendu leurs rondes. L'ombre silencieuse progresse, courbée en avant. S'arrête. Se redresse. S'immobilise. Puis repart. Elle rase les murs des maisons aveugles, s'abrite dans le trou noir d'une porte cochère. Repart encore. Elle porte quelque chose sur son dos. Elle s'est arrêtée encore une fois à l'intersection de deux ruelles qui s'enfoncent pareillement dans les ténèbres. Tourne la tête à droite, puis à gauche. Hésite. Pose à terre son chargement, le pousse du pied, contre le mur. L'aboiement d'un chien, quelque part, troue brutalement le silence. L'ombre a sursauté. Se hâte de charger à nouveau son fardeau et poursuit son chemin, tout droit dans l'obscurité insondable.

26 FÉVRIER AU MATIN

Le jour point. Le froid est aigu, il pique la peau et brûle les poumons de l'homme qui avance à pas pressés, le visage baissé et la capuche rabattue. Sous le pont des Supplices, une forme sombre est allongée. Personne encore, ou presque, ne sait qu'elle est là, abandonnée, solitaire, dormant son dernier sommeil. L'ombre de la nuit, l'ombre de la mort l'enveloppent.

Sauber, dès les premières heures du matin, parcourt frénétiquement les rues, proclamant à cor et à cri la nouvelle du quatrième meurtre : il a trouvé le corps de Julia, la servante de Johannes Herrmann, sur la rive de l'Ill, dissimulée dans l'ombre du pont. Il a aussitôt couru ameuter la ville, claironnant la nouvelle. Une nouvelle qu'il avait prédite, clame-t-il, et que le chef de la police n'a pas voulu entendre ! Il harangue ses concitoyens à grandes phrases grandiloquentes, son exaltation croît au fur et à mesure qu'il discourt, pris à sa propre parole et à l'excitation qui amplifie sa voix, la fait peu à peu gronder comme le tonnerre. Il s'enivre de sa parole, comme d'un vin capiteux dont les effluves le grisent, brouillant sa lucidité, l'immergeant dans une jouissance absolue. Son ton monte, c'est une tempête de mots qui secoue l'assistance compacte autour de lui, fascinée, figée, soumise, ballottée au gré des vagues tumultueuses de son discours. Le voici qui, dans le feu de la harangue, s'en prend à mots à peine voilés au Magistrat, coupable d'incompétence et d'aveuglement : n'a-t-il pas superbement dédaigné les avertissements éclairés, que lui, Klaus Sauber, lui avait prodigués ! Pour un peu, Sauber réclamerait la destitution du Magistrat et appellerait à l'émeute, rééditant le coup d'état du boucher Betschold, une décennie auparavant. Il se verrait bien, en vérité, à la tête de la cité... Un reste de prudence le freine. Mais il se laisse bercer, au fil des mots, de rêves de puissance, de cavalcades effrénées à travers les rues, de prise de pouvoir... Les femmes, enfin, verraient à qui elles avaient affaire, lui rendraient enfin justice, le reconnaîtraient à sa juste valeur... Sa mère l'embrasserait et lui dirait avec respect et admiration : « Mon fils ! ».

Sauber déclame, fustigeant avec fureur les Juifs maudits qui viennent de signer leurs crimes. Que le peuple fasse front, s'unisse contre leur race malfaisante, pour son propre salut et pour la plus grande gloire de l'Église et de la chrétienté. Des groupes se forment, grossissent, l'écoutent. Des hommes du guet surgissent. Bucher est informé du meurtre et des discours subversifs de Klaus Sauber. Le corps de la servante est apporté à la morgue du vieil hôpital, dans la rue adjacente à la rue Mercière. On convoque sans tarder l'un des médecins municipaux, engagé après 1349 pour six guldens par mois, après que les deux médecins juifs avaient été lynchés puis brûlés dans le cimetière de la communauté, de l'autre côté de l'Ill. Le praticien arrive très vite. C'est un petit homme râblé, à la peau mate, aux épais cheveux noirs, venu de Montpellier où il a fait ses études et obtenu sa licence. Il examine le corps en silence, palpe la tête, soulève les paupières, teste le degré de rigidité. Puis il se redresse et formule ses conclusions : la mort remonte à plusieurs jours. Combien de jours ? demande Gottfried Bucher. Il ne saurait le dire avec précision ; peut-être quatre ou cinq jours. L'enfant a été frappée, elle est sans doute tombée, elle porte des traces de coups et aussi des marques de strangulation. A-t-elle été forcée ? La question paraît superflue au médecin. Il regarde le prévôt : étant donné le délai qui s'est écoulé depuis la mort, il est impossible de le constater. Mais on peut supposer qu'elle a été tuée parce qu'elle résistait. Bucher demande encore, par acquit de conscience, s'il connaissait la gamine. Et à sa surprise, le médecin répond par l'affirmative. Aucun trait du visage de Bucher ne bouge. Seuls ses yeux fixent avec une intensité accrue le médecin. Qui poursuit :

— J'ai été appelé une nuit, il y a environ deux ou trois semaines chez un compagnon menuisier. Cette fille était couchée sur sa paillasse, immobile, les yeux clos, aussi blanche que la neige dehors. Le menuisier m'a expliqué qu'ayant entendu du bruit devant sa porte, il avait ouvert, l'avait recueillie et qu'elle était tombée sans connaissance. Je l'ai soignée. Le menuisier m'a dit qu'elle avait été traquée par le boucher qui habitait deux étages plus bas, qu'elle était maltraitée, battue plus souvent qu'à son tour et que sans doute il l'avait forcée.

— Ce n'est pas le boucher qui l'a forcée cette fois-ci…

Gottfried avait parlé à mi-voix. Il ajouta à l'intention du praticien :

— L'avez-vous revue depuis cette nuit-là ?

Le médecin hésite.

— Oui, répond-il.

Un silence. Que le prévôt ne rompt pas.

— C'était le jour où le boucher a été assassiné.

L'attention de Bucher redouble. Se fait aiguë.

— Je venais de sortir de chez moi pour me rendre au chevet d'une malade. C'était, je m'en souviens, peu avant la tombée de la nuit. En traversant la rue des Bouchers, j'ai vu soudain une gamine jaillir d'une maison, me bousculer sans me voir et courir comme si elle avait une bande de démons à ses trousses. En un instant, elle avait disparu.

— Pourquoi n'avez-vous pas fait état de tout cela ? Vous saviez fort bien que nous étions à sa recherche, nous l'avions fait proclamer par le crieur municipal et nous avons remué ciel et terre pour la retrouver !

— J'ai fort à faire avec mes malades, certains habitent très loin et je parcours des lieues pour leur apporter soins et soulagement. Vous comprendrez donc que je n'avais guère le loisir de m'intéresser au meurtre de Johannes Herrmann...

— Que vous ne semblez pas porter dans votre cœur !

Pas de réponse. Visage impassible.

— Y a-t-il un autre élément que vous connaissiez ?

Le médecin, cette fois-ci, n'hésite pas.

— J'ai revu encore une fois cette fille. Au retour d'une visite chez la même malade. Je venais de rentrer chez moi. J'habite, tout près du pont des Supplices, une petite maison sur le quai des Bateliers. Je m'étais défait de mon manteau et je regardais par la fenêtre. Il faisait nuit et le mouvement sur la berge de l'Ill était réduit, les bateliers ayant déjà attaché leurs barques aux pontons et étant, pour la plupart, rentrés chez eux. C'est alors que j'ai repéré un couple en train de traverser le pont. L'homme tenait la femme par le bras, il semblait la traîner. Quand ils sont arrivés plus près, je les ai reconnus.

— Qui étaient-ils ?

— Elle, c'était la gamine, Julia.

— Et lui ?

— Le fils du boucher.

— Vous êtes sûr ?

— Absolument sûr. Il a pris à droite après le pont, la rue des Bouchers.

— Quand était-ce ?

— Le 20 février.

— C'est tout ?

— C'est tout. Jusqu'à ce soir.

— Si le meurtre remonte à quatre jours, comme vous le dites, comment se fait-il qu'en dépit des recherches, le corps n'ait été découvert qu'aujourd'hui ? Et qu'il n'ait été touché ni par les chiens errants ni par les charognards ?

Le médecin se penche à nouveau sur le pauvre petit corps que couvrent à peine des lambeaux de vêtements déchirés et salis. L'examine un moment. Bucher l'entend parler à mi-voix. Puis il se redresse :

— Le corps a été déplacé.

— Vous voulez dire que le meurtrier a traîné le cadavre sur la berge de l'Ill ?

— Ce que je veux dire, c'est que quelqu'un, le meurtrier ou une autre personne, s'est donné la peine de déplacer le corps de cette fille bien après la mort…

Gottfried Bucher regarde le médecin, perplexe et curieux.

— Qu'est-ce qui vous fait dire cela ?

— Regardez, il y a ici, sur la tunique déchirée et souillée de la fille, des filaments de grosse laine. Je pense que ces fils ont été laissés par le vêtement de celui qui l'a transportée. Et ils n'ont pas passé quatre jours dehors.

Bucher a une illumination : il a tenu à accompagner les hommes qui ont rapporté le corps plus tôt dans la matinée et, selon son habitude, il a soigneusement inspecté les alentours. Il a ainsi trouvé, accroché à un buisson, un pan de tissu de laine marron, souple et intact. Le médecin a raison : quelqu'un a placé la morte à cet endroit peu de temps auparavant, cette nuit peut-être ou tôt ce matin. Sauber va clamant partout que c'est lui qui a découvert le cadavre. Il l'envoie quérir sur-le-champ.

Sauber proteste vigoureusement. Mais Gottfried n'est pas dupe : le marchand jubile de se sentir devenir la pièce maîtresse de l'enquête. Ils devront tous désormais compter avec lui. C'en est fini du dédain avec lequel ce prévôt si imbu de lui-même l'a traité jusqu'ici ! Il ne pourra plus se permettre de tenir pour négligeables ses propos ni de mépriser son éclairage !

Il entre bruyamment dans le petit cabinet de la Pfalz, laissant à peine aux gardes qui l'escortent le temps de l'introduire.

—Je proteste, monsieur le Prévôt ! Vos hommes m'ont traité cavalièrement et m'ont singulièrement manqué de respect ! Ils m'ont interrompu sans vergogne tandis que je m'adressais aux Strasbourgeois et m'ont, sur votre ordre, contraint à les suivre, comme si c'était moi l'assassin ! Oui, je proteste ! Dois-je vous rappeler que c'est grâce à moi que cette fille a enfin été retrouvée ! Et en place de reconnaissance, vous…

—Justement, messire Sauber, comment se peut-il qu'au lieu de venir sur-le-champ faire état de cette découverte au Magistrat, vous ameutiez la ville entière et la mettiez sens dessus dessous, si bien que je devrais vous faire arrêter pour atteinte à l'ordre public ? Soyez heureux que je n'en fasse rien pour le moment et que j'accepte de vous entendre ! Un mot encore : contentez-vous cette fois-ci de répondre à mes questions dans les termes les plus brefs et les plus précis, car je n'ai que faire de vos discours.

Gottfried a durci le ton sur la dernière phrase, se faisant menaçant.

Sauber, que peu de choses intimident pourtant, accuse le coup. Il blêmit et reste coi. Gottfried enchaîne les questions à un rythme rapide, ne lui laissant aucun répit et le coupant brutalement quand il se laisse aller à son penchant rhétorique.

— Que faisiez-vous sur les berges de l'Ill aux aurores, ce jour d'hui ?

— Je me promenais !

La réponse a fusé, indignée.

— Vous semblez disposer de beaucoup de temps pour aller et venir ! N'avez-vous pas, cependant, en bas de la Pfalz, ici même, une échoppe ?

— Certes, mais c'est ma mère qui la tient quand je m'absente.

— Vous m'avez annoncé, il y a quelques jours de cela, qu'un nouveau meurtre serait commis aujourd'hui : vous étiez diablement bien renseigné ! Dois-je en conclure que le meurtrier vous avait mis dans la confidence de ses projets ? Et que donc vous le connaissez ?

Klaus Sauber a violemment sursauté. Il s'efforce de garder son calme.

— Comme je vous l'ai expliqué et démontré, ce quatrième meurtre était hautement prévisible ! Pour peu, bien entendu, que l'on accepte de répudier l'aveuglement général et de comprendre qui sont les coupables de ces crimes : les Juifs !

—Je connais votre théorie. Inutile de me la servir une nouvelle fois. Ce meurtre, conformément à vos prévisions, aurait été commis la nuit du 25 au 26 février, cette nuit donc, ou au plus tard ce matin ?

—Oui.

—Veuillez me rappeler comment vous arriviez à cette conclusion ?

—L'assassin a frappé quatre fois en douze jours...

—Qui seraient censés, selon vous, faire allusion aux douze apôtres, cible des Juifs ?

—Exactement ! Et en même temps, aux douze tribus d'Israël ! Leurs forfaits sont signés !

Sauber triomphe. Bucher reprend, imperturbable :

—Quelle est la couleur de votre manteau ?

Bucher voit l'étonnement se peindre sur le visage du marchand, qui répond cependant sans hésiter :

—Le voici devant vous, vous le voyez bien : il est gris. Quel...

—Connaissiez-vous la victime ?

—Comme tout le voisinage.

—Que savez-vous d'elle ?

—Ce que tout le monde savait.

—Je ne vous demande pas ce que tout le monde savait, mais ce que vous saviez...

—Elle était le souffre-douleur du boucher.

—Mais encore ?

Sauber se tortille sur sa chaise. Il finit par répondre :

—Le bruit court qu'il la forçait.

—Y avait-il d'autres hommes qui l'avaient ainsi prise de force ou avaient tenté de le faire ?

—Je ne sais…

Le malaise de Sauber s'accentue, il n'échappe pas à Gottfried. Qui a soudain une intuition :

—Vous-même par exemple ?

Le marchand sursaute une nouvelle fois. Il se sent soudain nu devant le prévôt. Il s'efforce de ne rien laisser transparaître du tumulte de ses pensées. Qui se mettent en ordre. Il réfléchit à toute allure : que sait exactement le prévôt ? Est-il déjà informé et teste-t-il sa sincérité ? Doit-il, quant à lui, dire ce qu'il sait ? Tout en s'interrogeant, il essaye de faire bonne figure. Il ne faut pas qu'il se laisse démonter par cet homme. Il choisit prudemment le compromis. Bucher, de son côté, ne perd pas miette des hésitations de Sauber ni de ses calculs. Il lit à livre ouvert sur son visage. Cet homme cache des informations. Il saura, lui, Bucher, les lui soutirer. L'excitation du chasseur le gagne. Sauber répond enfin…

—Moi ? Vous m'insultez ! Cependant on raconte que…

—Je vous demande ce que *vous* savez, ce que *vous* avez pu voir ou entendre !

Sauber ne peut réprimer un mouvement d'exaspération : ce Bucher décidément ne lui témoigne aucun égard ! Pour qui se prend-il ? Il se domine cependant et répond :

—Karl.

—Oui ? Karl ? Veuillez vous expliquer.

Cette politesse sur fond de brutalité… Sauber se met à transpirer.

—J'ai vu Karl traîner Julia.

—Quand ?

—Quelques jours après les deux premiers meurtres, le soir, à la nuit tombée…

— Vous avez dit « traîner » ?

— Peut-être ai-je mal vu, peut-être faut-il seulement dire « entraîner »…

— Traîner ou entraîner, cela se faisait donc contre le gré de la fille ?

— …

— Vous ne répondez rien ? Auriez-vous perdu votre faconde ?

Bucher voit l'homme serrer les poings et contracter la mâchoire. Il poursuit :

— On peut par conséquent supposer que Karl a ce soir-là, lui aussi, forcé la fille ?

Sauber reste muet, ses pensées s'enchaînent à nouveau à toute vitesse, mais il ne parvient pas, cette fois, à leur imprimer la moindre cohérence. Il revoit le couple passer à deux pas de lui, tandis qu'il guette la sortie du compagnon menuisier. La détermination brutale de Karl. La résistance de Julia qui se laisse tirer en avant. La peur qu'il a pu lire sur le visage de la fille dans le bref moment où elle a traversé un rai de lumière échappé d'une taverne. Et la jalousie qui l'a dévoré, lui Klaus Sauber, et le désir furieux d'être à la place de ce minable fils de boucher…

Bucher insiste, que répondre ?

— Peut-être…

— Et qu'il l'a ensuite tuée ?

— Comment cela se pourrait-il, puisque ce n'est que ce matin que je l'ai découverte !

— Précisément, dites-moi comment cela s'est passé.

— Je marchais sur la berge, songeant aux meurtres qui s'enchaînaient depuis ces dernières semaines, quand mon regard a été attiré par quelque chose de sombre sur le sol. Je me suis approché et j'ai vu le corps de cette malheureuse servante.

— L'avez-vous reconnue sur-le-champ ?

— Au moment où je me suis penché sur elle.

— N'avez-vous pas été alerté, avant de la voir, par les corbeaux ?

— Il n'y en avait pas.

— Comme c'est étrange ! Là où il y a cadavre, n'y a-t-il pas toujours charognards ?

Bucher reprend après un court silence :

— Vous soutenez donc, messire Sauber, que le crime a eu lieu cette nuit ou tôt ce matin. Cependant, le médecin qui a examiné la victime soutient, lui, que la mort remonte à plusieurs jours. Quelqu'un aurait donc dissimulé le corps et l'aurait déposé sur la berge ce matin ?

Pas de réponse. Sauber, d'une immobilité quasi minérale, fixe le sol.

— Une dernière question encore, puis je vous laisserai vaquer à vos affaires. Pour aujourd'hui, du moins. Voici la question : ne posséderiez-vous pas, en sus de votre manteau gris, un vêtement de laine d'une autre couleur ?

Les traits de Sauber restent impassibles, sa voix ne trahit pas la moindre émotion :

— Non, monsieur le Prévôt, un seul manteau de bonne laine anglaise me suffit amplement.

Magdalena, surprise et visiblement troublée, a fait entrer le prévôt, l'a prié de prendre place sur l'une des deux chaises. Elle vient d'allaiter son fils, s'excuse-t-elle, les yeux baissés. Délicatement, elle retire le sein à l'enfant, lui essuie la bouche avec un coin de son tablier et rajuste son corsage. Greta a bien rempli son office, pense Gottfried, se souvenant du désarroi de la jeune mère deux semaines auparavant. Le bébé dort, repu, alourdi de bien-être et de lait, petite boule recroquevillée sur l'épaule accueillante de sa mère. Un instant fugitif, Gottfried a la vision de ses enfants et de sa toute jeune femme, jadis, avant que tant d'années et de deuils ne passent sur lui. Il se reprend et, omettant de lui rapporter la nouvelle de la mort de Julia, lui explique l'objet de sa visite : a-t-elle vu la servante du boucher au cours de ces deux dernières semaines ? Magdalena lève les yeux, qu'elle a bleus et limpides, remplis de jeunesse, de crainte et de peine. Oui, Julia est venue se cacher chez elle le jour de la mort du boucher. La réponse, immédiate, empreinte de simplicité, sans faux-fuyants, fouette Gottfried, et il se demande comment il a pu négliger jusqu'ici d'interroger la jeune femme, qui se révèle être un témoin précieux. Elle poursuit, sans réticence aucune : ayant entendu frapper à sa porte, tôt le matin, elle a entrouvert l'huis et a aperçu la servante recroquevillée contre le battant. Elle l'a soutenue, l'a conduite dans sa cuisine, lui a fait boire de l'eau, lui a donné un morceau de pain. La petite était terrifiée, livide, muette. Elle est restée chez elle toute la journée, sans proférer le moindre mot. Le soir venu, elle, Magdalena a dû lui dire qu'elle ne pouvait la garder pour la nuit, car son mari, le tailleur de pierres, allait bientôt rentrer du chantier. Elle a eu mal au cœur de la voir partir ainsi, toute petite, toute chétive, livrée à tous.

— Livrée à tous ?

Magdalena reste un moment silencieuse. Son regard se perd au loin, ses yeux fixent un point au-delà de Gottfried. Elle répond enfin, à voix basse :

— Elle avait très peur du boucher, il la frappait. Et il la... forçait.

Elle avait hésité sur le dernier mot et sa voix n'était plus qu'un murmure.

— Mais tu as dit « livrée *à tous* » ?

La voix de Magdalena n'est plus qu'un souffle et le prévôt doit tendre l'oreille pour entendre la suite :

— Elle avait aussi très peur de...

Silence.

— De Karl ?

Elle fait oui de la tête.

— La servante était donc chez toi au moment où Greta est venue t'aider à allaiter ton bébé ?

— Oui. Elle était cachée dans le réduit où sont rangées les provisions.

— N'as-tu pas cherché à savoir ce qui la terrifiait ainsi ?

— Elle était incapable de parler, elle tremblait de tout son corps.

— À cette heure-là, avais-tu déjà connaissance du meurtre du boucher ?

— Non.

— Et Julia ?

— Je ne sais pas.

— Qu'as-tu pensé quand tu as eu connaissance de la nouvelle ?

— Que c'était peut-être pour cela que Julia avait si peur.

— Tu veux dire qu'elle savait déjà ?

— C'est la pensée qui m'est venue...

— Elle savait parce qu'elle avait vu le boucher mort ?

— Je ne sais pas...

— Ou parce qu'elle avait vu l'assassin ?

— ...

— Ou peut-être parce que c'était elle qui l'avait tué ?

— Oh ! non !

Cette fois-ci, la réponse a fusé, vibrante d'indignation. Magdalena a rougi, ses joues, son cou sont écarlates. Elle reprend d'une voix forte :

— Julia est si maigre et si petite, elle n'aurait même pas la force de tenir un couteau ! Et elle a tout le temps peur, elle se cache dès qu'elle sent un danger.

— Sais-tu où elle a pu aller en sortant de chez toi ?

— J'ai pensé qu'elle était descendue dans la cave, car je n'ai pas entendu la porte d'entrée s'ouvrir.

— Quelqu'un a-t-il pu l'aider ?

Magdalena ne le sait pas.

Gottfried prend congé. Au sortir de la maison, il est assailli par le vent glacé qui galope à travers les rues, longeant les maisons à grandes plaintes rageuses. Il remonte frileusement les épaules, rabat sa capuche sur sa tête, serre autour de lui les pans de son manteau de laine couleur prune. Il pense au manteau de laine grise de Karl Sauber... « Un seul manteau de bonne laine anglaise me suffit amplement »... Le vent lui souffle au visage des paquets de neige mouillée. Il hâte le pas, pressé de regagner son cabinet à la Pfalz et de rassembler les pièces éparses de la vérité, qui commencent doucement à se mettre en ordre dans son esprit.

IX.

Dénouement

28 février 1365

L'Ammeister, assisté des quatre Stettmeisters, a convoqué en séance extraordinaire, à la Pfalz, dans la grande salle où se réunissent d'ordinaire les différents Conseils de la ville, le Conseil des Quinze, l'instance qui a en charge la justice. Le Conseil est au grand complet. Le Magistrat entend que Gottfried Bucher présente officiellement les résultats de son enquête, en présence d'une assemblée insolite : Ludwig, Klaus Sauber, Gustav, Magdalena, Greta, Karl, maître Niklaus, Antoine Kaltenbach, frère Bernhard. C'est que le Magistrat souhaite donner le plus grand retentissement à la résolution de l'affaire des meurtres qui ont assombri la ville depuis deux semaines et semé l'agitation et l'inquiétude dans les esprits. Il est heureux et soulagé que le chef de la police soit venu à bout d'une énigme opaque et, à première vue, insoluble. Et il ne voit aucune objection à le laisser étaler son triomphe devant les autorités municipales et devant les principaux protagonistes de l'affaire, pourvu que l'on coupe court aux rumeurs malfaisantes et aux suspicions délétères qui empoisonnent la ville et qui, si on n'y prend garde, feront le lit de la violence de demain. On a fait venir également le greffier qui, comme toujours, officie derrière sa petite table, son écritoire et ses feuilles de parchemin face à lui. Le greffier est aujourd'hui particulièrement attentif, sa curiosité fouettée par le désir de connaître enfin le nom de l'assassin. Ce soir, il pourra raconter par le menu à sa femme et à ses enfants le déroulement de cette séance inhabituelle, en ménageant savamment ses effets, et il savoure par avance le silence de son auditoire.

Les uns après les autres, ils arrivent sur le seuil, s'arrêtent un instant, intimidés, puis entrent, jettent un regard empreint d'une curiosité respectueuse sur les murs lambrissés, les somptueux plafonds à caissons peints, les tableaux commandés aux plus grands artistes, la vaste table de bois poli, les sièges sculptés aux accoudoirs ornés de têtes de lions, le luxe foisonnant de la décoration… Enfin, ils prennent place sur les sièges préparés à leur intention, sur trois rangs, face à la table derrière laquelle trône, solitaire et solennelle, une haute cathèdre de bois ouvragé, vide encore. Sur le côté de la grande salle, d'autres cathèdres attendent les cinq membres du Magistrat et ceux du Conseil.

Klaus Sauber est arrivé le premier. Son visage est contusionné et même passablement défiguré : il a déjà répandu la nouvelle de l'agression qu'il a subie quelques jours auparavant, sans doute encore un tour des Juifs ! Il déploie fièrement sa grande taille avant de s'assoir avec assurance au premier rang, juste en face du siège où prendra place tout à l'heure Gottfried Bucher. Il compte bien mettre à profit son talent oratoire et prendre la parole le moment venu, afin de faire éclater aux yeux et aux oreilles de tous la vérité. C'est la première fois qu'il aura l'occasion de s'exprimer devant une assemblée aussi éminente et il ne doute pas un instant de l'effet du discours qu'il prononcera. Il est suivi de près par un groupe qui est entré en rangs serrés : il reconnaît un domestique des Kaltenbach, puis Karl Herrmann, le fils du boucher et, un peu en arrière, le petit Gustav qui avance, tête baissée, caché derrière les autres. Les trois nouveaux venus se sont installés au deuxième rang. Assis au bord de leur siège, ils regardent autour d'eux, admiratifs et un brin inquiets, les bras serrés le long du corps, le dos rond comme s'ils s'attendaient à être assaillis. Une femme imposante et non dépourvue d'élégance entre à son tour : c'est Hildegarde Ringenbach, la béguine amie de Marie Kaltenbach. L'air important, elle s'est assise non loin de Klaus Sauber, dont le visage trahit le mécontentement. Puis c'est le tour de Greta, qui réussit le tour de force de passer quasi inaperçue malgré son embonpoint. Maître Niklaus et Lisbeth, entourant Ludwig, prennent place au dernier rang. Leurs traits sont tirés, ils ont vieilli, en quelques jours, de plusieurs années. Sauber s'est retourné, et considère ostensiblement Ludwig, étrangement pâle, avec un sourire entendu. Antoine Kaltenbach entre le dernier, le dos voûté, après frère Bernhard. Les visages des deux prêtres sont fermés, ils avancent sans regarder personne. Tous trois s'installent au premier rang, entre Sauber et Hildegarde, toujours aussi affairée. Tous les témoins sont là à présent. Le silence s'est fait. L'attente est palpable. Chacun retient son souffle. La porte s'ouvre : les personnes présentes se lèvent comme un seul homme et, figées par le respect, contemplent le spectacle, tandis que les membres du Magistrat entrent solennellement, suivis par les quinze membres du Conseil, tous revêtus de la robe de velours violette et de la barrette propres à leur fonction et à leur rang. Chacun gagne sa place avec une lenteur calculée. Le raclement des sièges massifs que l'on avance, le froissement des lourdes robes des conseillers, le brouhaha de l'installation, tout est spectacle pour les présents, qui se laissent transporter par la nouveauté et le caractère solennel de la procédure. Lorsque Gottfried Bucher prend place à son tour, il fait signe aux assistants de se rassoir. Son regard perçant parcourt longuement l'assemblée, perçoit avec son acuité coutumière les sentiments mêlés qui l'agitent et qui affleurent dans les yeux, les gestes, les attitudes : curiosité, appréhension, inquiétude, douleur, lassitude. Visiblement peu pressé de commencer, il prend la mesure du silence, qui s'intensifie, se charge d'une tension palpable, épaissit jusqu'à l'air que l'on respire. Les officiels, raides, compassés dans leurs tenues d'apparat, se demandent, avec une irritation soigneusement dissimulée, pourquoi le prévôt tarde ainsi à ouvrir la séance, pestant contre son arrogance et furieux du pouvoir qu'il s'arroge à leurs dépens, pensent-ils.

Un frémissement parcourt l'auditoire quand Gottfried se lève et prend enfin la parole. Comme il se doit, il remercie d'abord les honorables membres du Magistrat et les Conseillers d'avoir eu l'obligeance de répondre à son invitation et d'avoir consenti à honorer de leur présence cette séance. Une séance au cours de laquelle, il l'espère, l'énigme de la série de meurtres qui ont ensanglanté la ville libre de Strasbourg ces deux dernières semaines sera enfin éclaircie, de sorte que les Strasbourgeois puissent retrouver la tranquillité et la sérénité. Il va donc, sans plus de retard, et afin que les choses soient le plus claires possible pour tous les assistants, faire un rapide récapitulatif des événements. D'une voix claire, il rappelle la succession des meurtres : le boucher Johannes Herrmann, le 14 février, Marie Kaltenbach le 18 février, le petit Joseph Niklaus le 22 février – un bruit de sanglot blesse le silence –, Julia, la servante du boucher, dont on s'avise soudain que personne ne connaît le patronyme, le 26 février.

— Ces meurtres ont été commis tous les quatre jours ou du moins… découverts à ce rythme.

Le sous-entendu de la dernière phrase, sur laquelle le policier a fait une pause, suscite un mouvement dans la salle, des yeux se lèvent, interrogateurs, des regards s'accrochent l'un à l'autre, d'autres se ferment, paupières soudain baissées comme le volet d'une échoppe que l'on rabat avec un claquement sec. Bucher poursuit :

— Ces meurtres n'ont à première vue aucun point commun : rien ne les relie, ni du point de vue de la personnalité des victimes, ni du point de vue du mobile possible du crime ; n'était leur succession et le rythme auquel on a découvert les victimes, on aurait pu penser à une pure coïncidence.

Quelqu'un s'agite au premier rang, fait signe qu'il veut parler.

— Messire Sauber, vous aurez la parole le moment venu, n'ayez crainte, mais pour l'instant, c'est moi qui parle et les choses que j'ai à dire ne souffrent aucun retard. Je vais néanmoins résumer à l'adresse de cette auguste assemblée, l'ingénieuse et, je dois le dire, *originale* explication que, depuis le départ de cette sombre affaire, vous avez avancée. Pour le dire en un mot, vous avez cru déceler, derrière cette série de meurtres, la main des Juifs, revenus en secret, selon vous, pour tirer vengeance de leur brûlement et de leur expulsion et tuer les chrétiens. Ce sont ces mêmes Juifs qui, à vous en croire, vous auraient roué de coups au soir du 22 février et vous auraient occasionné les dommages qui déparent vilainement votre face et auxquels nous compatissons. À l'appui de votre thèse, qui, ma foi, ne manque ni de logique, ni de cohérence, vous avez repéré, avec un flair qui fait votre fierté, *un* Juif, *un* Juif revenu, en effet, dans notre bonne ville, sur les lieux où, il y a seize ans, ses coreligionnaires ont été tués ou brûlés.

Le public, à nouveau, ondoie et bruisse, comme une mer agitée par la houle : stupeur et incrédulité se lisent dans les regards : ainsi, le marchand de drap de la place Saint-Martin avait raison, ce sont les Juifs qui ont orchestré toute l'affaire, ces Juifs maudits, ennemis jurés et éternels du Christ et de l'Église, ils ont donc bien mérité leur sort jadis, et le bon peuple de Strasbourg a bien fait de se débarrasser d'eux ! Klaus Sauber enrage, quant à lui : voilà que ce discoureur plein d'ironie et de suffisance, non content de lui refuser la parole, a l'audace de présenter à sa place, et dans des termes empreints de scepticisme et de doute, la vérité irréfutable que lui, Klaus Sauber, et personne d'autre, a découverte grâce à sa perspicacité ! Et voilà que de surcroît, il se moque ouvertement de lui ! Le marchand fulmine de se voir ainsi dépossédé de son discours ! Et de la sensation grisante de dominer son auditoire, et quel auditoire !

— Messire Sauber, ai-je bien rendu compte de votre thèse ?

Le marchand de drap fait un violent effort sur lui-même pour ravaler sa colère et présenter un visage avenant. Gottfried se tourne à nouveau vers l'assemblée, semblant la fouiller du regard, puis il reprend, de la même voix égale, ferme et précise :

— Quel est ce Juif dont vous avez si fort senti la présence, et que vous avez fini par identifier à force de ténacité et de patientes recherches ?

La salle tout entière retient son souffle. Les visages sont immobiles, les yeux fixés sur le prévôt. Du côté des officiels, la curiosité et la tension ne sont pas moindres. Klaus Sauber, à nouveau, s'agite sur sa chaise, il veut répondre, il s'est dressé à moitié, a levé la main. Gottfried Bucher, d'un signe de tête impérieux, lui impose silence. Sauber, vaincu, s'est rassis.

— Ce Juif, honorables Meisters et Conseillers, était un petit enfant au moment où notre bonne ville a brûlé ses Juifs. Il avait été oublié par les émeutiers. Oublié par la mort. Sans doute Dieu a-t-il voulu le sauver du sort terrible de sa communauté et de la damnation éternelle. Car un homme de Dieu, qui parcourait le quartier juif déserté et dévasté à la recherche de blessés à qui témoigner de la charité chrétienne, l'a trouvé, abandonné, pleurant sous un escalier. Il l'a pris, l'a emporté dans son couvent. La nuit même, il le baptisait et l'emmenait à cheval dans la demeure d'un cousin qui habitait une petite bourgade, à quelques lieues de Strasbourg. Cet homme et sa femme l'ont élevé en bon chrétien. De sorte que – et le prévôt se tourne à présent vers Klaus Sauber – de sorte que ce prétendu Juif est en réalité, selon l'ordre de la conversion, un authentique chrétien !

Cette fois, c'en est trop. Sauber, blanc de rage, bondit, tel un fauve prêt à dévorer sa proie, et s'adressant d'une voix assurée aux autorités municipales, s'écrie :

— Pardonnez-moi, honorables Meisters et Conseillers, mais le bon chrétien et le citoyen épris de vérité que je suis ne peuvent en entendre davantage ! Ne voit-on pas que c'est précisément ce faux chrétien, ce vrai Juif qui est l'auteur de tous ces crimes ! C'est lui qui, ayant choisi de venir habiter dans la maison de Johannes Herrmann, l'a tué, pour venger sa famille et ses coreligionnaires ! C'est lui qui…

Un coup de poing magistral asséné sur la table l'interrompt en même temps qu'il fait sursauter toute l'assistance. La voix de Gottfried éclate comme le tonnerre.

— En voilà assez, messire Sauber ! Je vous ai demandé une première fois de vous taire. Si vous contrevenez encore à mes ordres, je vous ferai arrêter et enfermer à la Tour du Bourreau !

Au même moment, un brouhaha insolite se fait entendre de l'autre côté de la porte, mêlé d'éclats de voix stridents, des pas précipités grimpent l'escalier et la porte s'ouvre en trombe : un homme hors d'haleine se jette en avant, talonné par des miliciens armés qui tentent de le retenir. L'homme est en colère, il crie sans égards pour les personnalités présentes, et les spectateurs constatent avec effroi qu'il tient à la main un couteau à la lame courte et large. Il balaye du regard l'assistance et soudain, brandissant son arme, se jette sur Ludwig en hurlant :

— Crève, vermine, meurtrier de Notre-Seigneur !

Au moment où il lève son couteau au-dessus de Ludwig médusé, deux des miliciens le ceinturent, tandis qu'un troisième lui saisit le bras, qu'il tord violemment en arrière. Le couteau tombe à terre avec un bruit sec. Tout s'est déroulé en un éclair. Les assistants sont restés d'abord cloués sur leurs sièges. Seul, maître Niklaus s'est dressé, mais n'a pas eu le temps d'intervenir. À présent, tout le monde se lève en désordre, s'exclame, s'agite. Sauber, livide, s'est tassé sur lui-même. Chacun a reconnu l'agresseur : c'est Paulus Fricker. Un tanneur connu pour sa violence et sa haine des Juifs.

Un fidèle de Sauber. Un nostalgique du coup de force de 1349, dans lequel il a joué, par hasard, un rôle de premier plan. Gottfried revoit, l'espace d'un instant fulgurant, cette funeste matinée de février 1349 où tout a basculé, l'intrusion des artisans à la Pfalz, leurs revendications brutales, l'arrestation des séditieux par Winterthur. Il se trouvait à ce moment-là place Saint-Martin, au pied de l'escalier des Zorn, quand il avait soudain vu Paulus Fricker débouler et se perdre presque immédiatement dans les ruelles adjacentes. L'après-midi, le tanneur avait réussi à mobiliser en masse, sur le parvis de la cathédrale, les corporations, auxquelles s'étaient joints les patriciens avec leurs bannières. Et le soir même, les Meisters étaient chassés, et les artisans prenaient le pouvoir. Leur premier exploit et leur premier titre de gloire avait été le brûlement des Juifs...

Un ordre bref retentit :

— Emmenez-le !

Les gardes entraînent Paulus Fricker après lui avoir ligoté les mains derrière le dos. Les Meisters, les Conseillers, les participants se remettent lentement de l'intrusion du tanneur. Ludwig, quant à lui, est encore sous le choc.

La porte refermée, le calme revenu, Gottfried Bucher reprend la parole :

— Messire Sauber, je ne doute pas un instant que vous soyez à l'origine de cet épisode. Nous règlerons cette affaire plus tard. Vous avez compris sans peine, nobles Conseillers, que c'est Ludwig, le menuisier et le fils adoptif de Jacob Treppler, que Klaus Sauber, ici présent, et Paulus Fricker accusent des quatre meurtres. Je vais à présent m'employer à vous démontrer qu'il n'en est rien. Et pour ce faire, je vais suivre non pas l'ordre dans lequel les morts se sont produites, mais celui dans lequel je les ai peu à peu et patiemment déchiffrées. La première mort que j'ai élucidée est celle de Marie Kaltenbach.

Tous les regards convergent aussitôt, avec une curiosité avide, parfois teintée de compassion, vers Antoine Kaltenbach. Celui-ci est d'une raideur de statue, son visage est très pâle ; son regard, qui n'a pas cillé, est fixé sur un point lointain, bien au-delà de Gottfried Bucher. *La vérité que le prévôt va dévoiler, il la sait déjà. Il ne la sait que trop. Et cette vérité a la forme et la couleur de son malheur.*

— J'ai dit, et cela n'a pas échappé à votre sagacité, nobles Conseillers, « la mort de Marie ». C'est que, précisément, il n'y a pas là de meurtre. Personne n'a tué Marie Kaltenbach… si ce n'est elle-même.

La foudre tombant sur la Pfalz n'aurait pas produit plus grand tumulte. Des exclamations de stupéfaction, d'incrédulité scandalisée fusent de toutes parts, certains se sont dressés sous le coup de l'indignation, d'autres se signent, tous sont effrayés : comment peut-on commettre un si grand péché et se livrer à la damnation éternelle ? Antoine a gardé la même fixité livide. *Il est ailleurs. Il erre dans des ruines. Tout est noir autour de lui. Des ombres fantomatiques, sans couleur et sans consistance, le frôlent, le traversent.* Klaus Sauber a sursauté. Mais il se garde bien de bouger. Bien sûr, cette révélation affaiblit sa thèse. Cependant, les trois autres morts sont bel et bien des meurtres ! Des meurtres imputables aux Juifs, tout le monde sera contraint de le reconnaître ! Il redresse la tête, à nouveau confiant. Son changement d'attitude n'a pas échappé à l'attention vigilante de Gottfried. Qui coupe court à l'effervescence et poursuit avec son autorité coutumière :

— Les faits que je vais vous révéler, avec l'autorisation de messire Antoine Kaltenbach, ici présent…

Messire Kaltenbach, ici présent… Est-ce de lui que l'on parle ? Il flotte aux confins du monde. Il a un mal infini à concentrer son attention. Des bribes de mots lui parviennent.

— … s'inscrivent en faux contre toutes sortes de rumeurs mensongères qui se sont répandues dans notre ville et qui empoisonnent ses habitants, semant la suspicion et le trouble dans les esprits et compromettant le bonheur et la prospérité de tous.

Le bonheur, c'était Marie. Et la merveilleuse nouvelle de ce bébé qui s'était fait tant attendre. S'il avait su !

— Quels éléments de mon enquête m'ont-ils permis de conclure au suicide de Marie ? Tout d'abord le témoignage d'un tavernier, condamné à passer dans la cage du pont des Supplices la nuit qui a précédé la découverte du corps : il a vu une femme s'engager sur le pont et se pencher par-dessus le parapet, dit-il…

Marie seule dans la nuit… Marie courbée au-dessus de l'eau noire, prête à l'engloutir… Marie seule face à la mort… Son cœur se déchire. Comment le supporter ?

— … visiblement avec l'intention de basculer dans l'Ill. Sous le coup de l'effroi, l'homme a poussé un cri, qui l'a mise en fuite. Marie, par ailleurs, n'allait pas bien…

Marie n'allait pas bien… Marie allait très mal… Comme elle avait été heureuse, pourtant, quand elle avait su qu'elle portait un enfant ! Cependant, très vite, son humeur s'était assombrie. Au fil des semaines, elle était devenue soucieuse, puis taciturne. Le rire, puis le sourire avaient déserté son visage. Elle était habitée par des pensées qui ne lui laissaient pas de repos. Et elle ne voulait pas se confier. Elle ne pouvait pas se confier, il l'avait compris trop tard... Et l'enfant était né. Elle avait éclaté en sanglots quand la sage-femme l'avait placé dans ses bras. Il s'était penché vers elle. Elle lui avait dit à l'oreille, d'une pauvre voix basse noyée par les larmes et la fatigue : « Myriam a cherché une nourrice juive ! ». Myriam ? Il avait mis du temps à comprendre : Myriam, la sœur de Moïse, qui, avec sa mère et la princesse égyptienne, sauva l'enfant. Il se rappelle sa stupéfaction, la crainte que sa femme ne devienne folle. Elle a réitéré plusieurs fois, avec une insistance désespérée, cette étrange demande.

— ... pas bien. Depuis longtemps. La naissance de son fils, après cinq longues années d'attente, n'a fait que la troubler davantage. Elle était hantée par des démons qui la harcelaient et qui l'ont poussée à cet acte de désespoir. Les déclarations des domestiques de la maison Kaltenbach vont dans ce sens. Son époux, malgré toute sa tendresse, n'a pu l'arracher à leurs griffes.

Qu'aurait-il pu faire ? Il l'entendait la nuit, à ses côtés, se tourner et se retourner sur sa couche, les yeux ouverts sur ses cauchemars, muette. Il la voyait se lever, éperdue, arpenter les couloirs sombres de la vaste demeure. Il la regardait sombrer, impuissant, désespéré...

— Que Dieu ait pitié de son âme !

Un murmure parcourt l'assemblée et nombreux sont ceux qui se signent.

Elle voulait... Que le Seigneur Jésus, et tous ses saints lui pardonnent ! Elle voulait... comment dire une telle chose... elle voulait que son fils soit circoncis ! Elle suppliait ! Comment pouvait-elle continuer à vivre, implorait-elle, ayant trahi les siens, ayant rompu la chaîne, et s'étant ralliée aux meurtriers de ses frères ?

Gottfried reprend, en détachant chaque mot :

— Marie Kaltenbach, je le répète donc avec force, n'a pas été assassinée, et encore moins par les Juifs.

Du côté des officiels, muets jusque-là, une voix s'élève, forte et empreinte d'autorité : l'Ammeister demande un complément d'information.

— Messire Prévôt, il se dit dans la ville que Marie Kaltenbach était une chrétienne de fraîche date. Qu'elle était juive de par sa naissance et qu'elle a été conduite à demander le baptême au moment des événements de 1349. Est-ce exact ?

— C'est exact.

Le Prévôt ne semble pas disposé à en dire davantage. Un conseiller enchaîne aussitôt :

— Il y a donc bel et bien un rapport entre les Juifs et les meurtres ! Et messire Sauber n'était pas si loin de la vérité !

— Cela est inexact, messire Conseiller : comme j'ai eu l'honneur de vous le dire, il s'agit dans le cas présent d'un suicide, non d'un meurtre !

Le Conseiller hoche la tête, dubitatif et ironique, cependant que Klaus Sauber semble reprendre épaisseur et consistance.

— J'en viens à présent, avec votre permission, à l'élucidation du meurtre de Johannes Herrmann. Car il s'agit bien cette fois d'un meurtre. Messire Sauber, selon votre explication, la mort du boucher serait l'œuvre d'un Juif, revenu clandestinement dans la ville pour venger ses frères. Et ce Juif, vous l'avez désigné : ce serait, comme je l'ai mentionné au début de cette réunion, Ludwig Treppler, baptisé à l'âge de deux ans et demi, élevé en bon et pieux chrétien par sa famille adoptive et venu à Strasbourg il y a un peu plus d'un an pour parfaire son apprentissage de menuisier. Ce n'est qu'à ce moment-là, une fois dans notre ville, qu'il a été instruit, par bribes et témoignages entrecoupés, ainsi que par votre hostilité, messire Sauber, de sa véritable origine.

« Cependant, je vais vous exposer ce qui s'est *vraiment* passé le 14 février de cette année, qu'elle soit bénie du Seigneur.

« Qui, outre les Juifs, dont notre ville s'est vidée il y a seize ans, qui donc avait des raisons de tuer Johannes Herrmann ? Je vais vous le dire : sa femme Greta, son fils Karl, maltraités, battus, humiliés depuis des années ; sa servante, Julia, dont il avait fait son souffre-douleur et qu'il forçait sans vergogne ; son apprenti, Gustav, qui savait que son patron dissimulait un pactole substantiel ; enfin, Heinrich Schwarber, dont le père, Peter Schwarber, avait été condamné à la confiscation de ses biens et au bannissement.

« Procédons par élimination.

« Heinrich Schwarber « rôdait », dit-on, dans la ville le jour du meurtre. Il rôdait ? Serait-il, à l'instar de son père, sous le coup d'un édit de bannissement qu'il aurait transgressé ? N'est-il pas libre de venir à Strasbourg comme il lui plaît ? N'y séjourne-t-il pas, d'ailleurs, régulièrement pour affaires, à titre de fournisseur attitré de la corporation des charpentiers ? Est-il raisonnable d'imaginer qu'il ait voulu compromettre son existence de riche négociant en bois au profit d'une hypothétique vengeance que d'ailleurs aucun indice, si petit soit-il, ne signale ? Heinrich Schwarber n'est pas le coupable.

« Qu'en est-il de Gustav ? Oui, Gustav est un voleur, oui, il a, une nuit où son patron était, une fois de plus, rentré ivre mort, subtilisé la bourse remplie de pièces d'or dont il avait réussi à repérer la cachette, oui, il a avoué spontanément le vol, alors que rien encore ne l'y contraignait, et il s'en est repenti. Gustav est un voleur, Gustav n'est pas un meurtrier.

« Julia aurait eu, plus que Gustav, des raisons d'occire son bourreau ; sa disparition, le jour du crime, pourrait plaider en faveur de sa culpabilité. Nous l'avons retrouvée trop tard, morte, assassinée. Divers témoignages m'ont convaincu qu'elle non plus n'était pas la coupable : tous ceux qui l'ont connue, approchée ou secourue ont décrit une petite fille chétive, paralysée de terreur, objet de la violence permanente du boucher qui trouvait sans doute plaisir à la frapper et à la forcer. Elle cherchait à se cacher, non à se défendre, encore moins à se venger. Pourquoi, alors, a-t-elle disparu le 14 février précisément ? Où s'est-elle cachée ? Pourquoi ? Il n'est pas temps encore de répondre à ces questions, j'y viendrai le moment venu.

« Greta a-t-elle, dans un paroxysme d'exaspération, de rage, de folie, tué son mari ? Il s'était réveillé ce matin-là avec de violents maux de tête, consécutifs à la beuverie de la veille. Selon plusieurs témoignages, il était rentré tard dans la nuit, avait heurté bruyamment et même renversé des meubles, et s'était affalé sur son lit. Ce matin-là, donc, il bat le rappel, charge Greta de lui faire préparer une potion calmante chez l'apothicaire, envoie Karl et Gustav à la Grande Boucherie, au retour de laquelle ils devront ouvrir l'échoppe. Greta s'exécute, Julius Knobloch confirme sa venue. Tandis qu'elle remonte chez elle, Magdalena l'intercepte, la supplie de l'aider à mettre son bébé au sein. C'est chez elle qu'elle apprendra la nouvelle. Greta, poursuit le prévôt, c'est toi que j'ai d'abord soupçonnée, car tu étais comme une bête traquée, tu suais l'effroi, tu pleurais, non de chagrin, ce qui se peut comprendre, mais de haine et de rage contenues. Mais ce n'est pas toi non plus qui as tué Johannes, d'autant qu'à aucun moment tu n'en aurais eu le loisir, ayant été constamment en compagnie...

Bucher se tait, laissant chacun digérer ses propos, les décortiquer, les remâcher. Le silence est intense. Assourdissant. L''immobilité totale. La salle entière semble frappée d'un enchantement, comme ces palais des légendes d'antan touchés par la baguette de la fée Viviane. Puis le mouvement reprend ses droits, les corps s'animent, les têtes se tournent, les yeux se font interrogateurs à mesure que chacun, lentement, comprend. Karl se décompose littéralement. Son visage est d'une blancheur de craie. Il paraît sur le point de défaillir. Gottfried dirige son regard vers lui. Peu à peu, il devient le point de mire de tous. Un cri rauque s'élève, cri de bête blessée, cri de terreur, cri d'agonie. Greta a glissé à terre. Sans connaissance. Deux gardes l'emportent. Karl a tressailli. Gottfried le fixe, le tient sous son regard, le transperce, fouille sa conscience, le met à nu, abat ses défenses. Avant même qu'il ne reprenne la parole, Karl est défait, corps et esprit en déroute, livré sans recours à la lumière crue de la vérité qui s'édifie pierre par pierre, solide, massive, indestructible.

Le prévôt, d'une voix calme, implacable, déroule l'enchaînement des faits et des preuves : la beuverie au poêle des bouchers le 13 février au soir, l'incapacité de Johannes de se rendre à son travail au matin du 14, son absence prolongée à l'échoppe, la découverte du meurtre par son fils et le trouble de ce dernier, constaté par Gustav. Trouble qui pourrait, il est vrai, être imputé au choc de la macabre vision. Gustav a cependant noté un autre détail : la manche de la chemise de Karl est déchirée. On pourrait là encore objecter qu'un accroc est susceptible de se produire n'importe où, pour peu qu'une pointe ou une quelconque aspérité accroche le vêtement. Parvenu à ce point, Gottfried s'arrête, considère son auditoire, savourant le plaisir de le tenir en suspens. Puis il reprend :

— Tout cela est vrai. Cependant, dès mon arrivée dans le logis de Johannes Herrmann, je me suis livré, comme tout enquêteur digne de ce nom, à une observation minutieuse des lieux. J'ai de même examiné de près le corps, le manche du couteau. J'ai demandé à l'un de mes hommes de retirer l'arme de la plaie, afin que je puisse l'examiner. C'était un vulgaire couteau de cuisine, comme il y en a dans toutes les maisons. Au cours de la perquisition qui a suivi, j'ai pu vérifier qu'il se trouvait dans la cuisine de Greta deux autres couteaux en tout point semblables à celui-ci. Puis, en observant attentivement la lame ensanglantée, j'ai constaté qu'il y avait, accroché à la pointe, un petit fragment d'étoffe. Que j'ai soigneusement retiré. Et que j'ai, plus tard, trempé dans un broc d'eau afin de le nettoyer du sang qui le souillait. La conclusion s'impose à votre esprit, messeigneurs, comme elle s'est imposée au mien : le crime était signé.

Gottfried, ayant laissé quelque répit à son auditoire, se tourne à nouveau vers Karl, qui semble se ratatiner à vue d'œil.

— Karl, reconnais-tu avoir tué ton père ?

Le silence est total. Absolu. Le temps semble se dilater. Au point d'atteindre l'éternité. Une voix sans timbre et sans couleur, à peine audible, articule :

— Oui.

L'aveu ténu rompt l'enchantement. Un brouhaha indescriptible monte d'un seul coup, nourri de l'éclatement du silence, du relâchement de la tension, du soulagement bienvenu. Gottfried laisse libre cours à cette explosion. Il note la détente brusque, la stupéfaction, la curiosité, la réprobation, le soulagement de ceux qui sont dans le bon camp, et qui peuvent considérer, avec la bonne conscience des innocents, le pécheur de l'autre côté de la barrière, le parricide qui a osé se mettre hors la loi de Dieu et des hommes. Du coin de l'œil, le prévôt observe Sauber. Qui, à n'en pas douter, évalue la situation, et pèse les chances qui lui restent de sauver l'essentiel. Bucher se laisse aller à un sourire intérieur. Puis il poursuit :

— Je vous prie de m'accorder encore votre attention, car je n'en ai pas terminé. Nous devons à présent élucider le meurtre de Julia.

— Ne conviendrait-il pas, monsieur le Prévôt, de procéder plutôt avec ordre et méthode ? Le troisième meurtre est celui du pauvre petit Joseph. N'avons-nous pas là un meurtre typique, qui trahit ses auteurs, les Juifs ?

C'est un des conseillers qui s'est exprimé et Klaus Sauber tressaille d'aise.

— Messire, je requiers votre confiance et votre patience : vous n'allez pas tarder à comprendre pourquoi il est nécessaire de nous préoccuper en premier lieu de la servante.

Le ton autoritaire, bien que courtois, de Bucher en impose à tout le monde. Chacun s'apprête à écouter de toutes ses oreilles, comme on écoute un conteur en train de narrer une histoire captivante. Gottfried a une claire conscience de l'intérêt qu'il suscite. Tout en savourant son pouvoir et le silence de ses auditeurs, il mesure l'abîme qui sépare la plupart d'entre eux, simples auditeurs d'un récit plein de suspense et d'émotions fortes, dont chacun regagnera sans dommage et sans blessure sa maison et sa vie, de ceux qui sont là à titre d'acteurs, engagés par choix ou malgré eux dans des actes qu'ils ont commis et qui infléchissent irrémédiablement leur vie et leur mort...

— Pour comprendre comment et par qui Julia a été tuée, il est nécessaire de remonter encore une fois à sa vie misérable dans la maison de Johannes Herrmann. Elle était pour lui une proie. Mais, messieurs les Conseillers, pas seulement pour lui : il faut croire qu'une proie excite d'autant plus les appétits des prédateurs qu'elle est plus vulnérable et plus seule. Elle ne pouvait pas compter sur l'aide, ni même sur la sympathie de Greta, elle-même aux prises avec la violence de son mari et la nécessité de s'en préserver, ni sur celle de Gustav, bien assez occupé de ses propres soucis et de ses propres ambitions ou projets, mais qui n'en observait pas moins. Quant à Karl, elle le redoutait à l'égal de Johannes, ayant compris que seule la crainte de son père le retenait de passer à l'acte.

« Au matin du 14 février, donc, Julia s'est enfuie. Personne ne sait où elle se trouve. Elle est en vérité descendue à l'étage en-dessous, s'est effondrée à la porte de Magdalena, la femme de Hans, le tailleur de pierre, qui la recueille, muette et tremblante et la cache jusqu'au soir dans le cagibi à provisions. Julia, toujours muette, frappe ensuite à la porte de Ludwig, au troisième étage. Ce n'est pas la première fois qu'elle trouve refuge chez lui. Il l'héberge pour la nuit et la gardera toute la journée du 15. Elle est toujours incapable de proférer le moindre son. Le soir venu, tard, il va la chercher et, avec l'accord de son patron, l'escorte jusqu'à l'atelier de la rue des Charpentiers, la fait monter dans une petite chambre sous les toits où maître

Niklaus remise du matériel de menuiserie. Il lui aménage un coin où elle pourra rester cachée quelque temps, lui laisse une grosse couverture de laine, lui dépose chaque soir, après la fermeture de l'atelier, des provisions. Elle ne parle toujours pas, sous l'emprise d'une panique qui ne la quitte pas.

« Pourquoi donc a-t-elle si peur ? Est-ce seulement parce qu'elle veut échapper à la convoitise de Karl, à présent que son père ne lui barre plus la route ? Quoi qu'il en soit, Karl est à sa recherche. Il la cherche inlassablement, obsessionnellement. Il explore la cave où elle s'était aménagé une pauvre cachette et où elle se réfugiait les soirs de beuverie ; il interroge les voisins ; il se met à l'affût, la nuit venue, dans le quartier, se dissimulant dans l'ombre des portes cochères. Et le soir du 20 février, sa patience est, si j'ose dire, récompensée : soudain il la voit, surgie comme par enchantement, dans la rue des Charpentiers. Pourquoi est-elle sortie, elle qui se cachait depuis six jours, précisément ce soir-là ? Avait-elle le sentiment que le péril était moins pressant ? Se sentait-elle emprisonnée et avait-elle besoin de prendre l'air ? Voulait-elle confier son angoisse à quelqu'un ? Nul ne le saura jamais. Karl en tout cas saute sur l'occasion… et sur Julia. Il l'entraîne, ou la traîne, n'est-ce pas, messire Sauber ; sans doute la menace-t-il, ou peut-être n'a-t-il même pas besoin d'en venir là, car Julia, terrifiée, épuisée, ne doit guère résister… Je peux aisément imaginer la suite. Mais il est préférable que Karl lui-même nous la raconte…

Contrairement à toute attente, Karl s'est redressé, comme fouetté par l'interpellation de Gottfried Bucher. Son regard étincelle de colère, ses joues, son cou sont écarlates. Il éclate en imprécations : oui, il a tué son père, car cet homme l'empêchait de vivre, de respirer, de tenir la moindre place sur Terre.

Cet homme avait fait de l'existence de sa mère un enfer, et de la sienne, une mort avant l'heure. Il avait fini par comprendre que c'était son père ou lui, que la vie de l'un excluait celle de l'autre. S'il voulait vivre, il ne pouvait que l'occire. Ce qu'il avait fait. Et à présent, à cause de cet homme, lui, Karl, allait mourir comme les parricides, enfermé dans une cage et jeté dans l'Ill du haut du pont des Supplices ! Que son père soit maudit, que Satan l'emporte en Enfer !

La première stupéfaction passée, les assistants se récrient, scandalisés, certains veulent se jeter sur le jeune homme, mais deux gardes s'interposent.

— Tais-toi, Karl ! Au lieu de maudire ton père, dis-nous plutôt ce qui s'est passé une fois que tu as retrouvé Julia.

Karl ne décolère pas : oui, ce vieux dégoûtant, affalé dans ses soûleries, couchait avec la servante ! Alors que cette fille lui revenait à lui ! Là encore, une fois de plus, il se mettait en travers de sa route !

— Ne t'est-il donc jamais venu à l'esprit que cette fille ne t'appartenait pas plus qu'à ton père ? Que le mal que tu lui reproches, à ce père, et pour quoi tu l'invectives à grandes injures, tu le commets à ton tour ?... Qu'as-tu fait ensuite ?

— Je l'ai emmenée dans sa cachette à la cave. Elle croyait, cette sotte, que personne ne la connaissait ! Mais moi, je l'avais repérée depuis belle lurette !

— Continue...

— Eh bien, je lui ai dit qu'elle devait être gentille avec moi, que c'était mon tour, mais elle s'est débattue, elle m'a mordu...

— Et alors, tu l'as prise de force ?

— Et pourquoi ne l'aurais-je pas fait ? Elle n'était qu'une servante, et moi j'étais le maître ! Elle devait m'obéir !

— Poursuis !

— J'ai tout dit.

— Pas tout à fait...

— Je l'ai frappée...

— Pourquoi ? Tu n'étais donc pas le plus fort ?

Silence. Karl baisse la tête.

— Alors ?

— Elle a dit : « Je raconterai tout ! »

— Et toi, tu ne voulais justement pas qu'elle raconte... Qu'elle raconte quoi ? Tu ne veux pas le dire ? Je vais donc t'aider : qu'elle raconte ce qu'elle avait vu, par hasard, le 14 février au matin. Revenons encore une fois sur les faits : Karl, vous vous en souvenez, messires les Conseillers, redescend à l'échoppe, visiblement troublé. Nous savons déjà que ce trouble était dû à l'acte qu'il venait de commettre, car le meurtrier le plus endurci ne peut tuer son père sans en éprouver un frisson d'horreur. Mais son effroi a une autre raison. Transportons-nous par la pensée à l'instant où Karl lève le couteau au-dessus de son père. Il va frapper. À cet instant précis, il perçoit un mouvement derrière lui, il tourne légèrement la tête au moment même où il abat son arme, accrochant au passage sa manche, dont un petit morceau, vous vous en souvenez, est resté empalé sur la pointe, et il a le temps d'apercevoir une maigre silhouette en train de s'enfuir. Julia... Le cœur lui manque. Il n'a plus qu'une idée : la retrouver. Karl, lorsque Julia, croyant sans doute t'intimider, a prononcé cette phrase, elle a signé son arrêt de mort. Comme tu l'as avoué, tu l'as frappée à la tête, violemment, et tu t'es enfui, la laissant privée de vie. Reconnais-tu les faits ?

Karl s'est à nouveau recroquevillé, roulé en boule sur lui-même, toute sa colère et son agressivité envolées.

C'est le moment que choisit l'Ammeister pour prendre la parole :

— Nous avons donc, semble-t-il, monsieur le Prévôt, réponse à trois énigmes. Il en reste une quatrième : qui a tué l'enfant ? Avez-vous éclairci également ce meurtre et pouvez-vous nous révéler le nom du coupable ?

— Messire Ammeister, j'ai résolu également la quatrième énigme, et je sais à l'heure présente qui a commis ce meurtre abominable. Mais, avec votre autorisation, je vais différer de quelques instants la révélation de son identité, pour éclaircir un point important.

À ce moment, comme le prévôt s'y attendait, Klaus Sauber, très agité depuis un moment, s'empare de la parole. Sa voix est à peine saccadée.

— Peut-être, monsieur le Prévôt, est-il temps de tenir compte enfin des indices qui, à la lumière du passé, conduisent toute personne sensée à considérer la mort de cet enfant pour ce qu'elle est : un crime commis par les Juifs, à l'approche de leur Pâque ! Car chacun sait qu'ils fabriquent leurs pains non levés avec le sang des enfants qu'ils assassinent !

Parmi les Conseillers, plusieurs frissonnent, gagnés par la vieille peur qui gît au fond de leur mémoire et que réactive le discours enflammé du marchand de drap, gagnés aussi par le plaisir de coïncider, d'être en accord avec les autres, de se fondre dans la douceur confortable de l'assentiment… Gottfried coupe court au réquisitoire de Sauber et sans tenir le moindre compte de ses propos, enchaîne :

— Je vous disais donc, messieurs les Meisters, messieurs les Conseillers, qu'il reste à éclaircir un point épineux : selon la version des faits que je vous ai relatée, Julia aurait été tuée le 20 février au soir, dans la cave où Karl l'a forcée puis frappée. Or, son corps n'a été découvert que le 26 au matin sur la berge de l'Ill. Par messire Sauber, précisément.

— Il y a là une étrange incohérence ! commente l'un des Conseillers qui avaient éprouvé la tentation de se rendre aux raisons de Klaus Sauber.

— Une incohérence, reprend son voisin, qui est peut-être le signe que nous avons bel et bien affaire à un meurtre commis ou commandité par les Juifs. Car il ne faut point méconnaître les ennemis du Christ, leur malfaisance, leur obstination, leur méchanceté...

— Vous avez bien reconnu, dans votre sagesse, messieurs les Conseillers, que l'explication que je vous ai donnée pèche par rapport à la logique, car elle laisse une zone obscure... Une obscurité où peuvent s'enraciner des erreurs néfastes et des violences funestes. Il nous faut donc éclairer l'ombre qui demeure et nous verrons apparaître en pleine lumière l'assassin.

L'assemblée tout entière se tait, figée dans l'immobilité, le silence et l'attente.

— C'est le matin du 26 février que le corps de la servante a été découvert par messire Sauber. Cette date avait été prévue par lui comme celle d'un quatrième meurtre, convaincu qu'il était que l'intervalle de quatre jours qui séparait les meurtres serait respecté. Or, selon le médecin qui a vu le corps, la mort remontait à quatre ou cinq jours, donc au 21 ou au 22 février. Ce qui ruinait le savant calcul de messire Sauber. Il était évident pour moi que quelqu'un avait déplacé le corps, l'avait dissimulé pour le faire découvrir le 26. En examinant la berge aux alentours, j'avais trouvé, accroché à un buisson, un morceau de tissu de laine marron. Par ailleurs, nous avons également détecté sur le corps de nombreux filaments de cette même laine marron : ils ne pouvaient provenir que du vêtement de celui qui l'avait transporté. J'ai pu identifier le possesseur du manteau de bonne laine marron.

Gottfried s'est arrêté, s'est tourné lentement vers Klaus Sauber qui bondit de son siège, comme s'il avait été piqué par un essaim de guêpes furieuses.

— Vous osez insinuer que j'aurais quelque chose à voir avec ce meurtre ?

— Je dis simplement que les brins de laine retrouvés sur le corps de la servante proviennent de votre manteau.

— Cependant, messire le Prévôt, mon manteau, comme j'ai eu l'honneur de vous le dire lors de mon interrogatoire, est gris !

— Cependant, messire Sauber, vous avez chez vous, au fond de votre coffre, un autre manteau, celui que vous avez porté la nuit où vous avez déplacé le corps.

— Qui vous l'a dit ?

Karl Sauber avait crié, d'une voix suraiguë, qui surprit l'assistance. Il comprit trop tard qu'il s'était trahi. Tandis que tous les regards convergeaient vers lui, il tenta de récupérer la situation à son profit :

— Pourquoi donc me serais-je donné la peine de déplacer le corps ? Est-ce là ma récompense pour avoir découvert la servante et avoir donné l'alerte sur-le-champ ?

Bucher ne répond pas, il continue à regarder fixement le marchand. Qui commence à perdre son calme. Et qui s'écrie de la même voix suraiguë :

— C'est Karl qui l'a tuée, vous venez de le démontrer ! N'auriez-vous pas dû conclure en conséquence que c'est lui qui a voulu soustraire le corps aux recherches ?

Gottfried répond calmement :

— Ce n'est pas Karl qui a tué Julia.

Un silence de mort suit cette déclaration. La stupéfaction fige les visages. Certains des assistants sont restés bouche ouverte. Klaus Sauber, pour la première fois, perd contenance et semble se recroqueviller sur son siège. Gottfried reprend, imperturbable :

— Je le répète : ce n'est pas Karl qui a tué Julia. Il avait certes l'intention de le faire. Et l'ayant frappée, il s'est enfui, la croyant morte. Mais il ne l'avait qu'assommée.

— Monsieur le Prévôt, veuillez enfin nous dire ce qui s'est réellement passé : qui a tué la servante ?

— C'est ce que je vais vous dévoiler maintenant, si vous me permettez d'aller au bout de mon récit. Karl, au moment où il enlevait Julia, avait été vu par plusieurs témoins, et en particulier, par Klaus Sauber. Celui-ci, comprenant le dessein de Karl, et connaissant lui aussi la pauvre cachette de Julia, qui semble n'avoir été un secret pour personne, les laisse prendre quelque avance et, à la faveur de la nuit, rejoint la maison du boucher, se dissimule dans un recoin sombre et attend. Peut-être acceptera-t-il de nous raconter lui-même la suite ?

Tous les yeux se tournent vers le marchand. Qui finit par relever la tête. Et qui parle, d'abord d'une voix sourde, comme habitée par la douleur, puis prenant peu à peu de l'assurance.

— Vous me contraignez à dire à haute voix ce que j'eusse voulu taire, à décrire une vision terrible que j'eusse préféré oublier. Je me suis en effet caché, dans l'idée de venir en aide, si je le pouvais, à cette pauvre fille, dont le sort était évidemment d'être forcée par le fils du boucher. Je n'ai pas attendu longtemps avant de voir ce dernier se précipiter, hagard, hors de la maison et se mettre à courir, comme s'il avait une troupe de brigands à ses trousses. J'ai attendu de le voir disparaître au bout de la rue et je suis descendu dans la cave, car il est vrai, monsieur le Prévôt, que je connaissais, comme beaucoup d'autres, sa retraite. Je vous épargnerai le détail de ce que j'ai vu : à la lumière d'une chandelle, que j'avais pris la précaution d'emporter, j'ai découvert Julia étendue, sans connaissance et sans vie, ses jupes troussées, sa chemise arrachée.

— Cela se passait le 20 février au soir. Vous avez donc menti en prétendant avoir « découvert » le corps le 26 au matin. Vous vouliez à toute force donner du crédit à votre théorie et prouver qu'il y avait complot juif. Où l'avez-vous dissimulé pendant ces cinq jours ?

Klaus Sauber, brutalement tiré de la fable qu'il a élaborée et à laquelle il avait fini par croire, se résout à dire, au moins partiellement, la vérité :

— Oui, je le confesse, j'ai légèrement travesti les faits, mais c'était pour aider la vérité à émerger et pour montrer en pleine lumière les coupables !

— Klaus Sauber, vous avez bien plus gravement travesti la vérité, non pas seulement sur la date réelle du meurtre, mais aussi sur son auteur, et je vais à présent vous le prouver. En vérité, quand vous êtes descendu dans la cave, Julia était certes blessée, mais elle était vivante. Tellement vivante que vous êtes ressorti de la cave en sa compagnie, et l'aidant à marcher, vous l'avez emmenée. Ne protestez pas, ne forgez pas un nouveau mensonge, car ce que j'affirme est dûment corroboré par un témoignage capital. Vous nous direz où vous l'avez emmenée, je n'en doute pas, quand vous saurez l'identité de ce témoin, que, du reste, vous entrevoyez déjà, je le vois à votre expression. Vous avez donc emmené la servante, là encore vous nous révélerez dans quel dessein. Et vous l'avez tuée. Klaus Sauber, je vous accuse solennellement du meurtre de Julia.

— C'est Karl le meurtrier !

Sauber s'est dressé, décomposé, il a poussé un cri de désespoir.

— Un témoin irrécusable vous a vu sortir avec Julia.

— Où est ce témoin ?

Bucher laisse l'air s'épaissir, la tension monter. Puis deux mots font exploser le silence :

— Joseph Niklaus...

Klaus Sauber s'est effondré, tandis que maître Niklaus se dresse, pâle comme la mort et que les assistants se sont levés en désordre et dans un brouhaha indescriptible. Gottfried a dû attendre que le calme revienne. D'un geste, il invite maître Niklaus à prendre la parole. Et le menuisier, d'une voix accablée, raconte la dernière nuit de Joseph, sa terreur, ses cauchemars, ses cris, le nom de Julia qui revenait comme un refrain effrayé, comme une imploration, celui de Karl. Et cette question que l'enfant lui a posée le lendemain soir, juste avant de sortir pour sa visite quotidienne à son grand-père et que lui, son père, n'avait pas, jusqu'ici, comprise.

— Quelle est cette question ?

— Il m'a demandé pourquoi Karl et Klaus Sauber avaient emmené Julia avec eux. Ce sont les derniers mots qu'il a prononcés. Nous ne l'avons plus revu vivant.

— Klaus Sauber, je vais vous raconter brièvement la suite des événements. Vous avez emmené Julia non pas chez vous, car votre mère était un obstacle à vos projets, mais dans un endroit discret, peut-être dans une chambre sous les combles, où personne ne risquait de vous surprendre. Vous aviez l'intention de posséder la servante, pas nécessairement de force, mais il vous fallait enfin vous prouver à vous-même que vous étiez un homme. Voulez-vous que je poursuive ou préférez-vous relater vous-même ce qui s'est ensuite passé ?

— Je ne voulais pas la tuer, je le jure au nom de Notre-Seigneur, qu'il me prenne en pitié ! Je voulais seulement coucher avec elle, moi qui n'avais jamais eu aucune femme ! Et elle me faisait tellement pitié ! Je ne voulais pas lui faire de mal !

— Et alors ?

— Je n'y suis pas arrivé, c'était toujours ainsi, mon vit était comme mort. J'ai pleuré de désespoir, puis de rage, je me suis fâché contre elle, qui n'arrivait pas à faire de moi un homme, je l'ai saisie à la gorge, je n'ai pas serré beaucoup, je l'ai très vite lâchée, elle est tombée.

— Vous avez constaté qu'elle était morte. Vous l'avez traînée dehors, profitant de la nuit : où l'avez-vous dissimulée ?

— Dans un creux que j'avais repéré dans le muret de pierre au-dessus de la berge de l'Ill, sous le pont des Supplices.

— De sorte que ce fut un jeu d'enfant de déplacer le corps aux aurores, le matin du 26. Cependant, messires les Meisters, messires les Conseillers, il nous reste à résoudre le quatrième crime et à identifier le meurtrier du petit Joseph. Sans doute la plupart d'entre vous ont-ils déjà compris qui il est. Je vais néanmoins en peu de mots le préciser.

L'agitation gagne à nouveau les rangs des auditeurs, fatigués par la tension de cette matinée et pressés de découvrir enfin la vérité.

— Joseph avait par hasard surpris l'enlèvement de Julia par Karl. Il les a suivis de loin, s'est caché dans quelque recoin et les a vus pénétrer dans la maison de la rue des Bouchers. Pendant qu'il guettait, il voit arriver Klaus Sauber, qui se dissimule lui aussi. Joseph reste coi. Quelque temps après, il voit Karl ressortir seul et s'enfuir en courant. Il ne bouge toujours pas. Voit Klaus entrer à son tour… Puis réapparaître, accompagné d'une Julia qui peut à peine marcher et qu'il entraîne dans la direction opposée à celle qu'avait prise Karl. Sans doute l'enfant ne comprend-il pas le détail de ce qui se trame, mais il perçoit que le marchand n'est pas animé de bonnes intentions à l'égard de la servante. Julia est en danger. Joseph va, encore une fois, suivre le couple, se poster à proximité, attendre. Et, les yeux probablement écarquillés de terreur, il verra Klaus Sauber ressortir en traînant un lourd fardeau. Le pauvre gamin a dû quitter trop vite sa cachette : il est repéré par le marchand et dès lors son sort est scellé. Le lendemain soir, vendredi 21 février, Klaus Sauber attend Joseph au retour de sa visite chez son grand-père et le tue.

Cette fois, la salle est en ébullition : chacun se lève, stupéfié, incrédule, des exclamations fusent, des poings se lèvent, des injures claquent. Le brouhaha est indescriptible. Gottfried laisse l'émotion s'extérioriser. Lentement, la tension décroît, le vacarme s'apaise, le calme revient. Le prévôt laisse le silence s'installer puis reprend la parole. Il martèle :

— Klaus Sauber, je vous arrête pour un double meurtre : le meurtre de Julia, la servante de Johannes Herrmann, que vous avez tuée pour la punir de votre impuissance, et le meurtre de Joseph Niklaus, le fils du menuisier, en qui vous avez voulu éliminer le témoin malencontreux de votre premier meurtre. Julia est déjà morte depuis la veille ; en dissimulant son corps jusqu'au mercredi 26, vous escomptiez nous induire en erreur et accréditer votre sempiternelle explication, celle-là même que les Strasbourgeois ont entendue maintes et maintes fois répétée : les Juifs sont les coupables. Tout cela au risque, sans doute même dans l'espoir délibéré, de semer le trouble et le désordre dans notre ville, et de vous propulser dans les régions du pouvoir, convoitées par vous et vos mauvais conseillers. Paulus Fricker, que chacun a pu voir à l'œuvre ce matin, est l'un d'entre eux. Il y en a d'autres, tous animés par la soif de pouvoir, tous désireux de se servir de vos obsessions et de votre talent oratoire, pour parvenir à leurs fins, au détriment de la prospérité et de la paix de notre ville. Nous les arrêterons tous, un par un.

À cet instant, une voix aigre s'élève du côté des Conseillers :

— Messire le Prévôt, vous avez élucidé avec brio une difficile énigme et le Conseil ici présent aurait mauvaise grâce à ne pas vous en féliciter. Permettez-moi cependant de vous mettre en garde contre la malfaisance des Juifs : ils ne sont pas cette fois-ci impliqués dans ces meurtres, c'est un fait que vous avez amplement démontré, mais cela ne signifie pas pour autant qu'ils sont innocents d'autres méfaits, tant s'en faut ! Klaus Sauber devra payer pour ses crimes, mais ses erreurs n'invalident pas la pertinence de ses mises en garde. Nous devons donc rester vigilants devant une menace qui ne disparaîtra qu'avec ce peuple maudit par Dieu !

Les propos du Conseiller, Gottfried le note avec satisfaction, ne rencontrent aucun signe d'approbation parmi ses collègues. Il se contente de répondre :

—Je suis heureux d'avoir contribué à faire échouer leurs menées et à mettre hors d'état de nuire des assassins méprisables.

Les commentaires et les exclamations ont repris de plus belle. Tout le monde est debout, le soulagement est perceptible. Seul Sauber est resté assis : tassé sur son siège, hébété, il semble ne rien comprendre à ce qui lui arrive.

Les gardes se saisissent de lui et l'entraînent. Au moment où ils franchissent le seuil, on entend une femme hurler dans l'escalier. C'est la mère de Sauber qui se répand en imprécations et en amers reproches : ne l'avait-elle donc pas averti ? Ne l'avait-elle pas mis en garde contre la luxure et les tentations de la chair ? Il ne l'avait pas écoutée, et voilà que, cédant au Diable, il avait vendu son âme et était devenu un vil criminel ! Que soit maudit le fils indigne qui plongeait sa mère dans la honte et le déshonneur !

Les uns après les autres, les spectateurs sortent de la salle, la plupart à présent silencieux, les uns enfermés dans le chagrin, les autres songeurs. L'Ammeister et les Conseillers sont partis les premiers. Bientôt, Gottfried Bucher demeure seul dans la grande salle désertée. Il reste immobile un long moment, plongé dans des pensées que lui seul connaît. Puis il se lève, rassemble les documents que lui a laissés le greffier, les prend sous son bras et quitte la Pfalz.

Épilogue

mai 1365

Des deux côtés de la route, les arbres en fleurs se haussent sur leurs troncs, déployant leurs frondaisons étoilées de blanc, de rouge ou de jaune. Il est encore tôt, le soleil entame à peine son ascension dans les collines du ciel, il monte sans efforts, doucement, éclaboussant de sa lumière les champs et les prés, couvrant d'or les paysans besogneux derrière leurs charrues, les femmes courbées sur la terre, les lourds attelages de bœufs, les troupeaux placides qui broutent ou ruminent. La charrette avance au pas indifférent de la vieille jument. Le rythme régulier des sabots qui claquent sur la route berce la rêverie de Catherine, qui a tenu à reprendre son véritable prénom, Anne. C'est Ludwig, ou plutôt Benjamin, car c'est ainsi qu'il veut désormais être appelé, qui tient les rênes, assis à l'avant, tandis qu'Anne, allongée à l'arrière, prend du repos en attendant que les rôles s'inversent. Voilà deux jours qu'ils ont pris la route. Le mois de mai éclate dans la nature, juxtaposant avec ivresse les teintes vives des fleurs qui ouvrent partout leurs corolles au sortir de la nuit, les verts innombrables des feuillages luxuriants, des haies et des talus, des damiers de prairies et de champs, les bruns des parcelles de terres en jachère, le bleu impitoyable du ciel, tendu comme une toile lumineuse au-dessus de la Création. Anne, bercée par le roulement régulier de la charrette et le léger grincement des roues, laisse affluer dans sa mémoire les images : elle n'arrive toujours pas à croire vrais les événements qui se sont succédé durant les deux derniers mois. Elle n'a pas assisté à la réunion extraordinaire convoquée à la Pfalz par le Magistrat, au cours de laquelle le prévôt Gottfried Bucher a éclairci l'énigme des quatre morts violentes survenues coup sur coup à Strasbourg. C'est Ludwig-Benjamin qui, accouru dès le lendemain au marché aux herbes, lui a raconté ce qui s'était passé. La rumeur publique s'était emparée de la nouvelle et le crieur public, sur l'ordre de l'Ammeister et du Magistrat, avait fait état, aux carrefours et sur les places, du résultat stupéfiant de l'enquête du policier. La ville entière, pendant les jours qui avaient suivi, n'avait plus eu d'autre sujet de conversation : incrédulité, indignation, stupéfaction, suspicion se donnaient libre cours, pas toujours pour les mêmes raisons, et pas toujours à l'encontre des mêmes personnes. Puis peu à peu, tout était rentré dans l'ordre. Sauber, pour cause, ne venait plus pérorer sur les marchés et les vents empoisonnés qu'il avait fait souffler depuis des mois sur la ville s'étaient calmés. Paulus Fricker était lui aussi sous les verrous, convaincu d'avoir orchestré un maladroit mais non moins pernicieux coup de force, avec quelques complices, incarcérés comme lui. Aucun d'eux n'était près de ressortir de la Tour du Bourreau, sinon pour être conduit au gibet. La mère de Sauber, plus endeuillée, maigre et sèche que jamais, tenait désormais seule l'échoppe de drap dont d'ailleurs, depuis longtemps déjà, son fils se désintéressait, occupé qu'il était par ses songes et ses discours où politique et mystique s'entremêlaient. Peu avant leur départ, Anne avait appris qu'elle avait engagé comme aide Gustav, l'apprenti boucher, qui n'avait pas eu à répondre de son vol en raison de son jeune âge, de ses aveux, des regrets qu'il avait abondamment exprimés et de sa bonne volonté pour aider le prévôt dans son enquête. Il y avait fort à parier, songeait-elle, que le garçon, trop heureux de s'en tirer à si bon compte, trop heureux aussi de n'avoir pas à regagner la dure maison paternelle, se donnerait de tout son cœur à son nouveau travail et ne s'engagerait plus de sitôt dans la carrière des voleurs. Elle repensa à tous ceux dont la vie avait été brisée, à maître Niklaus et Lisbeth, qui ne se remettraient pas de la mort de leur enfant, à Antoine Kaltenbach, si éprouvé par le suicide de sa jeune femme, à Magdalena, silencieuse et généreuse, à Hildegarde, secouée par la mort de son amie et en proie au désarroi, à la pauvre Julia dont toute l'existence n'avait été que douleur et solitude jusqu'à son dernier souffle et par-dessus tout à Marie la Juive, qui avait choisi de mourir pour échapper aux chaînes de la culpabilité et des remords...

Benjamin... Il était à présent son époux. Elle se remémora, avec une joie mêlée d'une intense stupéfaction, les événements qui s'étaient enchaînés au cours de ces deux derniers mois. Le jeune homme avait été lui aussi, plus que quiconque, terriblement secoué par les événements, et plus encore par les révélations qui, durant toute l'année précédente, l'avaient arraché au semblant de quiétude qui était son lot pour le précipiter dans une histoire et dans un monde qui lui étaient étrangers, et qui étaient pourtant, qu'il le veuille ou non, les siens. La séance à la Pfalz et l'élucidation des quatre morts de Strasbourg avaient été le point d'orgue de sa longue quête. Il lui avait fait part de la double décision qu'il avait prise : l'épouser si elle et ses parents y consentaient, quitter Strasbourg pour gagner Montpellier, dans l'espoir de retrouver son père et sa jeune sœur, Avigaïl. Elle n'avait pas eu l'ombre d'une hésitation : oui, elle acceptait de l'épouser, oui, elle partirait avec lui vers la Provence. Le mariage avait eu lieu, en toute discrétion, en présence de sa famille et du *minian* requis, les dix hommes nécessaires pour que la cérémonie soit valide. La *houpa*, le dais nuptial constitué par un châle de prière tendu au-dessus des mariés, avait été dressée dans la salle qui tenait lieu de synagogue et dont l'austérité avait soudain été vaincue par les bouquets colorés disposés devant le *aron*, l'arche sainte et par les fleurs tressées autour des quatre montants de bois qui soutenaient le ciel du dais. Les sept bénédictions avaient été chantées par Aaron, son propre père, ému aux larmes et la *ketouba*, le contrat de mariage qui stipulait les clauses de toute union juive ainsi que la somme d'argent qui devait revenir à l'épouse en cas de divorce – à Dieu ne plaise ! – avait été lue par le Juif le plus érudit de la petite communauté, qui faisait fonction de sage et de maître. À la fin de la cérémonie, Ludwig avait brisé sous son talon un gobelet de terre, en souvenir de la destruction du Temple de Jérusalem, et les parents d'Anne avaient, l'un après l'autre, imposé leurs mains sur la tête de leur fille, puis sur celle de Benjamin, et récité les antiques bénédictions de Jacob : « Que l'Éternel te bénisse et te garde. Que l'Éternel tourne sa face vers toi et te guide. Que l'Éternel lève sa face vers toi et place sur toi la paix ». Et tandis que les *mazal tov* joyeux et graves fusaient, tissant un tapis de bénédictions et de souhaits devant les pas des nouveaux mariés, le père d'Anne avait prononcé une courte allocution :

— Grâces soient rendues au Dieu d'Abraham, d'Isaac et de Jacob, qui nous a permis de vivre ce moment et de voir la vie, la joie et l'amour triompher de la mort, de la douleur et de la haine. Puissiez-vous avoir le mérite d'édifier un foyer fidèle et confiant au sein de notre peuple. Puissiez-vous, partout où vous irez, être préservés de la haine et de la mort qui nous ont été infligés depuis que, à cause de nos péchés, nous avons été exilés de Jérusalem. Puisses-tu, Benjamin ben Salomon, retrouver ta famille, avec l'aide de Dieu. Prends soin de ta femme et que de nombreux enfants viennent illuminer votre maison. Que le Seigneur vous vienne en aide et guide vos pas. Amen.

Anne émerge avec peine de sa rêverie et de ses souvenirs au moment où Benjamin freine et arrête brusquement la charrette. Il se tourne vers elle. Il lui demande, avec une pointe d'inquiétude qui perce, à peine, dans sa voix, mais qu'elle a appris à percevoir :

—Anne, ne regrettes-tu pas de m'avoir suivi ? D'avoir quitté ton village, ta maison, ta famille ?

Elle s'est redressée, s'est approchée de lui, l'a enlacé et lui a mis la main sur la bouche :

—Rébecca a-t-elle regretté d'avoir suivi Éliezer pour épouser Isaac ? Rachel a-t-elle regretté de s'unir à Jacob ? Tsippora a-t-elle regretté d'avoir épousé Moïse ? Non, nous sommes désormais deux à cheminer de concert. Nous construirons notre maison dans cette Provence que mon père m'a si souvent décrite, où il aurait voulu s'installer, où les Juifs ne sont pas considérés comme des bêtes malfaisantes à exterminer ou du combustible à brûler. Si Dieu le veut, nous retrouverons ton père et ta sœur. Tu exerceras ton art de menuisier et moi, je m'emploierai à venir en aide aux malades de notre peuple, et aux autres aussi s'ils ne me rejettent pas, grâce au savoir que m'a transmis mon père. Reprenons la route.

Benjamin, le cœur soudain léger, caresse la jument, qui repart de son trot cadencé. Au-dessus d'eux, haut sur le bleu du ciel qu'incendie le soleil, un aigle plane, presque immobile, ses ailes immenses déployées. Anne, la tête levée, récite d'une voix fervente :

— « Et je vous porterai sur les ailes des aigles ».

L'oiseau majestueux tournoie longuement, avant de virer brusquement vers le sud et de disparaître à leur vue.

les enquêtes rhénanes

Des romans policiers au format de poche

Dans la même collection :

1 – **Jacques Fortier** *Sherlock Holmes et le Mystère du Haut-Koenigsbourg*
2 – **Grégoire Gauchet** *Meurtres bio au château*
3 – **Pierre Marchant** *Le Pays des cendres*
4 – **Christine Muller** *Les Aventures alsaciennes de Sherlock Holmes*
5 – **Bernard Fischbach** *Le Venin du mort*
6 – **Jacques Fortier** *Quinze jours en rouge*
7 – **Claude Peitz** *L'Assassin des deux rives*
8 – **Bernard Nuss** *Série noire à l'abattoir*
9 – **Joël Henry** *Pêche mortelle à Strasbourg*
10 – **Grégoire Gauchet** *L'Avalanche*
11 – **Arnault Pfersdorff** *La Femme sans ombre*
12 – **François Hoff** *Les Mystères de Strasbourg*
13 – **Jacques Fortier** *Dessine-moi un loup*
14 – **Pierre Kretz** *Le Disparu de la route des vins*
15 – **Bernard Nuss** *Strasbourg city blues*
16 – **Claudio Ponté** *L'Homme de Fessenheim*
17 – **Franklyn Pell** *La Colline du Pendu*
18 – **Claude Peitz** *Les Amants du lac Vert*
19 – **Max Genève** *Le Détective*
20 – **Sylvie de Mathuisieulx** *La part d'ombre des Lumières*
21 – **Jacques Fortier** *Chapitre fatal à la cathédrale*
22 – **Annette Fern** *Fais ta prière, Shimon Lévy*
23 – **Joël Henry** *Gangsters et grand hamster*
24 – **Emmanuel Honegger** *Meurtre aux Arts déco*
25 – **Jean-François Coatmeur** *Morte fontaine*
26 – **Max Genève** *Cordes sensibles*
27 – **Gabriel Schoettel** *Le mariage de Lamy-Fritz*
28 – **Bernard Nuss** *Petit-Zob pète les plombs*
29 – **Jacques Fortier** *Il est minuit, monsieur Meyer*
30 – **Roger Seiter** *Retrouvailles à Strasbourg*
31 – **Hansjörg Schneider** *Hunkeler et l'affaire Livius*
32 – **François Hoff** *Le Cadavre dans le canal*

Ouvrage réalisé sur des papiers issus de forêts gérées durablement.

Première édition

—

Achevé d'imprimer en septembre 2017
par Sepec à Péronnas (France) - 10503170802
Dépôt légal 4e trimestre 2017
ISBN 978-2-84574-212-3

—

Composé en Arno Pro par Le Verger Éditeur
Couverture de Vlou – www.vlou.net

www.verger-editeur.fr

—

IMPRIM'VERT®